내 안의 강물

김일지 소설집

내 안의 강물

산지니

차례

지금처럼 되기 전에

피부 관리를 받던 손님들이 다 돌아가고 드디어 내 시간이 되었다. 나는 하루 동안 썼던 타월과 가운을 세탁기에 집어넣고 침대 정리를 했다. 일주일에 한 번 세탁을 하는 침대 시트는 깨끗한 편이지만, 세탁을 해도 지워지지 않은 미세한 얼룩이 눈에 띈다. 얼룩을 피해서 나는 얼른 내 침대로 간다. 창문에 바싹 붙여 놓은 킹사이즈의 침대는 사실 이 방에 어울리지 않는다. 지나치게 크다. 처음 입주를 했을 때에 나는 어떤 가구를 들일까 고심했었다. 내 분수에 다소 사치스러운 이 오피스텔은 분양 가격이 좀 비싼 편이었지만 냉장고, 세탁기, 에어컨 등 모든 것이 편리하게 갖추어져 있고 수납공간이 많아서 마음에 들었다. 그러나 꼭 그런 이유 때문만은 아니고 처음 이 집을 보러 왔을 때 창문으로 보이는 바깥 풍경, 비스듬하게 보이는 아름다운 해변 풍경이 다른 생각을 할 여지를 빼앗아 갔던 것이다.

막상 입주를 결정하고 보니 공간이 좁았다. 가구를 들여놓을 자리가 없었다. 그래서 꼭 필요한 것만 샀다. 일을 하기 위한 침대 두 개와 나 자신을 위한 침대 하나. 그러니까 나의 생활공간이면서 동시에 일터인 이 오피스텔에 가구라고는 침대 세 개뿐이다. 경락마사지를 위한 업무용 싱글 침대가 두 개, 그리고 나의 거실이면서 동시에 침실이며 휴식 공간인 킹사이즈의 내 전용 침대. 침대로 꽉 찬 공간을 비집고 발치에 작은 의자 둘을 간신히 놓아두었다. 그리고 의자 사이에 손바닥만 한 탁자를 바싹 붙여 놓았다. 커피를 위한 자리, 나는 포트에 남아 있는 미지근한 커피를 한 잔 따라 받침 접시에 올려 침대로 간다.

하루 중에서 이 시간이 나는 가장 좋다. 창문을 통해 보이는 바깥 풍경은 아무리 봐도 질리지 않는다. 모래가 많은 해변이 활처럼 휘어져 바다를 휘감고 있다. 오후의 이 시각이면 비스듬히 비치고 있는 햇살로 바다의 수면은 작은 금속 조각처럼 반짝거린다. 이 집으로 이사 오고 나서부터 나는 어디 여행을 가고 싶은 마음이 사라졌다. 침대 위에 앉아서 이렇게 커피를 마시고 있노라면 먼 곳으로 여행을 떠나온 듯한 기분이 들기 때문이다. 커피는 이렇게 약간 식은 것이 가장 맛있다. 나는 낮 동안 경락마사지를 하느라 다 빠져나간 기운을 보충하기라도 하듯 천천히 커피를 마시며 바깥 풍경을 바라본다. 작고 앙증스러운 나무의자는 앉아 보려는 용도로 산 것이 아니었다. 의자 하나에는 풍성하게 꽃을 꽂은 단지를 올려놓았다. 그리고 또 다른 의자에는 사기로 갓을 씌운 전기스탠드를 놓아두었다. 창문으로 보이는 명품의 해변 풍경을 제외한다면 사실 이 원룸은 심하게 좁다.

갑자기 전화기가 요란하게 울린다. 마사지 예약을 하려는 손님들이 언제나 전화를 해 오기 때문에 내 전화는 업무용 비품이다. 나는 얼른 전화를 받는다. 눈이 나빠져서 화면에 찍히는 전화번호나 발신자 이름을 정확히 볼 수가 없다. 우선 받고 본다.

"현자야, 나야. 현애. 현자야. 얘, 현자야."

다급한 목소리를 들으며 나는 난감해진다. 받고 싶지 않은 전화였다. 발신자를 확인하지 않고 받은 것이 실수였다. 하기야 현애에게 전화기가 있을 리도 없다. 요양원에서 거는 전화일 것이다.

"응. 그래. 나야. 잘 지냈니?"

그제야 안심한 듯이 현애의 목소리가 조금씩 가라앉고 차분해진다. 그녀가 크게 숨을 쉬고 그 커다란 눈을 껌벅이는 것이 보이는 듯하다.

"어떻게 지내? 응? 재미있어?"

뜬금없이 던지는 말에 한숨이 나온다. 이 아이의 집요한 하소연을 받아 주기에 나도 이제는 지쳤다.

"그냥, 그렇지 뭐. 새삼스레 재미있고 말고 할 것이나 있니?"

"그래도 너는 재미있겠다, 얘. 너는 복이 많아서 잘 살고 있잖니? 너는 정말 복이 많아서 좋겠다. 너는 내가 못 가진 것을 다 가지고 있으니까, 정말 부럽다."

또 시작이구나, 나는 끝없이 이어지는 그녀의 말을 듣기가 신물이 난다. 마음은 그렇게 생각을 하면서도, 그녀의 비위를 건드려서는 안 된다는 것을 알고 있기 때문에 도리 없이 맞장구를 쳐 준다.

"그래, 고마워. 그래. 응. 그렇지."

그러면서 문득 의문스럽다. 그녀의 오빠로부터 소식을 들은 것이 언제였더라? 친구인 나에게는 한 번도 보인 적이 없지만 가족들과 함께 있을 때 그녀는 종종 난폭해지는 것 같았다. 정신 착란 증세를 보이는 간격이 좁아지고 난폭해지는 정도가 점점 심해져서 가족들이 아무도 그녀를 감당할 수가 없게 되었다고 했다. 그래서 어려운 결정을 내렸다고. 가족의 동의가 없으면 절대로 퇴원이 불가능한 정신요양원에 입원시켰다고 했었다. 물론 외출도 자유롭지 못한 곳이라 그때까지 간간이 입·퇴원을 반복하던 요양원과는 전혀 다른 곳이라고 했다. 전화가 오더라도 받지 말라며, 더는 면회를 갈 필요도 없다고 했었다.

지금은 그들을 충분히 이해할 수 있다. 20년 가까이 그녀의 병 때문에 시달려 온 가족들로서는 그것이 최선이었을 것이다. 인내심으로 말하자면 누구보다도 잘 견디는 나도 지쳤다. 참는 것으로 세상에 맞서 보려고 했던 만큼 나는 참고 견디는 것은 지금도 자신이 있다. 그런데 더 이상은 그녀를 참을 수가 없다. 이제는 그녀의 전화도, 그 응석을 부리는 듯한 목소리조차도 듣기가 싫다.

우리는 여고 2학년 때 같은 반이었다. 가나다순으로 번호를 정했던 학교에서 그녀와 나는 이름이 비슷해 출석 번호가 붙어 있었다. 그녀는 21번 이현애, 나는 22번 이현자. 나는 그녀가 마음에 들어서 친해지려고 애를 많이 썼다. 키가 크고 늘씬한 데다가 희고 기다란 손가락, 가슴이 울리도록 아름다운 목소리. 그녀의 아버지는 우리학교 재단의 이사라고 했다. 활달하고 아름다운 그녀는 아이들 사이에서 인기가 많았다. 첼로를 취미로 하고 있던 그녀는 나와는 비교할 수조차 없이 우아하고 고상하고 아름답고……. 무슨 짓을 해도 귀엽고 사랑스럽기만 해서 우리들과는 전혀 다른 인종이었다. 타고난 귀족 가문의 영양(令孃), 진짜 공주였다.

그녀는 서울에 있는 명문 여대의 프랑스어과를 가고 나는 여고 졸업을 끝으로 작은 회사의 경리 사원으로 들어갔다. 우리는 같은 여고를 나왔지만 밟고 있는 땅이 서로 달랐다. 대학을 졸업한 그녀가 결혼을 한다고 했을 때, 나는 다니던 회사를 그만두고 미용 보조직원으로 미용실을 전전하고 있었다. 결혼식장에서 본 그녀는 천사나 다름없었다. 그러나 결혼한 지 6개월 만에 그녀는 내가 일하는 미용실로 찾아왔다.

"현자야, 나 이혼했어."

나를 보고 처음으로 한 말이었다. 마치 어제 저녁에 영화를 봤어, 혹은 점심을 안 먹었더니 배가 고파, 같은 심상한 말투였다. 나는 화들짝 놀라 그녀를 쳐다보았다. 눈 밑에 다크서클이 진하게 드리워져 있고 긴 생머리를 틀어 올려 아무렇게나 핀으로 지르고 있었다. 청바지에 헐렁한 티셔츠, 맨발에 오렌지색 플랫슈즈를 신고 있었는데 그 선명한 오렌지색이 가슴을 저미는 듯했던 기억이 난다.

지금 생각해 보니 그때가 병이 처음으로 시작되던 시점이 아니었나 싶다. 그녀에게 사랑하는 남자가 있었다고 했다. 가난한 연극 배우여서 수입이 적고 그런 직업이 갖는 특성 때문에 가정에 충실하지도 못할 거라고 여긴 집에서, 그녀를 집에 감금하고 외출을 못하게 했다. 그러고는 마음을 정리할 틈도 없이 강제로 다른 남자와 결혼을 하게 한 것이었다.

그녀가 대학생이 되고 나서 나는 사람이 평등하다는 것을 믿지 않았다. 그녀는 나와는 다른 별에서 사는 사람이었고 우리는 전혀 평등하지 않았다. 방학 때 어쩌다 만날 기회가 있어도 나는 그녀를 피했다. 나는 그녀의 흠집 하나 없는 삶에 견주어 기가 꺾이고 절망해 슬퍼지고 싶지 않았다. 그녀의 서울에서의 사랑과, 병이 될 정도의 이별과 그런 것에 대하여 그 당시의 나는 별로 아는 것이 없었다.

"아버지가 미워. 식구들 모두 다 원수 같아. 참고 있다가도 가끔씩 가슴에서 확 하고 불이 올라오는 것을 느껴. 그럴 때면 식구들을 다 죽여 버리고 싶어."

그녀의 번득이는 불안정한 눈빛과 뱉어 내는 독한 말을 듣고 있노라면 등이 선득했다. 그런 말은 그녀 같은 사람이 할 말이 아니었다. 그렇게 변해 버린 그녀가 한없이 가엾고 측은해서 견딜 수가 없었다.

정신과 폐쇄병동에 입원한 그녀를 처음 면회 갔을 때가 생각난다. 이혼했다면서 나를 찾아온 지 2년이 지난 뒤였다.

"현자야, 나 이제 다 나았어. 나가서 약만 먹으면 된대. 나 좀 여기서 꺼내 주라."

희고 날씬하던 그녀는 딴사람으로 변해 있었다. 살이 쪄서 거대해진 몸집은 둔해 보였고, 그렇게 희고 곱던 얼굴이 시골 밭일을 하는 사람처럼 꺼멓게 되어 있었다. 병원의 면회실에서 만난 그녀는 내가 한 번도 본 적이 없었던 다른 사람이었다. 그때가 아마 스물여섯 살 때쯤이었을 것이다. 이십 대의 그 눈부신 나이에 그녀는 몰라보게 나이가 들어 보였다. 나는 충격을 받아 말이 나오지 않았다. 가슴이 먹먹해지면서 눈물이 차오르는 것을 억지로 참고 있으려니까 그녀가 여러 겹으로 상처가 생긴 팔목을 보였다.

"죽으려고 했는데, 죽어지지도 않더라. 이 층 내 방 창문에서 뛰어내리기도 했는데 다리만 부러지고……. 콱 죽어서 아버지 가슴에 못을 박아 주고 싶어."

그녀의 가슴속에 있는 분노가 나를 압도했다. 분노는 형체를 가진 거대한 괴물이 되어 그녀를 덮치고 완전히 망가질 때까지 그녀의 존재를 짓누를지도 몰랐다. 나는 몸을 떨었다.

"현애야, 내가 자주 올게. 그런 무서운 생각은 그만해."

내가 할 수 있는 위로라는 것은 고작 그 정도뿐이었다. 그녀를 만나고 올 때마다 나는 무력감을 느끼곤 했다. 나는 다만 그녀의 말을 들어 주는 것밖에 아무것도 해 줄 수가 없었다. 그때는 나도 그녀처럼 그 가족들에게 분노를 느꼈었다. 가슴이 터질 것 같던 그때의 그 느낌은 아직도 생생하게 남아 있다. 그러나 그때는 나 또한 너무 젊어서, 삶에 대해 통찰력이 없었던 것이다.

그녀의 상처가 그렇게나 깊다는 것을 나는 그때 알지 못했다. 아마 그것은 누구도 알지 못했으리라. 한 사람이라도 그것을 알았더라면, 그녀의 마음에 생긴 상처가 그토록이나 깊고 커서 돌이킬 수 없는 병이 되어 버렸다는 것을 그때 진작 알았더라면 지금처럼 되기 전에 어떻게든 치료할 수 있었을 것이다.

"아버지는……."

세 번째 입원이었던가, 그녀가 끊임없는 자살 충동으로 사고를 치곤 했기 때문에 입원해서 감시를 당하고 있을 때였다.

"우리 아빠는, 이가 다 빠지셨어. 그냥 가만히 있어도 이가 쑥 빠지신대. 나 때문에…… 나 때문에 골병이 드셔서……."

지금도 도무지 이해할 수 없는 것은 마음에 생긴 상처의 무서움이다. 상처는 시간이 지나면 저절로 치유되는 것이고, 낫고 나면 상처가 있었다는 것도 잊게 된다고 나는 생각해 왔다. 몸에 생긴 상처든 마음에 생긴 상처든 상처라는 것은 언젠가는 아물게 되는 것이 아닌가. 살이 찢어지고 피가 흐르고 뼈가 부러져도 잘 싸매 놓으면, 약을 바르고 건드리지만 않으면 낫는 것이 아닌가. 아무리 긴 세월이 지나도 치유되지 않는 상처가 있을까.

내가 마사지실을 열었을 무렵, 나는 그녀에게 경락을 짚어 뚫어 주는 마사지를 해 주곤 했다. 몸 안의 기를 뚫어 순환을 도와주면 병이 조금이라도 나아지지 않을까, 그런 기대를 품고 나는 한때 있는 힘을 다해 그녀를 마사지했다. 그러나 그녀의 상처는 결코 낫지 않았다. 몸은 어느 정도 회복이 되었으나 병든 마음은 치유되지 않았다. 그녀의 안에는 내가 손댈 수 없는 크고 단단한 덩어리가 있었다. 절대로 녹지 않는 얼어붙은 부분이, 어떤 사람도, 그 무엇으로도 녹여 낼 수 없는 얼음의 땅이 있었던 것이다.

손목을 면도칼로 긋고, 창문에서 뛰어내리고, 치사량의 수면제를 먹고, 목을 매고, 그녀는 집요하게 자살을 시도했다. 그러나 다리가 부러지고 척추에 금이 가는 부상을 입으면서도 그녀는 죽지 않았고 우리는 같이 나이를 먹어 40대 후반이 되었다. 그녀가 발병한 지 20년이 되어 간다.

나의 마음속에도 그녀처럼 녹지 않는 얼음 덩어리는 있다. 그것을 꽉꽉 싸매어 나는 가슴 깊이 넣어 두었다. 내가 처음이자 마지막으로 가졌던 아이, 스물아홉 살의 나이에 했던 첫 임신, 결혼하고 2년 만에 어렵게 가진 아이였다. 출산 예정일을 두 주일이나 지나고서도 출산의 기미가 없어서 병원에 갔을 때 아이는 내 몸속에서 이미 죽어 있었다. 매달 검진을 받았고 마지막으로 진찰을 받았던 때에도 이상이 없었다. 건강하게 발길질을 하고 살아 있던 아이가 왜 죽어 버렸는지는 병원에서도 알지 못했다. 그때 온몸을 휘감았던 분노와 슬픔은, 이제는 그 기억조차 희미하다.

그러나, 하고 나는 생각한다.

그러나, 나는 정말 그 일을 다 잊은 것일까. 아이를 잃은 나의 심장과 위장과 간은 살기를 거부하고 누구와도 함께하기를 거부했다. 만신창이로 병이 든 끝에 나는 수면에 주둥이를 갖다 대고 간신히 숨을 쉬는 물고기처럼 겨우 살아 있었다. 기동을 못하고 방 안에 누워 있는 동안 남편은 나를 떠나갔다.

라디오에서 피아노곡이 흘러나온다. 나는 커피 한 잔을 더 가지고 와서 침대 위에 앉았다. 전화를 끊었지만 가슴이 답답하다. 퇴원이 불가하다는 요양원에서 그녀는 자기 안의 또 다른 감옥에 갇혀 몸부림치고 있을 것이다. 병이 치료되지 않고 깊어지며 세월이 지나가는 동안, 그녀에게 나는 오직 하나 남은, 유일한 친구가 되어 버렸다.

"주말쯤 현애를 보러 가야 하는 것이 아닐까."

나는 소리를 내어 말했다. 그러나 이제는 혼자 가기가 부담스럽다. 언제부터인가 나는 혼자 있게 되면 소리 내어 말하고 있는 것을 알게 되었다.

"혼자 가기는 너무 부담스러워."

해가 넘어가고 바다가 차분한 남빛으로 가라앉는다. 짧은 봄날의 낮이 지나고 밤으로 넘어가는 시간, 세상에서 가장 아름다운 시간이 되었다. 어제와 별다르지 않은 하루가 또 저문다. 나는 문득 나의 삶이 낭비되고 있는 것 같은 생각이 든다. 나는 내 안에 있는 나무 한 그루가 그림자를 드리우는 것을 본다. 봄이 되어 가는데도 내 나무는 아직 잎을 피우지 않는다.

"현자 씨는 어떤 사람을 원해?"

지난주였다. 마사지를 하고 있는 중이었는데, 느닷없이 물어왔다. 나는 고객과 개인적인 얘기를 별로 하지 않는 편이지만, 그녀는 처음 마사지실을 낼 때부터 오게 된 오랜 고객이었다.

"글쎄요."

"말해 봐. 적당한 사람을 한번 맞춰 볼게. 꼭 총각을 원하는 건 아니지?"

옥돌로 등의 혈을 마사지하고 있는 중이었다. 나는 희미하게 웃었다.

"왜 웃기만 해? 나이 먹어 가는데 이렇게 계속 혼자 살 거야?"

"그건 아니구요. 저도 가끔 외롭기는 해요. 그렇지만 다시는 결혼 같은 건 하고 싶지 않아요. 그냥 친구처럼 지낼 사람은 필요하죠. 부담 없이 만나서 밥 먹고 차 마시고 드라이브하고, 음…… 가끔 영화나 공연도 보러 가고, 그리고 술도 한잔할 수 있는 그런 사람, 있으면 좋죠."

그러고 말았는데, 바로 연락이 왔다.

"우리 가게에 가끔 그림을 맡기러 오는 사람이야. 나이는 현자 씨보다 한 살 적어. 그림 그리는 사람이니까 감각도 섬세하고 점잖고, 내가 볼 때는 신사야. 게다가 아직 미혼이라지. 먹고 살 정도는 재산이 있고, 하여튼 한번 만나 봐."

그런 설명이 있고 한 시간 후에 나는 남자의 전화를 받았다. 맑고 투명한 목소리였다. 전화를 받자 갑자기 가슴이 불규칙하게 뛰기 시작했다. 일과 관련 없이 남자의 전화를 받은 것이 얼마 만인가. 나는 내가 여자라는 것도 잊고 살았다는 생각이 들었다. 남자와 잠자리를 한 것이 얼마나 되었는지 기억도 나지 않는다.

약속한 시각보다 2분 늦게 나는 바닷가 2층 카페에 도착했다. 평일 오후 시간이라 카페 안에 사람은 많지 않았다. 남자는 와 있지 않았다. 나는 흰색 실크 블라우스에 검은 바지를 입고 굽 높은 샌들을 신었다. 나이보다 젊어 보인다는 말을 듣는 편이었지만 남자를 만난다는 사실이 나를 긴장시켰다. 창가 자리에 앉아 20분 정도 기다리자 그가 나타났다. 문에 들어설 때부터 나는 단번에 남자를 알아보았다. 녹색 티셔츠에 베이지색의 재킷을 아무렇게나 걸치고 약간 길어서 헝클어진 머리. 키가 그리 크지 않은 남자였다.

카페 안에 혼자 앉아 있는 여자는 나밖에 없었는데도 남자의 눈길은 나를 스쳐서 다른 쪽으로 갔다가 다시 돌아왔다. 그리고 찬찬히 다시 나를 쳐다본 순간, 남자는 이해하기 어려운 묘한 표정을 지었다. 이게 아닌데, 라는 그런 표정.

그리고 남자는 나에게로 왔다. 커피를 시키고 날씨 이야기를 하고 그러고 나니 더 이상 할 얘기가 없어졌다. 남자는 무료한 얼굴로 창밖을 내다보는 데 열중했다. 나는 딱한 생각이 들었다. 표정을 감출 줄 모르는 남자가 난감하기도 하고 무례한 것 같기도 했다. 나는 최대한 인내심을 가지고 명랑한 척했다.

"그림을 그리신다는 얘기를 들었어요. 저는 그림은 잘 모릅니다만, 멋진 일을 하고 계시네요."

"아, 네에."

"작업실은 어디에 있나요?"

"작업실? 아, 네. 작업실은 저어……."

남자는 말을 더듬기 시작했다. 나는 작게 소리를 내어 웃었다.

"그림 그리는 작업실에 한 번 가 본 적이 있어요. 굉장히 어질러져 있던데요. 걱정 마세요. 가 보자고 안 할 테니까."

"아, 네에."

그는 비로소 미소 지었다. 미소를 지으니 소년처럼 보였다.

이 남자는, 하고 나는 생각했다. 자신의 멋진 점을 모르고 있구나. 마주 앉아 있는데 가슴 한쪽이 아파 왔다. 이 남자가 찾는 여자는 내가 아님이 분명하다. 그렇지만 이렇게까지 감정을 숨길 줄 모르는 사람도 있을까.

아무리 그렇더라도 저녁 식사는 하고 헤어질 것이라 생각했다. 그러면 나는 모르는 척하고 저녁 식사를 하고, 즐거운 듯이 얘기하다가 적당한 때에 헤어져 돌아온다.

나가서 식사나 할까요? 그렇게 물어 오기를 나는 기다리고 있었다. 그러나 남자는 뭔가 잊어버린 게 생각난 듯 허둥거리더니, 카페를 나오자 바로 인사를 하고 돌아서 가 버렸다. 내가 마음에 들지는 않더라도 최소한의 예의는 차려 줄 것이라고 생각한 내 예상은 빗나갔다. 나는 뺨을 한 대 세차게 얻어맞은 기분이었다. 어제 일이다. 남자를 만나서 같이 보낸 시간은 정확히 47분이었다.

집으로 돌아와서 나는 거울 앞에 오래도록 서 있었다. 실크 블라우스와 화장한 얼굴이 초라하게 느껴졌다. 내 존재의 남루함이 그 남자에게 그토록이나 드러나 보였던 것일까.

피아노의 음이 방 안을 두드린다. 여고를 다닐 때 우리 반에서 피아노를 칠 줄 모르는 아이는 나밖에 없다고 생각했었다.

음악실에 갈 때면 언제나 피아노에 대한 갈망으로 마음이 타는 듯했다. 첼로를 하고 있던 현애네 집에는 물론 피아노가 있었다. 그녀는 피아노를 칠 줄 모르는 사람이 세상에 존재한다는 것조차 알지 못했을 것이다. 피아노 레슨 받는 것을 꿈도 꾸지 못했던 그 시절에 대한 보상으로 피아노곡을 들으면 나는 무조건 열광한다. 그리고 슬퍼진다.

바깥은 이제 어두워지기 시작한다. 나는 방에 불을 켜지 않고 그대로 둔다. 세상 누구와도 연결되어 있지 않아 섬이 되어 버린 나는 이제 누구에게도 손을 내밀 수 없어졌다. 그 옛날 단 한 번 나에게로 왔던 아이가 갑자기 생각난다. 세상에 나오기도 전에 죽어서 내 몸과 마음을 다 망가지게 했던 아이. 아이 때문에 한순간 빛났던 내 삶은, 그 아이로 인해 또한 회색빛의 재로 덮였다.

그렇다. 내가 잘못 알고 있었다. 상처는 세월이 오래 흐른다고 해서 저절로 낫는 것은 아니었다. 오히려 더 깊어질 뿐이다.

"현애야, 내가 갈게."

나는 소리를 내어 말했다. 들어 줄 사람이 없기 때문에 소리를 내어 말할 수밖에 없다는 것을 아는 사람이 있을까.

"기다려 줘. 갈게."

나는 내 안의, 아직 잎을 피우지 않은 나무를 다시 들여다본다. 재를 뚫고 자란 마른 가지들이 떨고 있다. 아무것도 걸치지 않은 맨몸의 가지들이 저들끼리 서로 부딪혀 소리를 내고 온몸의 통점을 모두 건드린다. 고통 때문에 나는 몸을 움츠리고 이를 악문다. 눈을 들어 바라본 창밖에는 훤하게 달이 비친 바다가 조각조각 깨어져 있다.

내 안의 강물

1. 그녀, 연이

발이 아파, 발바닥에 불이 나는 것 같아. 발이 너무 아파, 발바닥이 아파서 집에 오면 서 있기가 싫어. 내 발 좀 주물러 줘. 저 물컵 좀 갖다 주면 안 돼?

수술하기 전, 그녀는 퇴근해서 집에 돌아오면 요구가 많아졌다. 내키는 일은 아니었지만 나는 그녀에게 물을 가득 담은 컵을 갖다 주곤 했다. 그녀는 지나칠 정도로 물을 많이 마신다. 그녀에게 늘 물을 가져다주어야 하는 나에게 그것은 여간 성가신 일이 아니다.

전에는, 그렇다, 이전에는 물론 그렇지 않았다. 그녀의 목소리를 들으면 감미롭다 못해 온몸의 세포들이 다 떨렸다. 모습이 보이지 않아도, 근처에 있기만 해도 그녀의 존재가 느껴졌었다. 사방의 공기 속에는 나를 몽롱하게 만드는 그녀의 페로몬으로 가득 차 있었다.

발 수술을 한 지 한 달 만에 우울증이 그녀를 찾아왔다. 그것은 회색의 재처럼 그녀를 뒤덮어 그녀는 아무것도 하지 않고 거실의 소파에 드러누워 지낸다. 그렇게 지낸 지 며칠, 몇 주일이 되어 간다. 그녀가 하는 말은 이제 나에게 내리는 명령뿐이다. 나는 더 이상 이런 상황과 그녀를 감당하기가 힘이 든다. 평소에, 아프지 않을 때도 순하고 순종적인 사람은 아니었다. 처음에는 물론, 그 톡톡 튀는 성격이 마음에 들었다.

소파에 드러누운 채로 그녀는 나에게 명령을 한다.

"시인, TV 채널 좀 돌려 줘요, 응? 오늘은 호라시오가 나오는 CSI 마이애미를 봐야 해."

그녀는 별난 호칭을 붙이기 좋아한다. 우리는 남들처럼 결혼을 한 것이 아니니까 다른 사람들이 부르는 방법으로 서로를 불러서는 안 된다는 것이 그녀의 지론이었다. 그러나 그렇다고 해서 뭐 별로 독창적인 것도 아니다. '시인'이라는 것은 당신이라는 말 대신에 당을 생략하고 뒷부분을 좀 길게 늘인 것에 지나지 않는다. 그녀의 창의성은 그다지 기대할 만한 게 못 된다. 나는 그런 것을 싫어하지만, 처음에는 그녀가 너무도 마음에 들어서 그녀가 무슨 이름을 짓든, 무슨 짓을 하든 재미있었다.

"무의가 어디 갔지? 발을 받쳐야 되는데, 오늘 발이 많이 부었어."

수술을 한 뒤로 그녀의 발은 무서울 만큼 부어올랐다. 그래서 소파에 앉으면 발을 내려놓지 못하고 의자를 가져와 받쳐 올려야 했다. 발을 내려뜨리고 있으면 부은 발이 점점 더 붓기 때문이다. 무의란, 인터넷에서 그녀가 싼값에 산 의자였다. 배달되어 온 의자는 크기는 자그마했지만 엄청나게 무거웠다. 싸구려 압축목재를 써서 만들었나 보았다. 그래서 그녀는 그 의자를 무겁기만 한 밉살스런 의자라는 뜻으로 무의라고 이름 붙였다.

그런데 우리가, 하고 나는 생각한다. 이렇게나 오래도록, 결혼하지 않고 같이 살기만 하는 것이 괜찮은 일일까. 우리가 살고 있는 이런 방식의 삶을 이제는 그만두어야 하는 것은 아닐까. 아, 그 생각은 오래전부터 하고 있었다. 아이도 갖지 않고 가족이 된다는 의미도 없이, 이렇게 오랜 기간 동안 같이 살고 있다는 것은 아무래도 평범하고 예사로운 일은 아니다. 우리도, 아니, 나 혼자만이라도 이제 남들이 사는 방식으로 살아야 할 때가 된 것은 아닐까. 같이 살기 시작한 지 5년이 지나자 문득 그런 생각이 들었다.

언제부터 그녀가 하는 모든 말들이 저렇게나 얄밉게 들렸던가. 나는 할 수 없이 내가 보고 있던 뉴스를 포기하고 그녀가 시키는 대로 TV 채널을 돌린다. 그리고 안방에서 무의를 가져다 그녀의 발을 받쳐 주고 작은 담요를 발목까지 덮어 준다. 수술한 부분에는 흉터방지용 연고를 발라 끈적끈적하기 때문에 발을 꺼내 놓는다.

"땡큐. 나의 시저, 나의 안토니우스, 그대와 함께 나일 강에 뱃놀이를 갈 날도 멀지 않았어. 오늘의 공을 생각해서 내 그대를 나의 왼쪽 발밑에 앉게 해 줄게."

소설을 많이 읽은 그녀는 곧잘 그런 소설 속의 지문을 인용하곤 한다.

"알았어. 고마워서 콧물이 나네."

나는 코웃음을 쳤다.

"무의가 그대의 심기를 불편하게 했구먼 그래. 내가 발이 나아서 걸어 다닐 수만 있으면, 이놈의 무의부터 부숴 버릴 거야. 그러니 참아, 응?"

왼손잡이인 그녀가 왼쪽 발이 이상해진 것은 오래전이었던 것 같다. 나는 그동안 그녀의 발 같은 데는 전혀 관심이 없었다. 그동안이라는 것은 그녀를 만나 데이트하고 밀고 당기는 그런 기간을 빼더라도 한 집에서 같이 살아온 6년간을 말한다. 백화점 여성복 매장에서 하루 종일 서서 일을 하는 그녀는 집에 돌아오면 늘 발이 붓는다고 했다. 가 본 적은 없지만 상당히 고급 부티크인 것으로 알고 있다. 그녀는 일터에서 샵매니저라고 불린다.

처음에 그녀의 왼쪽 발이 부어오르고 그녀가 발이 아파, 아파, 하면서 절며 걸어 다닐 때도 나는 그저 그러려니 생각했다. 그러다가 좀 있으면 낫겠지 하고 관심도 갖지 않았다. 나는 내가 그렇게나 그녀에게 무관심한 것이 놀랍다. 그녀의 발을 무릎에 얹고 주물러 주면서도 나는 그것이 그녀와 갖는 친밀한 스킨십 정도라고만 생각했지, 그녀의 통증에 대해 진지하게 생각해 본 적이 없었다. 어쩌면 그녀 역시 나에 대해 그럴지도 모른다. 깊이 알고 있는 것 같지만 사실 우리는 피상적인 관계일 뿐인지 모른다. 가을에서 겨울로 접어들면서 발은 급속도로 악화되었다. 그녀는 한쪽 발을 질질 끌면서 백화점에 출근했다. 그리고 퇴근해서 집에 돌아오면 소파에 기대어 발에 쿠션을 받치고 앉아서 TV만 보았다. 연말을 넘기고 나서는 급기야 백화점을 그만두었다.

"어쩌려고 그래?"

그 말이 목까지 치밀어 왔지만, 나는 말을 삼켰다. 그때까지만 해도 새해를 맞아 서른여섯 살이 되는 그녀는 날씬하고 활기차고 아름다웠다.

"자기한테 할 얘기가 있어."

그녀는 드물게 보는 진지한 얼굴로 말했다.

"나는 수술을 해야 될 거래. 엄지발가락이 변형되어서 바깥쪽으로 휘어져 나오고 있기 때문에 그냥 두면 점점 심해져서 통증 때문에 걷지도 못하게 될 거라고 의사가 말했어."

"병명이 뭐래?"

"응, 무지…… 무지외반증이라나, 뭐 그런 이름이던데."

"꼭 수술을 해야 한대?"

그녀는 약간 비감한 얼굴로 고개를 끄덕였다. 그녀의 그런 모습은 정말 보기가 좋다. 나는 그녀의 그런 표정을 보면 넋을 잃고 만다.

"많이 아프지는 않대?"

"의사 말로는 통증을 없애기 위해 수술을 하는 거래. 엄지발가락 뼈를 두 군데 부러뜨릴 거래. 그렇게 해서 발가락뼈가 바로 되도록 안으로 밀어 넣을 거래. 부러뜨린 뼈가 붙고, 다 나을 때까지는 아프겠지. 그렇지만 뭐, 이참에 몇 달간 쉬면서 지내 보지 뭐."

"두 발 다?"

"처음에는 왼쪽 발만 할까 했는데 하는 김에 양쪽 발을 다 하는 것이 좋을 것 같아. 아무래도."

"두 발을 다 수술하면 어떻게 움직여?"

나는 눈을 크게 떴다.

"그게 걱정이야. 꼼짝도 못하고 집에 갇혀 있어야 되는 거. 부러뜨린 뼈가 붙을 때까지."

"수술비는 많이 안 들어?"

그녀는 웃음을 터뜨렸다.

"걱정 마. 그건 내가 알아서 다 할게. 자기는 한두 달쯤 내 시중을 들어 줘야 할 거야. 그것만 해 주면 돼."

"시중?…… 어떤 것 말이야?"

그녀는 대답을 않고 미소 지었다. 가슴을 녹이는 미소, 그것을 보고 있으면 어떤 것이라도 안 해 줄 수가 없게 되는 그런 미소였다.

"화장실 데려가 주고, 밥 먹여 주고 목욕도 시켜 주고 그런 거?"

"글쎄, 나도 안 해 봐서 잘 몰라. 어쨌든 나는 여왕처럼 굴 거야."

"근데, 그 수술이라는 것은 언제 하지?"

"통증이 너무 심해졌거든. 견디기가 어려워서 의사를 졸랐지만 비어 있는 시간이 없대. 수술이 워낙 많이 밀려 있어서 제일 빠른 날로 잡아도 설 쇠고 2월 14일이나 되어야 할 수 있대. 그래도 좋은 징조 아냐? 밸런타인데이에 수술한다는 거."

그녀의 말대로 한다면 수술은 2주일이 남았다.

"수술할 때까지 남은 2주일 동안 뭘 하지?"

그녀는 갑자기 손뼉을 쳤다.

"아, 생각났다. 우리 홍콩이나 싱가포르 같은 데 가서 놀다 오자. 아니면 베트남을 가든지, 아니, 필리핀, 보라카이든지……."

"제정신이니?"

"응. 나 제정신 맞아. 진통제 처방해 달래서 먹고 조심해서 다녀오면 돼. 수술하면 석 달 동안 꼼짝도 못할 텐데. 이참에 갔다 오자, 응?"

어이가 없어서 가만히 있었더니 그녀는 집요하게 졸라 대기 시작했다. 나중에는 울기까지 했다. 물론 가짜로 우는 것처럼 쇼를 하는 것이다.

"어린애처럼 좀 굴지 마라. 수술을 한다면서 어딜 간단 말이야?"

"그러니까 가야 된다구. 수술하기 전에 걸을 수 있을 때, 지금 안 가면 평생 후회하고 욕하고 저주할 거야."

기가 막혀 웃었다.

"꼭 우리 아버지 같아. 나쁜 엑스."

"아……버지?"

그녀는 한 번도 집안사람들 얘기를 한 적이 없다. 내가 고개를 젖혀서 그녀의 얼굴을 들여다보자 그녀는 입을 다물고 고개를 숙였다.

"가자, 가자, 그렇게 가고 싶으면 어디든 가자구."

나는 전에 한번 가 보았던 베트남의 항구 도시 나짱 근처에 있는 빈펄 리조트를 예약했다. 설날 연휴를 지나고 난 직후라 비교적 여유가 있었다. 경기가 좋지 않아서 그런지, 항공권이랑 호텔이 바로 예약이 되었다. 일주일 후에 우리는 출발했다.

베트남 전쟁 때 미군이 주둔했던 나짱은 아름다운 항구 도시인데 그 외곽에서 바다 위로 케이블카가 설치되어 있었다. 10분쯤 케이블카를 타고 가면 섬에 도착하는데, 섬은 그야말로 별천지였다. 섬 전체가 리조트였고, 먼지 나는 현실과는 거리가 먼 작은 천국이었다. 호찌민 같은 대도시에서도 숨길 수 없이 드러났던 가난한 나라의 이미지는 찾아볼 수가 없었다. 호텔방의 창문과 발코니가 바다 쪽으로 향해 있고 반달 모양으로 휘어진 호텔 건물 앞 정원에는 수영장이 다섯 개쯤 이어져 있었다. 둥근 꽃 모양으로 디자인된 수영장 가에는 키 큰 야자 나무들이 둘러서 있고 수영장 사이를 건너지르는 앙증스러운 나무다리와 비치 의자, 꽃들이 만발한 산책로, 그리고 산책로 뒤에는 흰 모래사장이 펼쳐진 바다가 끝없이 출렁이고 있었다. 수영을 좋아하는 그녀는 등이 까맣게 타도록 수영을 했다.

건기의 끝 무렵이었기 때문에 날씨는 선선해서 수영장 물에서 나오면 소름이 돋을 정도였다. 그래서 수영장은 거의 비어 있었다. 그녀는 아침부터 밤까지 지치지도 않고 수영을 했다. 수영장 다섯 개를 건너갔다 건너왔다 하며 물속에서 지냈다. 호텔 뒤쪽으로 바닷가 언덕 위에 레스토랑이 있었다. 음식은 별로 신통치 않았지만, 그녀가 그 집을 마음에 들어 해서 우리는 거기서 몇 번 식사를 했다. 식당의 창가에 자리를 잡고 앉으면 눈높이에서 바다가 정물처럼 잔잔하게 펼쳐져 있었다. 해 질 무렵에 그 자리에 가서 앉으면 감정이 무딘 나 같은 사람도 한숨이 나올 정도였다. 세상에 어떻게 이런 곳이 있을까 싶게 아름다웠다. 음식 값이 비싼 편이어서 그런지 손님도 별로 없어서 우리 둘만 있을 때가 거의 대부분이었다. 언덕으로 올라가는 길에 하얀색, 보라색, 분홍색 열대의 꽃들이 만발해 있었다. 우리가 식사를 마치고 길가에 낮게 켜진 등불 사이로 걸어 내려오면 꽃들은 진한 향기를 내뿜었는데, 거기를 지날 때마다 그녀는 열대 과일 향기 나는 입술로 키스를 했다.

천국에서 돌아오자 수술이 기다리고 있었다.

수술을 하기 전에 나는 그녀의 발을 촬영했다. 각도를 달리하여 수십 장을 찍었다. 그녀의 발은 희고 살이 없어 예쁜 편이었지만, 과연 엄지발가락 뼈가 돌출해 있었다. 퇴근해 온 그녀가 소파에 누우면 나는 그 옆에 앉아 그녀의 발을 내 무릎 위에 얹고 주물렀다. 그 작은 발을 만지고 있을 때는 잘 몰랐는데, 사진으로 찍어 보니 역시 그랬다. 발 모양이 어딘지 기형적이었다. 왼쪽 발이 많이 아프다고 했으나 모양은 오히려 오른쪽이 더 많이 변형되어 있었다.

수술은 끔찍했다.

평생 수술이라는 것을 해 본 적이 없는 나는 수술이 그렇게나 어렵고 힘든 것인 줄 몰랐다. 수술 하루 전날 보호자와 함께 와서 입원 수속을 하라고 했기 때문에 나는 그녀를 데리고 병원에 가서 입원 수속을 했다. 무슨 서약서 같은 것이 있었는데 거기다 서명을 하면서 나는 비로소 그녀의 실질적인 보호자가 된 느낌이었다. 기분이 나쁘지는 않았다. 하기야 그것은 그녀가 치료비나 입원비 같은 걸 계산할 수 없을 때 내가 대신해서 돈을 내야 하는 것이라 해도 말이다.

"저녁 식사를 바깥에서 하고 오시겠어요? 병원 식사를 하시겠어요?"

하늘색 근무복을 입은 간호사가 앵무새처럼 억양 없이 말했다.

"바깥에서 식사를 하고 와도 되나요?"

그녀는 최대한으로 우아하게 되물었다.

"원칙적으로는 안 되지만, 환자분들이 병원 식사를 싫어하시니까 편의를 봐드리는 거예요. 게다가 오늘은 입원 첫날이라서……."

"그럼 바깥에서 먹고 올게요."

"식사하고 7시까지 병실에 와 있어야 해요. 환자복은 그때 갖다 드릴게요. 내일 수술이니까 밤 9시가 지나면 물도 마셔서는 안 됩니다."

우리는 이상적인 병원에 입원을 한 것 같았다. 빈 병실이 2인실 하나밖에 없었기 때문에 방을 다른 사람과 같이 써야 하는 것이 내키지 않았지만 우선 거기에 입원을 했다.

그녀는 다른 환자와 달리 아픈 데가 없었으므로 청록색 코트 자락을 날리며 의기양양하게 병실 바깥으로 걸어 나갔다. 엘리베이터를 타자 커다랗게 트림을 하고 무안함을 감출 목적으로 큰 소리로 웃으며 내 겨드랑이에 두 손을 넣고 간지럼을 태웠다. 그러고는 뽀뽀를 하듯이 작고 뾰족한 코를 내 코에 대고 비벼댔다. 마침 엘리베이터에는 아무도 없었지만, 나는 낯이 간지러워서 이런 짓은 싫어한다.

"그만해. 병원에 수술하러 온 것이 아니라 병원을 휘저어 놓으러 온 것 같아. 제발 그만해, 응?"

나는 그녀의 두 손을 모아서 잡고 화가 난 척했다. 그렇게 하지 않으면 언제까지 계속될지 모르는 일이기 때문이다.

바깥은 춥고 비가 추적추적 내리고 있었다. 나는 이게 무슨 나쁜 징조가 아닐까 불안했다. 나의 소심함은 단번에 그녀에게 들통났다.

"뭘 걱정하고 그래? 바보같이."

병원 주변은 온통 즐비한 식당들로 가득했다. 우리는 삼겹살 삼 인분을 시켰다. 많이 먹는 것에 비해서 그녀는 살이 찌지 않는다.

"소주도 한잔."

우리는 병원에 입원하러 온 것도 잠시 잊어버리고 소주를 한 잔씩 가득 따라 짤깡하고 부딪쳤다.

"수술을 위하여!"

"우리 연이의 발을 위하여!"

"내 가엾은 엄지발가락을 위하여!"

우리는 위하여를 대여섯 번 하고 나서 소주 한 병을 다 비웠다. 그러나 그녀는 술을 잘 못한다. 요란하게 위하여만 하고 술은 내가 마시는 편이다. 더구나 내일 수술을 해야 하기 때문에 그녀는 술잔을 입에다 대기만 하고 소주는 나 혼자서 다 마셨다. 수술 전날은 저녁 식사 후에 금식을 하는 것뿐, 달리 할 것도 없다면서 그녀는 나에게 집에 가서 자고 오라고 했다. 그녀를 병실까지 바래다주고 나서도 한참을 앉아 있다가 그녀의 재촉을 받고서야 나는 마지못해 일어섰다.

"늦으면 안 돼. 수술은 9시야, 9시. 그러니까 그 전에 와야 돼."

그녀는 몇 번이나 다짐을 두었다. 매사에 느슨하고 시간을 잘 지키지 못하는 나에게 그녀는 늘 잔소리를 해 대었다. 내가 못 미더워서 몇 번이나 같은 말을 되풀이한다. 그녀가 그럴 때마다 매번 나는 그것을 듣는 둥 마는 둥했다. 오늘 역시 예의 그 습관적인 다짐인데도 불구하고 나는 애처로워 가슴이 터질 듯했다.

돌아오는 길은 몹시 멀게 느껴졌다. 두 시간 전에 마신 소주가 심장과 뇌에서 소용돌이치고 있었다. 나는 병원에서 나와 택시를 탈까 했으나 그럴 필요가 없는 것을 깨달았다. 아무도 없는 집에 빨리 들어갈 이유가 딱히 없는 것이다. 젖은 길을 천천히 걸어서 전철을 세 번씩이나 갈아타고 드디어 집에 도착했다. 바닷가에 있는 아파트라 전철에서 내려 걸어가노라니 바람이 세차게 불었다. 이 도시 전체에 바람이 없을 때도 이 동네만 오면 바람이 분다. 나는 차마 집에 들어갈 용기가 안 나서 바다가 보이는 정원의 어두운 나무 의자에 몸을 숨기듯 앉아 있었다. 바람을 피해 담배를 피워 물었다. 가슴안에서 무엇인가 울컥,

하고 올라왔다. 나 자신이 너무도 무책임한 것처럼 느껴졌다. 6년이나 같이 살면서도 우리는 부부가 아니었다. 몇 년 전에 나는 다른 여자를 만나고 이 생활을 정리할까 생각한 적이 있었다. 그러나 그렇게 하기에는 너무도 명분이 없어서 그만두었다. 그녀는 멍청하게 여겨질 정도로 나에게 충성을 바친다. 그런데도 불구하고 나는 때때로 그녀가 나를 이용하고 있는 것 같은 생각이 든다.

그렇다면?

그렇다면 우리 관계는 아무 의미도 없는 것일까. 우리는 서로 이용만 하고 있는 것일까. 결혼을 전제로 한 것이 아니고 아이도 갖지 않고 그녀와 함께 살았던 6년간의 세월이 아무것도 아닌 것일까. 우리가 연인으로 지낸 그 시간들이 무의미한 낭비에 불과한 것일까. 지금이라도 핑계를 대고 간병인을 붙일까. 그렇게 하고 나는 그녀에게서 손을 떼어 버릴까. 그렇게 하면 내가 너무 나쁜 놈일까.

그때, 그녀의 애처로운 목소리가 떠올랐다.

"늦지 마, 늦으면 안 돼."

현관문을 열고 들어갔을 때 나는 깜짝 놀랐다. 집 안이 캄캄했기 때문이다. 그녀가 없다는 것을 알고 있으면서도 집 안이 캄캄한 데에 나는 거의 공포를 느꼈다.

"자기, 왔어? 오늘 하루 잘 지냈어?"

발이 그렇게까지 악화되기 전에는 언제나 먼저 들어와 있던 그녀가 현관으로 통통통 뛰어왔다. 아버지의 재산으로 빈둥거리며 놀고 지내는 나는 그녀의 그런 부지런함, 계획성, 빈틈없는 치밀함에 반했다. 그녀의 생활은 언제나 씨줄과 날줄로 촘촘하게 짜여 있다. 느슨하게 시간을 낭비하고 있는 나와는 전혀 다른 인종인 것이다.

아버지가 사 준 아파트는 사실은 내 분에 좀 넘치는 감이 있었다. 현관에서 거실까지는 긴 복도가 있었다. 내가 들어서기만 하면 그녀는 집 안 어디 있든지 간에 통통통 발소리를 내며 현관으로 뛰어왔다. 그녀와 6년간이나 같이 살 수 있게 된 것도 아마 그녀의 그런 모습 때문인지 모른다.

명분상으로는 아버지가 경영하고 있는 고급 레스토랑의 지배인으로 있는 셈이지만, 아버지는 나를 포기한 지가 오래여서 나는 그냥 자유인으로 지내고 있었다. 얼마 전부터는 얼굴을 보는 일도 없이, 통장에 최저 생계비가 입금되고 있다. 아버지가 정한 최저 생계비는 아마 그녀의 월급보다 많을 것이다. 그러나 이것은 그녀에게 비밀이다.

"결혼을 하지 그러니? 심성이 괜찮아 보이던데, 그렇게 데리고 놀기에는 좀 가엾지 않니? 나이도 먹어 가고 있는데……."

아버지가 언젠가 그녀를 보고 나서 말했다. 그녀와 살기 시작한지 2년 정도 지났을 때였다. 나는 그때 얼굴을 찡그렸다.

"데리고 노는 것 아닙니다."

아버지를 똑바로 쳐다보면서 또렷하게 말했던 것을 기억한다. 그런데 아버지의 눈에는 아직도 내가 그녀를 데리고 노는 것쯤으로 보일 터였다.

아버지는 나에게 빚이 있다.

나는 어머니를 기억하지 못한다. 어머니는 내가 만 두 돌이 되기 전에 아버지에게 나를 맡기고 자살했다. 아버지가 제대로 자리 잡기 전이었던 시절, 어머니는 가난한 아버지를 도와 시장에서 작은 우동 가게를 했다고 했다. 힘들고 고단한 생활이었지만 고생이라고 생각지 않았을 만큼 두 사람은 사이가 좋았다. 그리고 얼마 안 있어 내가 태어났다. 그런데 아버지는 기혼자였다. 아버지가 그 사실을 숨겼기 때문에 어머니는 나를 낳아 돌이 지나고 나서야 알게 되었나 보았다. 어머니는 자존심이 강하고 독립적인 사람이었다. 아버지는 어머니의 그런 점이 마음에 들었겠지만, 어머니의 그런 점은 또한 우리 모두에게 돌이킬 수 없는 상처를 남겼다. 뜻대로 되지 않는 세상과 무책임한 아버지를 그런 참혹한 방법으로 벌주었던 것이다. 집안에서 형제들 사이에 이상하게 나만 뭔가 다르다는 것을 느끼곤 했지만 이유를 몰랐었다. 나를 키워준 어머니는 나이가 많았고 나 위에 형이 셋, 누나가 셋 있었다. 어머니는 공정한 사람이었다. 나에게 살뜰하게 애정을 기울이지는 않았지만 그렇다고 해서 구박하거나 냉대하지도 않았다. 사실을 알게 된 것은 대학에 들어간

첫해였다. 나는 갓 들어간 대학을 휴학하고 해병대에 자원했다. 아무도 나를 말릴 수 없었다. 키는 컸지만 얼굴이 희고 선이 가늘어 계집애 같았던 나는 훈련을 견딜 수 없어 죽어도 좋다고 생각했다. 죽을 작정이었다.

"미안하다. 정말 미안하다."

훈련이 한 고비를 넘겼을 때였다. 아버지가 면회를 와서 내 손을 잡았다. 어머니를 닮아서 절대로 그을리지 않는 흰 얼굴이 혹독한 훈련 때문에 두 번이나 껍질이 벗겨지고 있을 때였다.

나는 대담해져서 아버지 눈을 똑바로 노려보았다.

"내 맘대로 살아 볼 겁니다."

나는 그때 내 삶을 정면으로 마주하고 있다고 생각했다. 그러나 그 뒤에, 20년의 세월이 지나가는 동안 나는 뭘 했던가. 나는 여전히 고독하고 이기적이고 아무 일도 안 하고, 그리고 혼자다. 아니, 이제 혼자가 되려고 한다. 그녀가 무겁게 느껴져서 도망치려고 한다.

요리하는 것을 좋아해서 한동안 요리에 몰두했었다. 한식, 일식 요리 자격증도 몇 개나 땄다. 잠깐씩 TV요리 코너에 나가기도 했다. 그때만 해도 우리나라에 남자 요리사가 귀한 편이어서 내가 나가는 프로그램은 인기가 있었다. 그러나 그것 때문에 아버지의 레스토랑을 통째로 삼키려는 술책이 아닌가 하는 식으로 아버지 집의 형제들이 긴장하기 시작하자 흥미가 사라졌다.

요리를 하면서 잠깐씩 사진을 찍기도 했는데, 요리를 그만두자 카메라를 메고 돌아다녔다. 그때 그녀를 만났던 것이다. 그녀는 카메라만 갖다 대면 얼굴을 활짝 펴고 꽃처럼 웃었다. 그녀와 같이 살게 되면서 나는 더 이상 그녀의 사진은 찍지 않는다. 카메라 앞에서 꽃처럼 눈부시게 웃는 그녀를 보아도 이제는 별로 감흥이 없다.

그녀를 만나지 않았더라면, 그랬더라면 무엇을 했을까. 어쩌면 재즈 댄스를 했을지도 몰랐다. 댄스 스포츠가 유행하기 시작할 때였다. 모두들 라틴 댄스를 해서 선수로 나가 보라고 했었다. 키가 적당히 크고 살이 없는 편이어서 체격 조건이 맞는다고 했다. 그러나 나는 파트너와 호흡을 맞추어야 하는 커플 댄스는 자신이 없었다. 무슨 일이든지 나는 혼자 하는 것이 더 잘된다. 파트너가 있어야 하고 호흡을 맞추어야 하고 그런 복잡한 일은 못하는 성격인 것이다. 혼자서 하는 재즈 댄스는 나한테 딱 맞았다. 그러나 댄스가 몸에 배어 있지 않아 아무리 해도 제대로 된 자세가 나오지 않았다. 선수를 하기에는 너무 늦었다. 서른 살이 넘은 나이에 몸으로 표현하는 댄스를 시작하기는 아무래도 무리였다. 그냥 취미 삼아 하려면 얼마든지 할 수가 있었지만, 전문가가 되고 최고가 되려는 내 야망은 꺾이지 않을 수 없었다. 여러 가지 일들에 손을 대어 보았지만 마음을 붙이기가 어려웠다. 내가 가장 오랫동안 싫증을 내지 않고 마음을 붙이고 있는 것은 그녀뿐이다.

6년…….

적은 세월이 아닌 것이다.

나의 하루는 그녀가 출근하면서 차려 놓고 간 아침식사를 한낮이 다 되어서야 일어나 먹는 것으로 시작한다. 오후가 되면 헬스클럽에 가서 웨이트 트레이닝을 2시간쯤 하고 운동이 끝나면 옷을 챙겨 입고 집을 나선다. 나는 내 몸매를 중요하게 생각하고 옷을 잘 차려입는 것을 중요하게 생각해서 남자로서는 좀 사치스러운 편이다. 그녀에게 첫눈에 끌린 것도 아마 그녀의 그 세련된 옷차림 때문이 아닌가, 하는 생각이 요즘에 와서 든다.

명목상으로만 운영하고 있는 사진 스튜디오에 나가서 오후를 보낸다. 친구와 같이 시작한 스튜디오는 동업 형태이기는 하지만, 내가 시설비를 대고 운영은 거의 친구 혼자서 하는 편이다. 가끔 촬영을 나갈 때 동행하기도 하지만, 나는 그저 재미로 그러고 있는 것에 지나지 않았다. 친구도 거기에 대해서는 잔소리를 하지 않는 편이어서 나는 그저 얹혀 있는 셈이라고 할지. 귀가할 때 그녀가 없는 빈집에 혼자 들어가기가 싫어서 단골 술집에 가서 간단하게 술을 한잔하는 것이 버릇이 되었다. 가끔 여자들이 다가와 유혹을 하기도 한다. 나는 마음이 내키면 여자를 데리고 호텔로 간다. 외박을 하는 일도 가끔 있다. 그것으로 나는 내가 그녀에게 얽매어 있지 않다는 것을 보여 줄 속셈이었다. 거기에 대해 그녀는 아무 말도 하지 않았다.

그런데 이제 그녀를 병원에다 두고 그녀가 없는 집에 혼자 들어가야 하는 입장이 되어 버렸다. 그녀와 함께 살았던 6년 동안 거의 없었던 일이었기 때문에 나는 어리둥절하기도 하고 당황하기도 했다. 그리고 좀 더 솔직히 말하자면 겁이 났다. 집에 들어가서 나는 온 집 안의 불을 다 켰다. 현관에서부터 복도, 거실, 안방, 주방, 침실, 사진 작업실, 그리고 화장실까지. 환하게 불을 켜니까 좀 나았다. 그녀가 집에 없다는 것이 이런 느낌일 것이라고는 전혀 예상하지 못했다.

그녀가 가끔 마시던 코냑이 병에 절반쯤 남아 있었다. 나는 그녀의 잔에 술을 따라서 거실에 앉아 마시기 시작했다. 그녀의 잔은 따로 있다. 그녀는 와인을 마시든 코냑을 마시든 소주를 마시든 그 잔으로만 마신다.

"멋지지? 핀란드에서 만든 크리스털이라 좀 비싸."

크기가 좀 큰 와인 잔이었다. 굉장히 얇고 스마트하게 생겼다. 그냥 볼 때에는 유리잔처럼 보이지만 가늘고 긴 목을 손으로 잡아 보면 크리스털이라는 것을 알 수 있다. 손가락으로 퉁기면 투명한 종소리가 난다. 그녀는 술잔을 치니라고 부른다.

"치니는 명품이야. 나처럼."

도저히 잠이 올 것 같지도 않고 내일 아침이라는 시간이 올 것 같지도 않았다. 나는 평소에 코냑 같은 술은 마시지 않는다. 마셔 보니 위스키보다는 부드러워 마시기가 괜찮고 향기도 좋았다. 내가 집에 들어오지 않고 외박하는 날마다 그녀가 술을 마신다는 것을 나는 어렴풋이 알고 있었다. 부드럽기는 해도 알코올 도수가 위스키와 맞먹는 독한 술이었다. 몇 잔을 마시고 술이 오르자 나는 집 안의 불을 모두 껐다. 어두운 거실에서 유리창을 통해 내다보니 바다 위를 건너지르는 아름다운 다리와 건너편 해안의 불빛들이 바닷물에 비쳐 비현실적으로 보였다. 나는 그 풍경을 골똘히 바라보았다. 내가 들어오지 않는 밤에 그녀는 코냑을 마시며 저 풍경을 보았으리라.

나는 치니를 들고 가만히 그녀의 이름을 불러 보았다.

"연이야."

소리를 내어 불러 보자 이름은 온 집 안에 가득 차서 그녀의 부재를 더욱 확실히 알렸다. 더 이상 감상적이 되지 않기 위해서는 잠을 자는 것이 최선이라는 생각이 들었다. 베개 옆에 알람시계를 갖다 두고도 휴대폰에 다시 알람을 설정하고 씻지도 않고 잠이 들었다.

알람이 울리기도 전에 눈이 떠졌다.

최근 몇 달 동안 나는 오전 9시 이전에 일어나 본 적이 없었다. 알람은 7시에 맞춰 놓았으나 내가 일어난 시각은 5시 20분이었다. 2월의 5시 20분은 아직 밝지 않다. 다시 누웠으나 잠이 오지 않았다. 우리는 싱글 침대를 각각 하나씩 쓰고 있기 때문에 같은 침대에서 잠을 자지 않는데도 그녀가 없다는 것이 느껴졌다. 거의 본능에 가까운 그 무엇이 작동하여 그 사실을 나에게 알렸다. 현실 같지 않았다. 그녀가 없는 집이라니, 꿈을 꾸고 있는 것이라는 생각이 들었다.

"연이야."

무심코 불러 보고는 얼른 자리에서 일어났다. 샤워를 하고 식물들에게 물을 주고 우유를 한 잔 마시고 나니 우유가 차가워서 몸이 부르르 떨렸다. 뱃속까지 떨려서 할 수 없이 계란프라이를 하나 하고 커피를 내렸다. 따뜻한 커피와 계란을 먹는 동안 그녀가 오늘 수술을 한다는 것이 실감 났다. 그녀는 수술을 하고 몇 달 동안 외출하지 못할 것에 대비해서 머리를 짧게 잘랐다. 길고 탐스러운 숱 많은 머리를 그렇게나 짧게 잘라 버린 것이 아까웠으나 그녀는 아무렇지도 않은 모양이었다.

"머리는 또 자라잖아? 머리카락보다 앞으로 두 달 동안 바깥에 못 나가는 내 청춘이 아까워."

"청…… 춘? 그 나이에, 그 말이 맞는 거니?"

내 말에 그녀는 말없이 춤을 추기 시작했다. 그녀는 살사 댄스를 선수 수준으로 잘 춘다. 그녀의 살사는 파트너 없이 혼자 추는 것이 더 멋있다.

아무리 해도 시간이 가지를 않아서 7시가 되기 전에 집을 나섰다. 그녀가 일러준 대로 가스 밸브를 잠그고 난방 보일러를 끄고 전등을 끄고, 그러고 나서 현관문까지 갔다가 다시 돌아와서 확인하고 그러고 난 뒤에 집을 나섰다. 생각보다 추웠다. 지난밤에 비가 온 뒤끝이라 그런지 바람이 매서웠다. 나는 택시를 타고 병원으로 갔다. 병원에 도착하니 7시 10분이었다.

"시인, 정말 일찍 왔네. 나는 내가 수술실에 들어가고 나서 오지나 않을까 걱정했는데. 뽀뽀해 주고 싶어. 역시 내가 옆에 없으니까 인간다워지는군여. 진짜로 없어져 줄까?"

"어유 저 쓸데없는 소리."

그녀의 모습을 보고 나는 충격을 받았다. 일반 환자복이 아닌 헐렁한 녹색 수술가운을 입고 손등에는 링거 줄이 달려 있었다. 게다가 소변을 빼내는 줄까지 튜브가 몇 개나 달려 있고 어젯밤의 생생한 모습은 찾아볼 수도 없었다. 눈이 부스스 부어 있었다.

"울었어?"

"울기는 왜?"

"눈이 부스스해."

"그래서, 가엾게 보여? 응? 가여워? 아이, 신난다."

이런 철딱서니 없는 것, 그렇게 까불고 있어도 마음 한구석이 아팠다.

"기뻐하지 마. 하나도 안 가여워."

"새벽에, 음…… 5시쯤 수술실 간호사가 와서 나를 깨우지 뭐야. 다리에서 발까지 셰이빙을 다 끝냈어. 흰색 면 속옷을 입으라고 하네. 나는 지금 천사처럼 순결해."

나는 화장실에 가서 더운 물에 수건을 적셔 가지고 와 그녀의 얼굴을 닦아 주었다. 그녀는 아이처럼 미소 지었다.

"사실은, 세수 못 했는데, 어떻게 알았지? 아아, 이제 좀 개운하네."

"뭐든지 말만 해. 다 해 줄 테니."

"진짜지? 아이, 행복해."

그녀의 침대에는 '금식' 표지가 걸려 있었다.

같은 병실에 있는 또 다른 환자는 척추가 아픈 할머니였다. 며느리로 보이는 중년 여자가 시중을 들고 있었는데 목소리가 너무 커서 시끄러웠다. 그 여자는 우리에게 관심이 많았다.

"색시가 아주 참하네. 발을 수술한다구? 저를 어째? 고생하겠네."

그녀와 나는 목소리가 큰 사람이 질색이었다. 우리 둘 다 그랬지만 그녀가 그것을 더 못 견뎌 했다. 그러나 수술을 앞둔 비상사태라 그녀는 시끄러운 것도 모르는 듯했다.

"시인, 아침 먹었어?"

내가 병실에 들어갔을 때는 식사가 병실마다 배달되고 있는 참이었다. 할머니는 침대에 앉아 오물오물 먹고 있었다.

"응, 먹었어."

나는 아까 마셨던 차가운 우유 생각이 났다. 그녀를 이렇게 두고 커피까지 마시다니, 나는 쓸데없는 데에 가책을 느꼈다. 그런 것을 알 리 없는 그녀는 고개를 비스듬히 기울여 내 얼굴을 찬찬히 뜯어보았다.

"그렇게 봐도 소용없어. 어젯밤에 잠이 안 와서 코냑을 다 마셨어. 술이 모자라서 치니까지 씹어 먹었어."

"치니는……."

하다가 그녀는 그만둔다. 나는 얼른 방부터 바꾸어야겠다는 생각을 했다. 남들과 같이 쓰는 병실이라니, 생각해 본 적도 없다.

수술은 9시라고 했으나 8시가 지나자 간호사들이 쉴 새 없이 들락날락했다. 혈압을 체크하고 매달려 있는 링거 줄에 주사기로 약물을 넣곤 했다.

"사실은 소변 줄을 다니까……."

그녀는 눈을 깜박이면서 속삭였다.

"왜 그래? 많이 불편해?"

"그게 아니구…… 자꾸 소변이 마려워. 화장실 가고 싶은 생각만 난다. 웃기지?"

무슨 비밀스러운 것을 말하듯 그렇게 말하고 부끄러운 듯이 웃었다.

8시 45분, 흰 가운을 입은 남자 의사가 여러 명 오더니 그녀에게 말을 걸었다. 아침 회진 시간인가 보았다.

"박오연 씨, 오늘 9시 수술입니다. 양쪽 발 다 한다고 그러셨죠?"

"수술은 제가 할 겁니다. 척추 마취를 하기 때문에 의식은 있을 겁니다. 한쪽 발에 1시간 걸립니다. 양쪽을 다 하면 2시간, 길어도 3시간이면 수술이 끝날 겁니다."

그들이 급하게 말하고서 나가고 나자 흰 가운을 입은 사내 하나가 이동침대를 밀고 왔다. 병원에서는 그녀의 이름을 그대로 다 부른다. 그녀는 자기 이름을 성까지 다 부르는 것을 질색한다. 이런 상황에서 들어도 그녀의 본명은 정말로 촌스럽다.

"박오연 씨, 지금 수술방으로 내려갑니다."

"몇 층인가요?"

그 와중에도 그녀는 그런 것이 궁금한가 보았다.

"수술방은 3층입니다."

사내와 내가 그녀를 들어 이동침대에 옮겼다. 사내는 침대를 엘리베이터 쪽으로 밀고 갔다. 나는 그녀의 얼굴이 잘 보이는 쪽에서 침대 난간을 잡았다. 그녀는 나와 눈을 맞추고 생글생글 웃고 있었다. 그러나 8층의 입원실에서 수술실이 있는 3층까지 내려오기도 전에 눈을 감아 버리고 말았다. 3층까지 내려와 엘리베이터에서 나오자 그녀를 찬찬히 볼 틈도 없이 이동침대는 수술실로 들어가 버리고 문이 닫혔다. 드라마 같은 데서 보는 극적인 장면을 기대한 것은 아니었지만, 나는 그녀의 얼굴도 제대로 보지 못하고 손도 잡아 보지 못했다. 왼손에는 주사기와 튜브가 달려 있었고 오른손은, 글쎄, 오른손은 어디 있었지?

수술실로 실려 들어간 그녀는 오래도록 나오지 않았다. 수술실 문이 열리고 몇 사람이 나오고 다시 들어가곤 했으나, 그녀의 이름은 전광판에 뜨지 않았다. 나는 도대체 그녀가 어떻게 되었는지 알 수가 없었다. 아버지의 친구가 이 병원에 근무한다는 것을 들은 것 같은데, 연락할 길을 알아 둘 걸, 후회했다. 심지어는 전에 한때 만나고 있던 여자의 남편이 의사라는 생각까지 났다.

박지현…… 회복중…… 문연자…… 회복중…….

전광판에 녹색으로 떠서 지나가고 있는 이름들을 보면서 나는 한 자라도 놓칠세라 눈을 부릅떴다. 박, 박이다. 그녀의 이름이 아닌 것을 알면서도 한 자라도 같은 글자가 나오면 엉덩이를 들어 올리지 않을 수 없었다. 연이, 우리 연이는 왜 소식이 없나.

온갖 생각이 다 들었다. 그녀가 혹시 잘못된 것은 아닐까. 혹시, 뭔가가 나쁘게 되어 그녀는 의식을 잃고 내가 알 수 없는 다른 세계로 가 버린 것은 아닐까. 혹시, 그녀는, 혹시…….

의사가 말한 3시간이 지나 12시가 되었다. 그녀는 수술실에서 나오지 않았다. 그때까지 기다리는 데에도 한계점에 도달한 나의 인내심은 오후 2시가 되자 기절 직전까지 갔다. 속이 바싹바싹 타들어 가고 머릿속이 텅 비고, 그녀에게 잘못한 모든 것이 되살아나서 나를 꼬집어 비틀었다. 나는 덜덜 떨면서 그녀의 마음을 아프게 했음 직한 일들을 일일이 되새겼다.

하느님, 외박을 절대 하지 않겠습니다. 다른 여자에게 눈길을 주지 않겠습니다. 그녀를 구해 주십시오. 하느님, 제가 지은 죄는 모두 저에게만 벌을 주십시오. 그녀는 죄가 가볍습니다. 그녀를 벌주지 마십시오. 아니, 그녀는 죄가 없습니다. 그녀에게 제발 아무 일이 없게 해 주십시오. 수술이 잘되게 해 주십시오.

교회도 다니지 않는 나의 기도가 무슨 힘이 있을까마는, 그런 기도 비슷한 것이라도 주절거리지 않고서 맨 정신으로는 있을 수가 없었다. 2시 30분이 지나가자, 나는 머리가 어떻게 되고만 것인지, 절대로 해서는 안 될 맹세까지 해 버렸다.

“하느님, 그녀를 살려만 주십시오. 평생 같이 살며 그녀가 원하는 것은 아무리 작은 것이라도 다 들어주겠습니다. 정식으로 결혼도 하겠습니다.”

그 순간, 기적처럼 그녀가 수술실 바깥으로 실려 나왔다.

“박오연 씨 보호자님, 영상의학과에 가서 수술한 부위를 사진 찍고 병실로 올라갈 겁니다.”

나는 너무도 반가워서 눈물이 나려고 했다. 이동침대에 실려 나온 그녀는 눈을 반쯤 뜨고 있었다. 나를 보더니 희미하게 미소 지었다.

그 미소는, 앞으로 세월이 아무리 많이 지나가더라도, 그녀와 내가 이 세상에서 사라지고 지구가 모습을 바꾼다고 할지라도 결코 잊을 수 없는 그런 미소였다. 상처 입은 짐승처럼 애절한 눈, 짧게 자른 머리는 이마에 착 달라붙어 있고 땀을 흘렸는지 뺨에 손을 대니 축축했다. 이불 속에서 오른손을 꺼내어 잡았더니 손도 뜨겁고 축축했다. 그녀는 아이처럼 입을 반쯤 벌리고 모든 것을 체념한 듯한 얼굴이었다. 6년 동안이나 같이 살면서 한 번도 본 적이 없는 모습이었다. 아침에 엘리베이터에 실려 내려가며 나를 향해 생글생글 웃던 그녀가 아니었다. 평소 그렇게 팔팔하던 그녀는 더더욱 아니었다. 나는 가슴이 찢어지는 듯했다.

"시인, 기다리느라 지루했지?"

그녀는 나에게만 들리게 속삭였다. 나는 말을 할 수가 없어서 고개만 끄덕였다.

"지루해 죽을 뻔했어. 얼마나 걸렸어? 지금 몇 시야?"

눈 밑에 거멓게 다크서클이 생겨 처참한데도 미소를 지으려고 애쓰는 모습이 내 참을성을 다 앗아 갔다. 수술한 발의 엑스선 사진을 찍으러 촬영실에 들어가고 나서 나는 복도에 앉아 두 손으로 얼굴을 감싸고 울었다.

2. 병원 10일간

간호사실에 몇 번이나 부탁을 해 두었더니 병실을 1인실로 바꾸어 주었다. 소지품도 별로 없었지만, 그녀가 수술실로 들어가고 나서 새로 배정된 방으로 옮겨 놓았다. 2인실보다 작기는 했으나 침대가 둘이어서 둘이 지내기에는 불편함이 없어 보였고, 무엇보다 다른 사람과 같이 지내지 않아도 된다는 것에 마음이 놓였다. 출입문에서 들어가면 왼쪽에 환자용 침대, 오른쪽에 보호자 침대가 있었다. 환자용 침대는 크기도 했지만 상당히 높았다. 이동침대에 실려 온 그녀는 그 높다란 침대에 옮겨졌다. 발치께에는 받침대가 있어서 발을 올려놓을 수 있게 되어 있었다. 평소에도 그녀는 발을 올려놓는 것을 좋아하기 때문에 나는 그녀의 발을 받침대에 얹었다. 붕대가 두툼하게 감겨져 엄청나게 커진 발은 건드리기도 겁이 났다. 붕대 끝에 두 번째 발가락 끝만 조금 보였다. 그녀는 두 번째 발가락이 유별나게 길다.

"척추 마취를 했기 때문에 12시간 동안은 머리를 들면 안 됩니다. 낮은 베개는 베어도 되고 머리 위치를 좌우로 돌리는 것은 괜찮습니다. 지금, 오후 3시니까 내일 새벽 3시까지 그렇게 있어야 됩니다."

그녀가 뭐라고 속삭였다. 간호사가 허리를 숙여 그녀의 말을 들었다.

"그러시죠. 움직이지 못하고 그런 자세로 계속 있으면 허리가 많이 아프실 거예요. 그래도 어쩔 수가 없어요. 힘들어도 참으셔야지 머리를 들어서 그것 때문에 문제가 생기면 그건 이런 수술과는 비교할 수 없이 어려운 치료를 해야 된답니다. 마취가 풀리면 많이 아프실 거예요. 무통주사를 달고 있지만, 그래도 밤에는 많이 아프실 거예요. 아프면 참지 마시고 저를 부르세요. 요즘은 약이 좋아서 진통제를 여러 번 맞아도 상관없어요. 옛날 할머니들처럼 진통제 맞으면 빨리 안 낫는다더라, 그런 말 다 거짓말입니다. 아셨죠? 아프시면 바로 얘기하세요."

시끄러운 간호사가 나가고 나자, 우리는 비로소 둘만 남았다.

"많이 아파?"

나는 가만히 물었다.

"그래도 생각만큼 아프지는 않네. 살을 찢고 뼈를 네 군데나 부러뜨렸는데 이 정도도 안 아프면 그게 이상한 거지."

말은 그렇게 하지만 그녀의 목소리에는 힘이 없었다.

"일어나지 못하는 것이 제일 괴로워. 12시간 동안 머리를 들지 말라니까 계속 같은 자세로 있어야 하는 것, 지독하게 못된 짓을 해서 벌을 받고 있는 기분이야."

그녀의 침대에는 아직 금식 표지가 걸려 있었다. 간호사는 시간 간격도 없이 수시로 왔다 갔다 했다.

"목이 말라. 물 마시고 싶어."

그녀가 얼마나 물을 좋아하는 사람인가를 생각해 내자, 이런 잔인한 짓을 저지르고 있는 것이 나 자신인 것 같아 수술을 하게 놔둔 것이 후회되었다.

"물 마시면 안 됩니다. 6시, 저녁 식사 때까지 금식입니다. 저녁 식사부터는 먹어도 되니까 그때까지 참으세요."

마녀 같은 간호사는 그런 잔인한 발언을 예사롭게 하고 지나갔다. 나는 소독 거즈를 얻어 와서 생수로 적셔 그녀의 입에 물려 주었다. 시간은 더디 흘러갔다. 병실로 올라온 지 한참 되었는데 아직 4시도 되지 않았다. 저녁 식사 시간인 6시가 마치 200년이나 남은 듯이 생각되었다.

"좀 쉬어. 수술 받느라고 혼났을 테니."

"응. 시인도 쉬어. 기다리느라 혼났잖아?"

"발 나으면 세상에서 제일 이쁜 신발 사 줄게. 갖고 싶은 대로 다 사 줄게."

그녀는 입에 거즈를 물고 힘없이 웃을 뿐이었다. 남을 위로하고 돌보는 데에 서투른 나는 어찌해야 할지 속수무책이었다. 천장에 매달려 있는 TV를 그녀가 잘 볼 수 있게 각도를 조정하고 거즈를 한 번씩 갈아 주는 수밖에 없었다.

"저녁 식사는 죽으로 하시겠어요? 밥으로 하시겠어요?"

배식 담당인 듯한 아주머니가 미리 와서 물었다. 나는 그녀에게 눈으로 물었다.

"죽."

그녀가 외쳤다. 먹는 얘기가 나오니 그녀는 기운이 났다.

"그렇지만 이렇게 누워서 어떻게 먹지?"

"내가 떠먹여 줄게. 나를 부려 먹어. 뭐든 말만 해. 다 해 줄 테니까."

"신난다. 나는 왕이야."

"그래, 왕 맞아."

나는 맞장구를 쳤다. 이제야 겨우 그녀다워졌다. 그래도 목이 마른지 거즈를 다시 적셔 달라고 하고 저녁 식사 때까지 거즈를 입에 물고 처연하게 있었다. 다크서클이 진해져서 얼굴이 너구리같이 되었다. 나는 집에서 읽다가 가져온 사진 잡지를 들고 창문가에 있는 의자에 앉아 책을 읽는 척했다. 창밖은 조금씩 어두워지고 있었다. 갑자기 심하게 어두워진다고 생각하는데 후두둑 비가 쏟아졌다. 나는 반쯤 열어 두었던 창문을 닫고 그녀를 곁눈질해 보았다. 그녀는 무심히 나를 보고 있었다. 나는 모른 척하고 말했다.

"또 비가 오네."

"오늘이 밸런타인데이네."

우리는 각자 한마디씩 하고 서로 마주 보았다. 드디어 식사가 배달되었다.

"음, 냄새가 기가 막힌데, 무슨 죽이지?"

그녀는 당장 기운이 났다.

"흰쌀도 들었고, 야채죽인 것 같은데. 먹어 볼려?"

"맛있겠다. 맛있겠다."

"우선 물부터 한 숟갈 줄게."

물 한 숟갈을 받아먹고 그녀는 입맛을 수십 번 다셨다.

"음…… 정말 맛있다. 이렇게 맛있는 물은 내 생전 처음 먹어 봐. 진짜 맛있어."

그런 호들갑을 듣고 있으니 가엾기 짝이 없었다. 나는 얼른 바퀴 달린 작은 탁자에 식판을 얹어서 밀고 왔다. 죽 대접과 국그릇, 반찬이 서너 가지 되었는데 반찬에는 일일이 뚜껑이 덮여 있었다. 나는 그녀의 머리맡에 앉아 죽을 한 숟갈 떴다.

"반찬은 뭐 있어?"

그녀는 고개를 들 수가 없어 천정을 보고 누운 채로 말했다.

"음…… 어묵하고 감자를 함께 조린 것, 물김치, 그리고 계란찜, 국은 무를 넣은 북엇국이야."

반찬은 딱 세 가지였다. 빈약하기 이를 데 없는 식단이었다. 환자들이 이런 음식을 먹고 어떻게 기운을 차릴까, 하는 생각이 들었다. 그래도 여기서는 어쩔 수 없다. 나는 집에 가기만 하면 그녀를 위해 임금의 수라상이라도 차릴 결심을 했다. 죽을 한 숟갈 떠서 입으로 분 뒤 좀 식혔다가 혀를 대어 보았다. 알맞게 따뜻했다.

"자, 먹어 봐. 몇 시간 만의 식사지?"

그녀는 입을 크게 벌려 한 방울도 흘리지 않고 받아먹었다.

"정말 맛있다. 음. 음. 음…… 이건 진짜 폭죽이야. 기네스북에 올라갈 정도야."

그녀가 최상급을 표현하는 방법이다.

"그렇게 맛있어?"

그녀는 누운 채로 입만 벌려서 새가 모이를 받아먹듯 식사를 했다. 별로 흘리지도 않고 잘 받아먹는 것이 신통했다. 반찬을 한 가지만 입에 넣어 주어도 폭죽, 폭죽, 하면서 맛있어하고 제법 많은 양이었는데, 죽 한 그릇을 다 먹었다. 나는 그녀의 이런 왕성한 식욕이 마음에 든다. 음식 타박하는 일 없이, 무엇이든 다 잘 먹는다. 하긴, 금식한 지 거의 24시간이 지났지 않은가. 어제 저녁 식사 후에 처음 먹는 음식이기는 하지만, 그런 호된 수술을 하고 난 뒤라 입맛이 없을 만도 한데 잘 먹어 주는 것이 고마웠다.

누워서 밥은 먹었지만 양치는 할 수 없어서 물을 좀 더 마시게 하고 식판을 치웠다.

"시인, 자기도 밥 먹어야지. 점심도 안 먹었지?"

그러더니 까르르 웃는다.

"된통으로 혼났구나. 밥도 못 먹구. 얼굴이 거무죽죽해."

그녀가 기운을 차렸기 때문에 나도 여유가 생겼다.

"저런, 말하는 것 하고는……. 저녁 먹고 들어오면서 뭐 사다 줄까? 먹고 싶은 것 있으면 말해."

"음…… 과일?"

바깥은 비가 그쳐 있었으나 바람이 스산하게 불었다. 그래도 그녀가 식사를 하고 기운이 났기 때문에 한결 안심이 되었다. 병원의 안뜰로 나와서 담배를 피워 물었다. 바람을 얼굴에 정면으로 맞으면서 피우는 담배는 그녀 표현대로 한다면 진짜 폭죽이었다.

나는 병원 주변을 천천히 걸어서 식당 몇 군데를 지나쳤다. 아침에 집에서 나온 뒤로는 아무것도 안 먹었는데 배가 고프지 않았다. 식욕이 사라졌다. 몇 번이나 식당이 즐비한 골목을 왔다 갔다 하다가 해장국집 안으로 들어갔다. 선지국밥을 시키고 멍하니 TV를 보았다. 몇 숟갈 뜨기 시작하자 배가 고파 왔다. 전혀 배고프지 않고 식욕도 없었는데 이상한 일이었다. 선지국밥 한 그릇을 다 먹고 나자, 문득 이건 그녀가 좋아하는 건데, 라는 생각이 들었다.

그녀에게 뭔가 사다 주려고 나는 병원 바로 옆에 있는 대형마트에 갔다. 입구에서부터 밸런타인데이라는 현수막이 세로로 요란하게 걸려 있었다. 나는 예전부터 이런 것은 극도로 싫어한다. 국적 불명의 얘기를 각색해 붙여서 물건이나 팔아먹으려는 속물적 전략, 유치해. 그녀가 말을 꺼내기도 전에 나는 비웃었다. 그런데 어찌된 일인지 오늘은 초콜릿 상자에서 눈을 뗄 수가 없었다. 그래도 초콜릿을 사는 건 좀 그랬다. 나는 망설이다가 그녀가 제일 좋아하는 물을 작은 병으로 6개들이 한 묶음

샀다. 물은 병원 안의 정수기에서 떠다 마시게 하면 될 터였지만 어쩐지 찜찜했다. 마트를 나와 제과점에 갔다. 그녀가 좋아하는 생크림으로 된 조각 케이크를 몇 개 사고 밀감을 샀다. 바람은 어젯밤처럼 차갑지는 않았다. 그래도 뭔가 미진한 것 같아 나는 한참 동안 길가에서 서성거렸다.

"밸런타인데이네."라고 말하던 그녀가 떠올랐다.

꽃집을 찾기는 어렵지 않았다.

"꽃바구니 하나 만들어 주십시오."

나는 지나치게 정중한 어조로 말했다.

"병원에 가져가실 건가요?"

생머리를 한 가닥으로 묶은 여자가 상냥하게 물었다. 나는 좀 쑥스러워졌다.

"네, 오늘 수술한 환자라서요."

묻지도 않은 말까지 해 버렸다. 나로서는 좀처럼 없는 일이다.

"저런, 많이 힘드시겠네요. 밝고 화사한 꽃이 좋겠네요."

그때 노란색 프리지어가 보였다. 요리 프로그램을 방송할 때 식탁 세팅에 가끔씩 썼던 꽃이다. 향기가 좋기는 해도 강한 편이어서 사실 식탁에 꽂기는 적당하지 않았다. 나는 노란색 프리지어로 자그마한 꽃바구니를 부탁했다. 여자는 솜씨가 좋았다. 순식간에 꽃바구니가 만들어졌다.

꽃바구니까지 들고 나는 병원으로 돌아왔다. 그녀에게 돌아가기 전에 정원의 벤치에 앉아 다시 담배를 피웠다. 그때 휴대폰이 울렸다. 폰의 액정에 낯선 번호가 떴다.

"여보세요."

"나다."

아버지였다.

순간, 말문이 막혔다. 아버지와 전화 통화를 한 것이 언제였던가.

"안녕하십니까? 잘 지내시지요?"

나는 어정쩡하게 남에게 하듯이 의례적인 인사를 했다.

"너는 어떻게 지내느냐? 어려운 일은 없고?"

순간, 아버지가 이 모든 일을 알고 있을 것 같은 생각이 들었다.

그녀가 입원을 했어요, 아버지. 마음속에서 말들이 서로 얽혔지만 나는 그 말을 입 밖으로 꺼내지는 못했다.

"네, 저는 잘 지내고 있어요. 건강은 어떠신가요?"

"나야 뭐…… 건강하지 아직은. 정말 별일 없는 거지?"

아버지 집에 무슨 일이 생긴 걸까. 아버지가 평소에 안 하던 말을 하는 것이 이상했다. 혹시, 혹시, 아버지도 어디 아프신 것은 아닐까.

"지난밤에 꿈에서 너를 보았다. 생전 네 꿈을 꾼 적이 없었는데……. 마음이 산란하구나. 혹시 너한테 내 도움이 필요한 일이라도 생긴 게 아닌가 해서…….”

나는 잠시 머뭇거렸다.

“듣고 있니? 그 아이도 잘 있지?”

그녀를 두고 하는 말인 것이다. 나는 아무 말도 안 했다.

“별일이 없다니 다행이구나. 언제라도 내 도움이 필요하면 전화해라. 한밤중이든 새벽이든 상관없다.”

“네. 그러겠습니다.”

“그래. 잘 지내고, 그 아이 데리고 가게에 한번 오너라. 맛있는 것도 좀 먹여 주고 그렇게 해라. 그 애한테 잘 해라.”

그 말을 듣고, 나는 생전 안 하던 말을 했다.

“연이에게 그렇게 전할게요. 아버지.”

잠시 침묵.

“고맙구나. 그래, 잘 지내거라.”

“네.”

평소에 나는 아버지라는 말도 잘 나오지 않는다. 그런데 그녀가 수술을 한 날이라 마음이 약해졌나 보았다. 어둠 속에서 나뭇가지들을 흔들며 바람이 불어왔다. 2월의 한가운데인 것이다. 곧 봄이 올 것이다. 그리고 꽃이 필 것이다. 언제나 이맘때가 되면 나는 마음이 어지럽다. 대기 속에 꽃의 정령들이 떠다니는 것 같은 느낌이 들며, 꽃 피기 전의 이때는 온 우주 전체가 긴장을 하며 부풀어 오르는 듯한 느낌이 든다. 나는 눈을 감고 불어오는 바람을 향해 깊은 숨을 들이쉬었다.

"꽃을 사 왔네. 내가 좋아하는 꽃인데, 어떻게 알았지?"

호들갑을 떨 것으로 예상했으나 그녀는 의외로 차분했다. 나는 이상해서 그녀의 얼굴을 살펴보았다. 다크서클은 여전하고 눈이 빨갛다.

"왜 그래?"

"너무 아파."

나는 간호사실로 뛰어갔다. 진통제를 한 대 맞고 한참 지나니까 진정이 되는지 미소를 지었다.

"내일 되면 좀 덜 아플 거예요. 오늘 밤이 제일 아플 겁니다."

아침이 되기 전에 진통제를 두 번이나 더 맞았다. 호들갑을 떨기는 해도 아픈 것을 숨기고 잘 참는 그녀였기 때문에 나는 그녀의 고통이 상상을 초월하는 것이 아닌가 생각했다.

그런 식으로, 수술한 첫날은 잠을 잘 수가 없었다.

"드디어 12시간이 지났어. 자, 일으켜 줄게."

새벽 3시가 되자, 나는 그녀를 조심스럽게 일으켜 침대 위에 앉게 했다.

"허리만 펴도 살 것 같아. 아이 행복해. 일어나 앉을 수 있다는 것이 행복을 가져다줄 줄은 몰랐어."

그녀다운 말을 해 댔다.

"자기는 좀 자라니까 왜 안 자고 그러니? 도움이 필요하면 내가 깨울게."

"몸을 일으키자마자 잔소리부터 하는구나. 그래, 잘게. 불 끈다."

불을 끄고 커튼을 열었더니 바깥 거리에서 불빛이 들어와 별로 어둡지 않았다. 어디에 있어도 별로 어둡지 않은 대도시에서 지금까지 살아온 나는 진짜 캄캄한 어둠을 견디지 못할 것 같은 생각이 들었다. 그녀가 없는 집에서 혼자 밤을 지내고 왔기 때문인지 어둠에 대해 새삼스런 생각을 하게 된 것이다. 병원이지만 그녀와 같이 있는 동안은 어둠 같은 것은 별것도 아니라는 생각이 들기도 했다.

깊은 잠 속에서 무슨 소리를 들었다. 나는 꿈인가, 생각하고 그대로 있었다. 새벽 3시까지 안 자고 있다가 그녀를 일으켜 앉혀 주고는 그대로 곯아떨어졌던 것이 기억났다. 잠자기 시작한 지 10분도 채 안 된 것 같은데, 왜 이렇게 시끄럽지? 하면서 돌아누우려고 했다. 침대가 좁아 한쪽 팔이 침대 바깥으로 툭 떨어졌다. 이불을 안 덮고 잔 탓인지 좀 추운 듯했다. 나는 팔을 문지르면서 간신히 눈을 떴다. 그러자 낯선 풍경이 눈에 들어왔다. 눈높이에서 환자용 철제 침대의 난간이 보였다. 순간적으로 나는 좀 어리둥절해졌다. 여기가 어디지? 희미한 꽃향기가 방 안에 떠 있다.

"잠 깼어? 피곤하지?"

그녀의 목소리가 날아왔다.

"벌써 아침이니?"

그녀는 호호 하고 웃었다. 그러자 상황이 겨우 파악되었다. 나는 화들짝 놀라 일어났다.

"밥이 왔어. 지금 7시야."

"응, 그래."

병실 출입문이 열려 있어서 분주하게 움직이는 사람들의 발소리, 여러 사람들의 말소리가 한꺼번에 방 안으로 밀려 들어왔다. 나는 일어나서 병실 문을 닫고 이동식 테이블에 놓여 있는 식판을 밀고 왔다.

"깨우지 그랬어? 밥, 언제 왔지?"

"응, 금방."

그녀는 눈을 마주치며 웃었다. 다크서클이 좀 연해져 있었다.

"아, 인제 누워서 안 먹어도 되니까, 정말 좋아. 내 손으로 수저를 쥐고 밥 먹을 수 있는 이 행복. 사람들은 그런 거 잘 모를 거야, 그치?"

"그래, 그딴 건 아무도 몰라. 우리만 알지."

나는 식기의 뚜껑을 열어 주었다. 메뉴는 어제 저녁과 대동소이했다. 죽이 밥으로 바뀌어 있을 뿐이었다. 국은 미역국이었다.

"우와, 밥이 너무 많아. 자기도 같이 먹어."

"이건 환자 먹으라고 나온 거야. 많이 먹고 빨리 나아야지. 내 걱정은 말고 어서 먹어."

"나 혼자서는 이거 다 못 먹어요. 아침은 적게 먹는 거 알잖아? 얼른 수저 가지고 와. 같이 먹어."

아닌 게 아니라 정말 밥이 한 사발이었다. 만약을 생각해서 집에서 수저 한 벌을 가져다 놓았다. 우리는 머리를 맞대고 같이 먹었다. 이상한 생각이 들었다. 집에서도 그녀와 이렇게 식사한 적이 몇 번이나 있었던가. 그녀가 입원한 것이 나쁜 것만은 아니라는 생각이 들기 시작했다. 간호사가 들어와 약을 식판에 놓고 갔다. 환자용 식사를 둘이서 같이 먹고 있는 것을 보여, 뭔가 나쁜 짓을 하다 들킨 것처럼 나는 좀 멋쩍었다.

하루가 지나면 나아질 거라던 의사의 말은 빈말이 아니었다. 그녀는 한결 생기를 되찾았다. 진통제를 더 맞을 필요도 없다고 했다.

"하루하루 조금씩 나아질 겁니다. 수술이 잘되었거든요. 수술 부위의 소독은 이틀에 한 번 할 겁니다. 발뒤꿈치로 살살 디디고 다녀도 됩니다. 보호자께서 붙잡아 주시고 뼈가 어긋나지 않도록 조심하십시오."

의사는 회진 때 그렇게 말했으나, 그녀는 뒤꿈치로도 디디지를 못했다. 발은 시퍼렇다 못해 시커멓게 부어올랐다. 아침에 간호사가 와서 소변 줄을 떼어 내고 소변이 차 있는 주머니를 걷어 가 버렸다. 물을 많이 마시는 그녀이기 때문에 화장실 가는 것이 제일 큰 문제였다. 병실 안에 화장실이 있기는 했지만,

몇 발짝 안 되는 그 화장실까지 가는 것도 보통 일이 아니었다. 가장 간단한 방법은 내가 그녀를 안아서 변기에 앉히는 것이었다. 입원하기 전에 집에서 연습해 보았을 때 간신히 그녀를 안아 올리기는 했지만, 나는 숨을 헐떡이고 땀을 흘렸다. 그녀가 살이 찌지도 않았는데, 이상한 일이었다. 그래서 그녀를 안아서 화장실에 데려가는 것에 나는 좀 자신이 없었다. 그녀도 그것을 알고 있었다. 나에 관한 한, 그녀가 모르는 일은 없다. 나는 그녀가 소변을 참고 있을까 봐 걱정이 되었다.

"연이야, 화장실 가고 싶으면 언제든지 얘기해. 참으면 안 돼."

"알아쓰. 말할게. 말할게."

그러나 그녀는 오전 내내 얌전하게 TV만 보고 있었다.

"화장실 안 가고 싶어?" 하고 물어도 "응, 별로."라는 대답만 돌아왔다.

"오랜만에 낮시간 TV를 보니까 정말 신기해. 온갖 정보를 다 알려 주잖아. 진짜 신기해."

TV는 낡고 오래되어 화면이 흐릿했다. 그런데도 그녀는 채널을 이리저리 돌리면서 침대에 반쯤 기대어 발을 높여 올린 채 TV를 보고 있었다. 나는 어쩐지 그녀가 연기를 하고 있는 것 같은 느낌이 들었다. 12시가 되니까, 식사가 왔다.

"안 되겠다. 화장실 가자. 아침나절 내내 한 번도 안 갔잖아."

그녀는 배시시 웃었다.

"점심 먹고 나서, 양치도 하고 겸사겸사 가지 뭐."

"겸사겸사 필요 없어. 그냥 화장실 가면 돼. 내가 안고 갈게."

그녀는 못 믿는다는 듯이 내 팔을 손으로 만졌다.

"바보같이."

"뭐?"

"뭘 떼를 쓰고 그래? 내가 뭘 참고 말 안 하는 사람이야? 걱정하지 마. 가고 싶으면 데려다 달라고 할게."

나는 할 말이 없어졌다. 그녀의 말은 거짓말이다. 그녀는 고통을 잘 참는 사람인 것이다. 그렇지만 나는 모른 척해 주기로 했다.

그러나 솔직히 말하자면 나는 화장실에 가는 것이 걱정되었다. 그녀를 안고 가다가 혹시 발을 건드리게 될까 봐 두려웠다. 아니, 정확히 말하면 내가 그녀를 떨어뜨려 발을 어딘가에 부딪치게 될까 봐 그것이 두려웠다. 그녀는 그것을 재빨리 알아차렸다.

"휠체어 타고 싶어. 가서 빌려 갖고 와."

그녀가 명령했다. 정형외과 병동인 만큼 복도에는 휠체어가 줄을 지어 대기하고 있었다. 나는 그중 하나를 밀고 왔다. 그러나 높은 침대에서 내려와 휠체어에 앉는 것도 보통 힘든 것이 아니었다. 발을 전혀 쓸 수 없기 때문에 그녀가 내 어깨를 잡고 팔에 온몸의 무게를 지탱하고 간신히 휠체어에 앉았다.

"아휴, 이것도 어렵네."

그녀는 화장실 변기 뚜껑 위에 앉아서 이를 닦았다. 왼쪽 손등에는 주삿바늘이 꽂힌 튜브가 길게 달려 있어 손도 자유롭지 못한 건 마찬가지였다. 한 손으로 이를 닦고 세수도 했다. 그러고는 화장실 문을 닫았다. 나는 문밖에서 기다렸다.

"얼굴이 미끌미끌해. 웃기지? 발을 수술했는데 얼굴이 미끌미끌하다는 것은, 이런 것은 이론적으로는 안 맞아."

화장실에서 나온 그녀는 수다를 떤다. 나는 일단 안심을 했다. 그녀가 말을 안 하고 있으면 어디가 아픈 것이다. 화가 났을 때도 그녀는 말을 하지 않는다. 말을 한다는 것은 어쨌든 상태가 나쁘지 않은 것이다. 화장실에 한번 가 보고는 자신이 생겼는지, 오후에는 몇 번을 갔다.

"화장실 갈래?"

라고 물으면 언제든지 고개를 끄덕인다. 나는 늘 쓸 수 있도록 휠체어를 가져다 병실 한쪽에 놓아두었다. 화장실을 가는 것이 거창한 행사가 되었다.

점심을 먹고 나서 창문을 열어 환기를 시켰다. 답답하던 병실에 차갑고 신선한 바깥 공기가 들어와 기분이 상쾌해졌다. 바깥은 어제 내린 비 덕분에 공기가 깨끗하게 씻겨 청량했다. 입원실이 8층인 데다 근처에 높은 건물이 없어서 시야가 탁 트여 멀리까지 보였다. 병실 바로 앞에는 대형 마트의 주차장이 있었다. 마트 3층의 주차장을 이렇게 높은 데서 내려다보니 좀 이상했다. 실재하는 건물이 아니라 잘 만들어진 모형을 보는 것 같았다.

동쪽으로 난 창문은 아침 식사 전후의 7시경에 1시간쯤 햇빛이 들다가 나가고 나면 하루 종일 같은 풍경을 보여 준다. 창문 옆에 탁자와 의자 두 개가 있는데 의자에 앉아서 보면 눈높이에 '건원 안단테'라고 검은색으로 씌어 있는, 아파트처럼 생긴 건물의 상층부가 보인다. 건원 안단테, 전원 안단테의 ㅈ에서 한 획이 떨어져 나간 건 아닌가, 하는 생각을 했다. 더 멀리에는 나지막한 산과 산동네의 정겨운 풍경들, 낮게 엎드려 있는 집들이 보이고 그리고 그 너머에는 회색으로 빛나는 무언가가 있었다.

"저건, 바다야."

라고 그녀는 우긴다.

"여기서 바다가 어딘데, 바다란 말야?"

"바다 맞어. 바다가 아니면 뭐겠어? 저런 색을 내는 건 바다밖에 없다니까."

"그래. 그대 말이 맞어. 니가 왕이니께."

그녀는 호호호 웃었다. 그녀는 웃을 때가 제일 예쁘다. 그건 그녀도 잘 알고 있다.

"고등학교 1학년 때 담임선생님이, 그 선생님이 미남이었거든. 그래서 인기가 짱이었지. 그 선생님은 대학 때 연극 서클을 운영했다고 했어. 그런데 입학한 지 며칠 되지 않은 3월이었는데, 복도에서 선생님을 마주치고는 인사 대신 내가 웃지 않았겠어? 좀 수줍기도 하고 해서 그랬는데 그때 나를 보고 선생님이 뭐라셨는지 알아?"

이 대목에 오면 그녀는 언제나 말을 끊고 눈을 지그시 감는다. 100번도 더 들은 얘기다.

"음…… 연이는 웃는 모습이 참 예뻐, 라고 하셨거든. 웃는 모습이 참 예뻐. 얼마나 근사한 말이야? 그 뒤부터 내가 잘 웃는 사람이 된 거라구."

"참 기억력도 대단해. 다른 건 잘 잊어버리면서도 그건 용케도 기억하고 있네. 도대체 언제적 일인데?"

내가 비웃어도 그녀는 전혀 개의치 않는다.

"그걸 어떻게 잊어? 생각할 때마다 행복한데."

건원 안단테는 이 시각, 서쪽으로 넘어가는 햇빛을 받아 희게 빛나고 있었다. 기역 자로 꺾어진 모서리에 있는 병실이어서 다른 쪽 시야로는, 병원 건물 한쪽의 붉은 벽돌로 쌓은 벽과 잇닿아 있는 창문들이 보였다. 어제와는 달리, 시간은 날개가 달린 듯이 빨리 지나갔다. 오후 5시가 되자 저녁 식사가 배달되었다. 아침과 점심, 저녁 식사의 간격이 정확히 5시간인 셈이었다. 너무 이른 저녁 식사였다. 저녁 식사와 아침 식사의 간격은 14시간이나 되었다. 그녀는 수술한 발 이외에는 건강하고 젊은 여자이니까 먹을 것을 바깥에서 사다 먹어도 상관없다는 데에 생각이 미쳤다. 5시의 저녁 식사가 그리 문제 될 것은 없었다. 그녀는 잘 먹어 주었다. 점심과 저녁에는 커다란 주발에 담긴 밥을 남김없이 다 먹었다.

"맛있어?"

"응. 금식하느라고 하루 굶었더니 너무 맛있어."

그녀의 왕성한 식욕에 나도 덩달아 기운이 났다.

수술 소식을 아는 백화점 사람들이 퇴근하고서 문병 오겠다고 연락이 왔다. 나는 그녀를 화장실에 데려가 이를 닦게 하고 볼일을 다 보게 한 후에 침대에 데려다 앉혔다. 그녀는 어제와 달리 생기가 넘쳤다.

"시인, 저녁 먹으러 가도 돼. 인제 혼자 있어도 몇 시간은 끄떡없어."

"배 안 고파."

그녀는 눈을 흘겼다.

"간병인 수칙도 몰라? 환자가 가라면 가는 거지 말이 많아?"

"그래. 갈게. 되게 무섭네. 수술하고 나더니 연이가 무서워졌어."

"내가 왕인 거 잊었어? 나는 왕이야. 게다가 무서운 왕이거든."

바깥으로 나오니 시원했다. 아무래도 병원은 사람의 기를 빼앗는 무엇인가가 있는 모양이었다. 병원 정원에서 나는 팔다리를 쭉 뻗고 몸을 한껏 늘여서 스트레칭을 했다. 해가 지는 시각이라 기온이 내려가는 것이 느껴졌지만, 그런 차가움이 오히려 상쾌했다. 의사는 수술 부위의 실밥을 뽑을 때까지 2주일은 입원해 있어야 한다고 했다. 그녀의 시중을 들면서 이러고 있는 것도 나쁘지 않았다. 그러나 아무래도 병원의 답답한 공기가 그녀의 생기를 빼앗고 나까지 시들시들하게 만들지나 않을까 걱정스러웠다. 나는 숨을 크게 내쉬어 가슴속에 들어 있는 병원의 공기를 내뱉고 신선한 바깥 공기를 깊이 들이마셨다.

어제 갔던 국밥집은 점심 때 가서 먹었기 때문에 나는 또다시 식당 골목을 배회했다. 그러나 이번에는 별로 망설이지 않고 찌개를 파는 집으로 직행했다. 어느 식당이나 크게 다를 바 없다는 것을 알았기 때문이다. 밥을 먹고 나오니 어둑어둑해지고 있었다. 나는 천천히 걸어서 여기저기를 기웃거려 보았다. 병원 옆에는 약국들이 나란히 줄지어 있는 약국 골목이 있고 약국 사이에 있는 비좁은 유료 주차장들, 거기를 지나면 약국과 잇닿아 식당들이 가득했다. 약국 골목에서 차도를 건너면 거기도 연달아 붙어 있는 식당들, 길가에 벌여 놓은 과일 파는 트럭, 반대쪽 길가에 붙어서 늘어선 포장마차들. 길은 차와 사람이 뒤엉켜 걸어가기도 힘들게 복잡했다. 그때 휴대전화가 울렸다. 그녀였다. 가슴이 덜컥, 내려앉는다.

"응, 나야."

"저녁 먹었어?"

"응. 왜, 무슨 일 있어?"

"아아니. 왜 걱정하고 그래? 바보같이. 백화점 식구들이 왔다구. 바람 쐬고 천천히 오라구."

"화장실 안 가고 싶어?"

그녀는 까르르 웃는다.

"그게 걱정이야?"

그녀의 웃음은 그치지를 않는다.

"뭐, 먹고 싶은 거 없어?"

"응. 지금은 없어."

그 순간, 나는 갑자기 홀가분해지는 것을 느끼고 놀랐다. 그녀에게서 잠시 동안이라도 해방된 것이 이렇게 마음을 가볍게 할 줄은 몰랐던 것이다. 이 홀가분한 기분은 뭐지? 하는 생각이 들었다.

나는 평소의 나 자신을 회복하여 천천히 걸었다. 거리는 가게마다 불이 켜져 대낮처럼 밝고 사람들로 북적거렸다. 익숙하지 않은 거리를 걸어 다니노라니까, 마치 어딘가로 여행을 온 듯한 착각마저 들었다. 나는 골목을 꺾어 들어 높은 가로등 불빛이 비치고 있는 가로수 길로 접어들었다. 키 큰 가로수들이 펼치고 있는 늘어진 나뭇가지 때문에 그 길은 다소 어두웠다. 깃들어 있는 어둠과 함께 길은 한적하고 조용했다. 마트 건물과 병원 사이를 따라 난 제법 폭이 넓은 산책로였다. 군데군데 나무 사이로 벤치가 있었지만, 이런 시각에 거기 앉아 있는 사람은 아무도 없었다. 나는 호젓한 길이 마음에 들었다. 이런 복잡한 곳에 이런 길이 있다니, 나는 나무 아래 벤치로 가서 앉았다.

공기 속에 희미하게 꽃향기가 섞여 있었다. 올려다보니 늘어진 나뭇가지들에 잎은 아직 나오지 않았고 가지마다 아주 작은 눈들을 달고 있었다. 꽃눈이었다. 나무줄기를 자세히 보니 벚나무였다. 꽃이 피는 때가 오면 이 길은 얼마나 아름다울까, 가슴이 먹먹해져 왔다. 나는 꽃이 피는 때가 되면 이상하게도 마음이 설레어서 가만히 있을 수가 없다. 집을 떠나 며칠이건 꽃을 따라 돌아다니지 않으면 안 되었다. 사진을 찍는다는 핑계를 대고서 카메라를 들고 일주일, 심지어는 한 달 동안 돌아다닌 적도 있다. 결혼을 하지 않았기 때문에 편하다고 생각하면서, 나는 아무런 가책도 미안함도 없이 그녀를 내팽개쳤다. 우리는 서로의 사생활을 존중하고 간섭해서는 안 된다고 암묵적으로 약속하고 있었던 셈이지만, 지금 그녀를 병실에 두고 나와서 생각하니, 내가 얼마나 이기적이었던가 가슴이 쓰렸다.

나는 휴대폰을 꺼내 문자를 썼다.

"연이야, 사랑해. 우리,"

하고서 한참을 망설였다.

"결혼할까?"

그러고서 나는 화들짝 놀라 문자를 지웠다.

병실에 들어갔을 때 문병객들은 가고 없었다. 꽃바구니와 과일바구니, 몇 권의 책이 그들이 왔다 간 흔적을 남겼다.

"갔어?"

"응, 다들 피곤해서 죽을 지경이래. 내가 부럽대. 수술해서 아프더라도 이렇게 좀 쉬었으면 좋겠대. 오늘은 마치는 시간 전에 미리 나왔대. 안 그러면 이런 시간에 올 수도 없어. 피곤한데 그냥 내가 빨리 가라고 했어."

백화점 매장에서 하루 종일 서서 손님을 맞아야 하는 그녀들이 피곤한 건 당연한 일이었다. 일을 그만두기 전의 그녀도 그랬으리라. 그런데도 나는 그녀가 피곤에 절어 있는 것을 모르고 있었다. 아니, 몰랐다기보다 알려는 생각조차 하지 않았다. 그녀는 그녀의 생활, 나에게는 나의 삶이 따로따로 존재했기 때문이다. 한집에 살면서도 그녀의 피곤이나 고통에 대하여 그토록이나 내가 무관심했던 것은 그녀에게도 책임이 있다.

그녀는 모든 일을 빈틈없이 하는 사람이었다. 집 안은 늘 정돈되어 있었고, 매사가 컴퓨터처럼 정확했다. 발이 아프기 전에는 집에 있는 그녀를 보는 것이 기분 좋았다. 다정하고 수다스럽고 귀여웠다. 그리고 가끔 바깥에서 보게 되는 그녀는 눈부시게 화려하고 아름다웠다. 옷을 파는 것이 직업이기 때문에 언제나 패션모델처럼 세련되게 차려입고 있는 그녀가 피곤할 거라는 생각은 해 본 적이 없었다.

그러나 좀 더 솔직하게 말하자면 결혼을 하지 않은 채로 이렇게 오랜 기간 동안 같이 살게 된 것은, 그것은 내가 비겁했기 때문이다. 나는 때때로 나의 내면을 들여다보고 생각했다. 나는 겁이 났던 것이다. 결혼을 해서 아이를 낳고, 그렇게 남들처럼 정상적으로 살아갈 자신이 나에게는 없었다.

입원 4일째, 내가 알고 있는 그녀의 유일한 친구 문자 씨가 왔다. 아침 식사를 마치고 화장실에도 다녀온 참이었다. 병원에 입원하고 수술을 하고 하는 동안 나는 잠시도 그녀를 혼자 놓아둘 수가 없었다. 식사하러, 혹은 담배를 피우러 잠깐 동안 바깥에 나가도 늘 전전긍긍했다. 이렇게 소심한 내 성격이 마음에 들지 않지만, 어쩔 수가 없다. 고치기 어려운 병인 것이다. 나는 씻지도 못하고 잠도 설친 상황이라 문자 씨의 출현이 반가웠다.

"힘드셨죠? 오늘은 내가 당번할 테니 준규 씨는 집에 가서 쉬세요."

문자 씨는 나를 밀어내었다.

"시인, 힘들었지? 집에 가서 쉬다가 오늘 밤은 집에서 자고 내일 낮에 오셤."

그녀는 문자 씨의 앞이라는 것도 개의치 않고 코맹맹이 소리를 낸다. 나는 민망해서 얼굴이 붉어졌다.

"문자 씨 허즈는, 그리고 애들은……."

내 말에 문자 씨는 까르르 웃었다. 그녀들은 비슷한 웃음소리를 낸다.

"그런 걱정은 마시고, 그냥 가시면 됩니다. 연이는 내가 책임질게요. 마음이 안 놓이세요? 내가 연이를 넘어뜨리기라도 할까 봐?"

그러더니 그녀들은 합창으로 웃기 시작했다. 할 수 없이 나도 따라 웃는 수밖에.

"그럼, 나는 집에 갔다가 내일 올게. 잘 지내고 있어."

병실에서 신는 슬리퍼를 벗고 구두로 갈아 신고 있는데, 의사들이 회진을 왔다. 이 병원의 회진 시간은 일정하지가 않다. 오전에 하기는 하는데 9시에도 오고 10시, 어떤 때는 11시에도 온다. 수술을 담당한 주치의와 인턴으로 보이는 젊은 의사 두 사람, 그리고 간호사가 따라왔다.

"좀 어떠세요? 많이 아프지는 않지요? 자, 좀 봅시다."

주치의는 싹싹한 사람이지만, 말을 너무 빨리 하는 경향이 있었다. 그가 말하는 것을 듣고 있으면 무엇인가 서둘러야 할 일이 있는 것 같아 나까지도 마음이 조급해진다. 붕대를 풀자, 엄청나게 부은 발이 나타났다. 왼쪽 발에는 발등에 조그만 쇠갈고리가 박혀 있다. 수술한 다음 날 소독할 때, 그걸 처음 보게 된 나는 엄청난 충격을 받았다. 충격은 이제 좀 가셨지만, 그래도 보고 있으니 가슴이 서늘했다. 보통 때 같으면 눈을 가리고 보지 않았을 것이다. 나는 TV에서도 상처를 입고 피 흘리는 장면이 나오면 바로 채널을 돌리곤 한다. 마음이 약한 건지, 비위가 약한 건지 알 수가 없다. 수술한 상처에는 작은 반창고가 빈틈없이 빽빽하게 붙어 있고 시커멓게 부어오른 발은 나에게 거의 공포를 불러일으켰다.

"응, 괜찮네. 아무 문제 없습니다. 한 선생, 여기, 소독 좀……."

주치의는 손가락으로 가볍게 엄지발가락을 건드려 보고는 같이 온 젊은 수련의에게 말했다. 그리고는 서둘러 밖으로 나갔다. 간호사가 소독 거즈와 소독약이 든 드레싱 트레이를 들고 기다렸다. 한 선생이라고 불린 의사는 핀셋으로 소독액에 젖은 솜을 집어 소독을 시작했다.

"이 갈고리는 뭔가요?"

골똘히 들여다보고 있던 문자 씨가 물었다.

"아, 이건 부러뜨린 뼈가 어긋나지 말라고 연결해 놓은 고정 장치입니다."

한 선생이 대답했다. 소독이 끝나자 붕대로 감는 대신, 발을 감싸는 커다란 거즈를 대고 반창고를 붙였다. 발 전체를 붕대로 감은 것보다는 좀 간편해 보였다. 상처가 감추어지니까, 조금 마음이 나아졌다.

"이제 붕대는 안 해도 될 것 같네요. 이렇게 하니까 한결 가볍죠?"

"네, 정말 그래요. 수고하셨어요."

나는 카메라를 가져와야겠다는 생각을 했다. 수술하고 나서 회복되는 과정을 찍어 두면 괜찮을 것 같은 생각이 들었다. 수술로 부어오른 발은 아무 데서나 찍을 수 있는 소재가 아니다.

나중에 다 낫고 나서 그녀에게 보여 주면 나름대로 의미가 있을 듯했다.

택시를 타고 졸면서 집으로 돌아오니, 현관문을 열자 달착지근한 냄새가 풍겼다. 그러나 냄새는 사실, 내 입에서 나는 단내였던 것이다. 나는 집에 들어서자마자 지독한 피로를 느꼈다. 신을 벗고 현관에서 거실까지 걸어가기도 힘이 들었다. 나는 그대로 마룻바닥에 쓰러져 잠이 들었다.

잠에서 깨었을 때는 저녁이 다 되었다. 머리를 들자, 거실의 창 너머로 선홍색의 둥그런 해가 바다 위를 가로지르는 광안대교 위에 떠 있었다. 눈부신 빛은 없고 다만, 색깔만 남은 아름다운 저녁 해였다. 해는 믿을 수 없을 정도로 빠르게 쑤욱 내려가고 있었다. 보고 있는 사이에 대교 위에 걸려 있는 강철 케이블로 된 섬세한 하프의 현에 걸리더니, 이내 반쪽이 되고 그러고 나서 사라졌다. 다이아몬드 브리지로 불리는 대교를 보고 있으면 보석 같다기보다는 우아한 음악을 연주하고 있는 악기 같은 생각이 든다. 하프를 본떠 설계했다는 말이 맞는 것처럼 생각된다. 하늘이 연분홍으로 물들고 대교 아래의 바닷물 빛도 같은 색으로 물들었다. 그리고 이내 그 분홍색은 우리 거실까지 건너왔다. 나는 거실의 흰 대리석 벽면이 분홍색으로 물들고 있는 것을 마냥 앉아서 보고 있었다. 사진으로 찍으면 좋을 것 같은 일몰 풍경이었다.

그녀 없이 지내는 집에서의 두 번째 밤이 오고 있었다. 풍경은 부드러운 파스텔 색조로 가라앉았다. 바다와 하늘이 비슷한 색깔로 서로를 물들이고 있었다. 분홍색이 가시고 엷은 청회색이 되더니, 아름다운 청람색으로, 그리고는 짙은 청색으로 바뀌고 마침내는 검은색이 섞인 어두운 남색으로 변했다. 광안대교로 지나가는 차들이 라이트를 켜기 시작했다. 상단에서 바깥으로 나가는 차들보다 하단으로 해서 해운대 쪽으로 들어오는 차들이 많아졌다. 하루 일을 마치고 퇴근하는 차량들인 것이다. 하단의 차들이 늘어나서 대교 하단은 차량의 불빛으로 가득 찼다.

시시각각으로 변해 가는 바다와 하늘을 보면서 하루 중, 가장 아름다운 시각이구나, 생각했다. 해 질 무렵의 저런 하늘빛과 바다의 색은 좋은 카메라로도 표현해 내기가 쉽지 않다.

냉장고에서 시든 감자 두 개를 발견하고 감자 샐러드를 만들었다. 감자를 잘게 썰어 삶아 으깨고 양파를 다지듯이 잘게 썰어 감자에 섞고 우유를 부어 부드럽게 만든다. 소금을 조금만 넣으면 간이 된다. 이 샐러드는 재료도, 만드는 법도 간단하지만 의외로 담백하고 맛이 좋다. 익히지 않은 양파가 사각사각 씹히는 것을 나는 특히 좋아한다. 감자와 우유가 들어갔기 때문에 한 끼 식사로 손색이 없다. 샐러드를 접시에 담고 그녀의 술잔 치니에 레드 와인을 반쯤 따랐다. 잔이 커서 와인의 양이 많다. 나는 눈을 감고 와인의 맛을 음미했다. 그녀의 냄새, 그녀의 맛처럼 느껴졌다.

눈을 들어 완전히 캄캄해진 바깥, 어둠 속에서 조명 불빛으로 환하게 빛나는 광안대교를 바라보았다. 대교의 불빛은 활처럼 휘어져 유리창의 끝까지 연결되어 있었다. 광안대교와 겹쳐져 식탁에 앉아 있는 내가 거실 창유리에 비쳐 보였다. 밝은 오렌지색 식탁 등이 켜져 따뜻하게 보이는 실내 풍경은 로맨틱 영화의 한 장면처럼 보였다. 그러나 나는 그녀를 두고 여기 있는 것이 비현실처럼 느껴지고 그녀의 곁에, 입원실에 있어야 할 것 같은 생각이 들었다. 사흘 동안 70시간 남짓의, 잠시도 떨어지지 않고 있었던 동거가 같이 산 6년의 세월을 압도하는 느낌이었다.

그러나 한편으로는 그녀가 입원한 뒤부터 나는 그녀에게서 영영 벗어나지 못하는 것은 아닌가, 하는 두려움을 느꼈다. 그녀의 곁에 있기를 바라면서도 벗어나지 못할까 봐 두려워하는 이 마음은 도대체 뭔가. 나는 와인을 마시고 샐러드를 먹으며 곰곰 생각했다. 나의 무책임과 비겁함이 심장을 때리고 지나갔다.

그녀에게 전화를 걸었다.

"나야. 밥은 먹었어?"

그녀는 까르르 웃는다.

"자기는?"

"응. 먹었어. 문자 씨 저녁밥은?"

"그건 내가 알아서 해요. 걱정 마. 왜, 궁금해?"

"이런, 쯔쯔……."

나는 혀를 찼다. 그러나 그녀의 목소리를 들으니 마음이 놓였다. 목소리라도 들어 보려고 전화했던 것이다. 나는 밤중임에도 그녀가 키우는 화분에 물을 주었다. 매사에 꼼꼼한 그녀가 화분에 물 주라는 소리를 하지 않은 것은 그만큼 딴 데 신경 쓸 여유가 없다는 증거이기도 했다. 며칠씩 물을 주지 않아도 괜찮은 화분뿐이라 시들거나 죽은 것은 없었다. 나는 발코니에 들고 나가 물을 듬뿍 주고 발을 씻고 잠자리에 들었다. 낮에 그렇게 실컷 잤는데도 불구하고 나는 꿈도 없이 잘 잤다.

아침이 되자 마음이 급해져서 7시가 채 안 되었는데도 택시를 타고 병원에 갔다. 병원에 도착하니 아침 식사가 배달되고 있었다. 나는 허겁지겁 엘리베이터를 타고 올라갔다. 식판은 병실에 와 있고 문자 씨는 없었다.

"벌써 왔어? 천천히 와도 되는데."

말은 그렇게 했지만 나를 보자 그녀는 활짝 웃었다.

"문자 씨는?"

"응, 조금 전에 갔어."

이런, 괘씸한……. 밥이라도 먹이고 나서 가지, 하는 말이 속에서 맴돌고 있었지만, 나는 말없이 이동 테이블에다 식판을 밀고 와서 그녀의 앞에 놓았다.

"밤에 화장실 제대로 갔어?"

"응. 늦게 잤거든. 얘기하느라고. 2시쯤 잤기 땜에 별문제 없었어. 근데, 시인, 목욕은 했어?"

나는 욕조에 뜨거운 물을 가득 채워 몸을 담그는 것을 좋아한다.

"안 했어. 샤워만 하고 그냥 잠을 잤지."

"피곤했구나. 뽀뽀해 줄게. 이리 와."

"됐어. 밥이나 먹어."

병원에서 아침밥은 늘 이렇게 둘이서 함께 먹었다. 아침은 많이 먹지 않기 때문에 커다란 주발에 가득 담겨 나온 밥은 둘이 먹기에도 충분히 많았다. 머리를 맞대고 밥을 함께 먹는 것, 그런 사소한 것들이 중요한 행사처럼 여겨지는 순간이었다. 그녀와 그렇게 오래 같이 살면서도 느끼지 못한 애틋함, 말로는 표현하기 어려운, 같이 있기만 해도 마음이 놓이는 그런 감정이 잠깐씩 나를 스치고 지나갔다. 그녀가 나의 한 부분인 듯도 하고, 또 때로는 나 자신의 분신인 듯한 생각이 들기도 했다. 난생 처음으로 느끼는 이 감정이 도대체 무엇일까, 혼란스럽기도 했지만, 어쩌면 이런 것을 사람들은 행복이라고 하는 것이 아닐까, 하고 나는 생각했다.

한가한 시간이었기 때문에 나는 그녀의 발에서 거즈를 벗기고 사진을 찍기 시작했다. 여러 각도에서 찍다 보니, 흉하게 부어오른 발이 예술 작품처럼 느껴졌다. 카메라를 통해서 보면 피사체가 모두 실재하는 것보다 더 객관적으로 보였다. 나는 셔터를 누를 때면 한없이 냉정해진다.

점심 식사를 하고 나서 오후가 되었다. 그녀는 발을 받침대에 올리고 침대에 길게 기대어 앉아 책을 읽고 있고 나는 보호자용 침대 위에 앉아서 신문을 뒤적거리고 있었다. 아, 하는 낮은 부르짖음에 그녀를 쳐다보았다. 주사를 꽂고 있는 왼쪽 손을 가리키고 있다. 손등이 둥그렇게 부어올랐다.

"간호사를 불러 줘. 주삿바늘을 빼야 되겠어."

그녀가 말했다. 볼이 빨갛다. 나는 얼른 간호사실로 달려갔다. 주삿바늘을 뽑자 피가 흘러나왔다.

"꼭 누르고 계셔요. 남편께서 이렇게 잡고 누르세요."

나는 그녀의 손을 잡고 손등을 꼭 눌렀다. 간호사는 익숙하게 주삿바늘을 뽑고 튜브를 말아 올려 주사액이 담긴 커다란 비닐봉지 옆에 걸었다.

"수술할 때 꽂은 주사라 주삿바늘이 굵고 커서 그래요. 나중에 가는 바늘로 다시 꽂아 드릴게요. 잠시만 기다리세요. 아, 비비면 안 됩니다. 그렇게 비비면 멍들거든요. 그냥 3분쯤 꾹 누르고 계셔요."

나는 놀라서 움직이던 손을 멈추었다. 부은 자리가 아플까 봐 누르고 있는 손가락으로 문지르고 있었던 것이다.

"주사는 나중에 저녁 식사 하고 나서 밤에 꽂도록 할게요. 편하게 계셔요."

간호사가 나가고 난 뒤에도 나는 한참 동안 그대로 누르고 있었다.

"너무 힘주지 마. 지혈만 하면 되니까 가볍게 누르고 있어도 돼."

"아파?"

"응. 어찌나 꽉 잡고 있는지 온몸의 기가 그쪽으로 다 쏟아지겠어."

"뭐가 쏟아진다구?"

내 말에 그녀는 소리를 내어 웃었다. 그녀의 말대로 그녀는 잘 웃는다.

"이제 떼도 돼. 5분 됐어."

손가락을 떼니까 바로 피가 번져 나왔다. 마침 지나가는 간호사가 있어 불렀다.

"잠시만 그렇게 계셔요. 반창고 붙여 드릴게요."

간호사는 소독 거즈를 작게 접어 주삿바늘이 들어간 자리에 붙이고 그 위에 반창고를 붙였다.

"아아, 살 것 같아. 주사에 묶여 있지 않으니까 날아갈 것 같아. 몸이라는 것이 정말 중요하구나. 하나씩 구속이 풀릴 때마다 감격스러워."

그녀는 팔을 뻗어서 앞뒤로 돌리고 야단이 났다. 그녀가 기뻐하는 것을 보니까 나도 몸이 한결 가벼워진 것 같은 느낌이 들었다.

"아무래도,"

그녀가 진지한 얼굴로 말했다.

"뭐?"

"의사가 하라는 대로 2주일간 입원해 있는 것은 너무 지겨울 것 같아. 최대한 길게 잡아도 열흘 정도, 내 인내심 탱크는 용량이 작아. 저번에 수술 날짜 잡으러 왔을 때 만난 사람은 5일 입원했대."

"그 사람도 양쪽 발 다 했어?"

"응. 양쪽 발을 다 해 가지고 휠체어 타고 가던데. 화장실은 어떻게 하느냐고 했더니, 집에 가서 첫날은 화장실 앞에 누워서 잤대."

"내일 외래 진료실로 내려와 경과 보자고 그랬지? 그때 물어볼까?"

"아니, 이건 아직 우리끼리 얘기지이. 속으로 작정하고 있다가 나중에……."

그녀는 좀 지겨운가 보았다. 그러나 나는 슬슬 적응되고 있는 중이었다. 그녀와 이렇게 빈틈없이 붙어 있는 것도 나쁘지 않았다. 5일이 지나가자 문병 오는 사람도 없이 우리 둘만 있었다. 나는 그것이 조금도 지겹지 않았다. 그녀는 하루 종일 책을 읽거나 TV를 보거나 잠을 자거나 했다. 이런 평온하고 한가로운 날이 언제 우리에게 또 올까, 하는 그런 생각이 들었다.

"바깥은 어때? 추워?"

내가 잠시 담배를 피우러 나갔다가 오면 그녀는 늘 나에게 그렇게 묻는다. 나는 그러고 있는 그녀가 애처로워 잠시 안아 준다.

입원 6일째, 경과를 보러 외래 진료실에 내려오라고 전갈이 왔다. 그녀가 머리를 감고 싶어 해서 나는 휠체어에 태워 화장실에 데리고 가서 샤워기로 머리를 감겨 주었다. 미용실에서 그러는 것처럼 휠체어에 앉은 그녀의 머리를 뒤로 젖혀서 샴푸로 거품을 내고 문질렀다. 손가락 끝에 힘을 주어 머리를 마사지했다. 그리고 헹구었는데, 솜씨가 서툴러서 환자복이 다 젖어 버렸다. 머리 위에서부터 물을 부어 뒤집어씌운 꼴이 되었다. 그래도 그녀는 군말 없이 잘 참아 주었다. 마른 수건으로 머리를 감싸고 따뜻한 물에 적신 수건으로 몸을 닦아 준 뒤에 새 환자복을 가져다 입혔다.

"이런, 물을 이렇게나 다 뒤집어씌워서 미안해."

"괜찮아. 용서해 줄게."

"시원해?"

"응, 정말 시원해. 날아갈 것 같어. 씻지를 못해서 냄새도 나는 것 같았는데, 이제야 사람 같아졌어."

"냄새나는 왕……."

"나는 요새 내가 여자인 줄도 모르겠어. 호호호……. 왕이 되니까 성별이 필요 없어."

그녀는 한껏 기분이 좋아져서 까불어 댔다.

그녀를 휠체어에 태워 2층에 있는 정형외과 외래 진료실에 내려갔다. 대기실에는 기다리는 사람들로 가득 차 있었다.

"박오연 씨, 3번 방 앞으로 가서 앉아 계세요."

나는 간호사들이 있는 접수창구를 지나서 진료실 바로 앞의 복도에까지 휠체어에 앉은 그녀를 밀고 갔다. 열린 문으로 그녀의 수술을 담당했던 주치의가 보였다. 발 수술로 꽤 알려진 의사인가 보았다. 발을 싸맨 환자들이 많았다. 그녀가 발을 수술하고 나니까, 내 눈에는 온통 그런 사람들만 보였다. 무지외반증, 진료실 앞의 벽면에는 엄지발가락 관절이 돌출된 발 사진과 함께 원인과 치료 방법, 수술에 대해 커다랗게 인쇄된 종이가 붙어 있었다. 치료법은 오직 수술밖에 없다고 하던 의사의 말이 생각났다.

"박오연 씨, 들어오세요."

나는 휠체어를 밀고 진료실로 들어갔다. 컴퓨터 화면에 발을 찍은 엑스선 사진이 떠 있었다.

"이 사진이 박오연 씨 발 사진입니다. 오른쪽 발에 핀이 두 개 보이시죠? 처음에는 핀을 박지 않을 생각이었는데, 각도가 심하게 꺾여서 할 수 없이 핀을 박아 부러뜨린 뼈를 고정시킨 겁니다. 이 핀은 다음에, 6개월 후에 다시 수술해서 뽑을 거구요, 왼쪽 발에 있는 이 금속 갈고리도 역시 부러뜨린 뼈를 고정시키려고 박은 겁니다. 왼쪽 발은 꺾인 각도가 심하지 않아서 외부로 노출되는 갈고리로 고정한 겁니다."

"갈고리는 언제……."

평소에 씩씩하던 그녀도 기가 꺾이는 모양이었다.

"아, 이 갈고리는 한 달 후에 뽑을 겁니다. 2주일이 지나면 실밥을 뽑을 건데 실밥 뽑을 때까지는 병원에 있어야 할 겁니다. 자, 한번 볼까요?"

의사는 거즈를 떼고 그녀의 발을 들여다보았다. 예의 시커멓게 부은 발이 드러났다.

"음, 많이 부었네. 뒤꿈치로 살살 디디고 움직여도 됩니다. 앞쪽은 디디면 절대 안 됩니다. 부러뜨린 뼈가 어긋나는 수가 있어요. 그러면 수술 다시 해야 됩니다. 조심하십시오."

의사는 소독을 하고 거즈로 다시 덮었다.

"언제쯤 걸어 다닐 수 있을까요?"

"뭐, 걷는 것은 어렵지 않습니다. 한 달 정도 지나면 조금씩 걷게 될 겁니다."

"운동은……?"

"운동은 3개월 정도 지나야 됩니다. 그것도 가벼운 운동부터 해야 됩니다. 시간이 지나면 뼈가 붙고 걸을 수도 있으니까, 너무 조급해하지 마십시오."

하긴 조급해한다고 해서 해결될 일도 아니었다.

진료실을 나와서 나는 휠체어를 밀고 병원 안을 돌아다녔다. 그녀가 걸을 수 없기 때문에 휠체어에 태운 채로 이렇게나마 산책을 시켜 주고 싶었다. 2층을 다 섭렵하고 나면 아래층으로 내려가서 조금 추울 테지만 정원에 데리고 나갈 생각을 했다.

"저쪽으로 가. 저쪽으로! 응, 이제 오른쪽으로."

그녀는 쉴 새 없이 명령했다.

나는 어느새 즐거워져서 그녀가 명령하는 대로 휠체어를 밀고 갔다.

"커피 뽑아 줄까?"

휴게실 안을 들여다보니 아무도 없었다. 하긴 병원 휴게실에 앉아 한가롭게 커피를 마실 사람이 있을 것 같지는 않았다. 커피와 음료 자판기 옆에는 공중전화, 그리고 그 옆에는 동전을 넣으면 작동하는 컴퓨터가 있었다.

"왕은 이런 자판기 커피 안 마셔."

나는 웃으면서 다시 물었다.

"게임 할려? 동전 줄까?"

"응."

나는 컴퓨터 앞에 휠체어를 멈추고 주머니에서 동전을 꺼냈다. 100원짜리 동전이 여섯 개 있었다.

"실컷 해. 매점에 가서 동전 바꿔 올게."

"나가서 담배 피우고 와. 게임하고 있을게."

동전을 바꿔서 돌아왔을 때 그녀는 게임에 열중하고 있었다. 간단한 블록 쌓기 게임이었다. 소리가 요란했다.

"동전, 더 넣어서 계속해. 많이 바꿔 왔어."

"조용히 해. 시끄러워."

내가 웃으면서 보고 있는 사이에 '동전을 더 넣으십시오'라는 문자가 뜨더니, 갑자기 화면이 정지되었다.

"흥, 거지 같어. 그만할래."

"그럼, 또 산책할까?"

1층으로 가는 엘리베이터를 타고 내려와 정원으로 나가면서 나는 그녀에게 환자복 위에다 두툼한 오리털 점퍼를 입혔다. 날씨가 추울지도 모르는 일이어서 집에서 가져다 놓은 내 점퍼였다. 2월 말, 부산의 날씨는 조금 쌀쌀하기는 해도 공기 속에 봄의 전조가 느껴지고 햇살도 밝고 따뜻했다. 양지 바른 언덕 어딘가에는 어린 쑥이 돋아나고 있을 터였다. 지금 나오는 어린 쑥으로 애탕을 끓이면 좋을 텐데, 라고 나는 손에서 놓아 버린 요리 생각을 했다.

정원을 한 바퀴 돌고 나서 마트와 병원 사이의 그 한적한 산책로로 그녀를 데려갔다. 산책로 한가운데쯤 가서 휠체어를 멈추고 그녀의 발을 벤치에 올려 주었다. 발을 내려뜨리고 있으면 많이 붓기 때문에 잠시라도 올려놓아야 했다.

"어때? 바깥으로 나오니까 좋지?"

"흠…… 공기가 달라. 여기는 공기가 살아서 날아다니고 있네."

나는 옆에 앉아 담배를 피웠다.

"아아, 마음껏 걸어 다니고 싶어."

그녀는 기지개를 켜고 몸을 비틀고 하더니, 눈을 감고 숨을 깊이 들이마셨다. 그녀의 얼굴에 희미하게 나무 그림자가 떨어져 있다. 나는 꽃이 피었을 때를 상상해 보았다. 그녀의 얼굴에 꽃 그림자가 질 것이다. 나는 상상력이 빈곤한 인간이지만, 꽃 피는 날을 상상하는 것은 어렵지 않았다. 축복처럼 꽃이 만발하여 세상이 온통 꽃으로 뒤덮이는 날들이 앞에 있다는 것을 생각하는 것만으로도 가슴이 설레었다. 그녀는 나의 이런 설렘을 알까. 아마 모르지는 않을 것이다. 그러나 올봄은 우선순위의 첫 번째가 그녀의 발이니, 다른 것은 다 뒤로 미루어야 할 것 같다.

"내 안에는 강물이 흐르고 있어."

느닷없이 그녀가 말했다.

"응?"

"내 강은 언제나 꽃이 만발해 있어."

그리고 그녀는 아무 설명도 하지 않았다.

낮에는 주사를 빼고 있다가 밤에 잠자기 전에 주사를 꽂고, 하는 식으로 바뀌었다. 하루 종일 주사를 달고 있는 것보다는 나왔으나 주삿바늘을 꽂았다 뺐다 하는 것이 그녀를 더 힘들게 했다. 서툰 간호사가 저녁에 주사를 꽂으러 와서 혈관을 찾지 못해 여러 번 손등을 찌르는 바람에 내가 안절부절못하고 있는데, 그녀의 눈에서 눈물이 툭 떨어졌다. 나는 화가 났다.

"안 되겠어. 그만둬요, 그만둬. 이렇게 해서 어떻게 주사를 맞나? 선생님께 얘기해서 내일부터는 약으로 바꿔 달라 할 테니까, 오늘은 주사 꽂지 말고 나가요."

내가 거칠게 말하는 바람에 간호사는 쩔쩔매면서 나갔다. 주사 때문에 손등이 소복하게 부어 있었다. 나는 그녀를 가만히 안았다. 그녀의 가슴이 작은 새처럼 떨리고, 참고 있는 흐느낌이 전해져 왔다.

"미안해."

한참 만에 그녀가 내 가슴께에서 얼굴을 들고 말했다.

"울보구나. 그만한 일에 울어?"

"마음대로 움직이지를 못하다 보니 마음이 약해졌나 봐. 나, 웃기지?"

"하나도 안 웃겨. 아프면 아프다고 비명이라도 지를 것이지 눈물만 흘려? 바보같이."

나는 마음이 아픈 나머지 정말 화가 났다. 그녀는 이상하게도 얌전하게 가만히 있었다.

"왜 가만히 있어? 말도 못해?"

그녀는 내 손을 잡더니 속삭였다.

"시인, 나를 정말 사랑하는구나. 미안해."

"미안하긴 뭐가 미안하다는 거야? 바보같이 굴지 마."

나는 그대로 병실을 나와 버렸다. 바깥은 낮과는 달리 기온이 내려가 있었다. 나는 곧바로 산책로로 걸어가서 벤치에 앉았다. 술 생각이 간절했지만 술을 마실 수는 없는 일이어서 가슴이 답답했다. 그녀의 말대로 내가 정말 그녀를 사랑하는 것일까. 내 감정은 안갯속에 갇힌 것처럼 불분명하고 흐릿했다. 한참을 그대로 앉아 있었더니, 발부터 서서히 차가워졌다. 며칠 전부터 이가 아렸는데, 추운 데 앉아 있었기 때문인지 본격적으로 욱신거리며 쑤시기 시작했다. 나는 그대로 한참 동안 나 자신을 내버려 두었다. 이가 아픈 것이 점점 심해져서 나중에는 귀도 쑤시는 것 같고 목도 아픈 것 같고, 어디가 아픈지 모를 정도로 얼굴 전체가 아파 왔다. 더 이상 견딜 수 없을 만큼 심해지자 나는 벤치에서 일어났다. 약국에 가서 진통제를 사고 물도 없이 두 알을 삼켰다.

온몸이 으슬으슬 추운 것이 아마도 열까지 나는가 싶었다. 그제서야 나는 병실로 돌아갔다. 그녀의 얼굴을 보는 것이 어째 쑥스러워지려고 했다. 그녀는 비스듬하게 기댄 자세로 TV를 보고 있다가 무심한 얼굴로 말했다.

"왔어? 방금 전에 전화 오던데."

휴대폰을 두고 나갔던 모양이다. 액정에 아버지의 번호가 찍혀 있었다.

"화장실 안 가고 싶어?"

"가고 싶어."

그녀를 화장실에 데려다 주면서 나는 간신히 나 자신과 화해를 했다. 그날 밤 나는 치통이 그렇게 극심한 통증이라는 것을 생전 처음 경험했다. 이가 아픈 적이 한 번도 없었고 충치도 없었던 터라 유치를 뽑던 어릴 때 외에는 지금까지 치과에 가 본 적이 없었다. 나는 그녀가 눈치챌까 봐 조심하면서 머리까지 울리는 통증을 참으려고 복도에 나와 서성거렸다. 통증은 좀처럼 수그러들지 않고 시간이 갈수록 더 심해졌다. 나는 속수무책으로 어찌할 바를 몰라서 시간 간격도 없이 진통제를 삼켰다. 사가지고 온 진통제 한 통을 다 먹고 나서야 통증이 조금 가라앉았다. 그녀는 가볍게 코를 골면서 잠들어 있었다. 그녀가 잠든 것은 다행이었지만, 통증과 함께 나는 아픈 사람의 고독을 이해했다. 혼자 견디고 혼자 싸워야 하는 것이다. 아버지에게 전화를 걸려고 전화기를 열었더니, 어느새 새벽 4시를 넘기고 있었다. 시간이 그렇게 된 줄도 몰랐던 것이다.

3. 집

의사는 선선하게 퇴원을 허락해 주었다.

"주사도 꽂고 있지 않은데, 병원에 있으면 뭐하겠습니까? 퇴원해도 됩니다. 퇴원하기 전에 사진 찍고 한 번 더 봅시다. 소독은 집에서 할 수 있으시죠? 내일 오전에 경과를 한 번 더 보고 오후에 퇴원하도록 하십시다."

서툰 간호사 덕분에 주사를 안 맞고 약을 먹게 되었다. 주사로 들어가는 약은 소염 진통제라고 했다. 그 약은 굳이 주사로 안 맞아도 되는 모양이었다.

그날, 그는 화가 단단히 났다. 좀처럼 남에게 보이지 않는 격한 모습이었다. 그는 매사에 천천히, 느긋하게 움직이고 반응한다. 내가 떠들고 까불어도 가만히 웃기만 할 뿐이다. 그런 그의 성격 때문에 그와 함께 사는 동안 내가 더 수다스러워지고 호들갑을 떨게 되었는지도 모른다.

처음에는 그 어딘지 가라앉은 듯한, 쓸쓸해 보이는 모습이 마음에 들었다.

글쎄, 그 모습은,

지금도 여전히 마음에 든다. 그의 쓸쓸함은 몸에 배어 저절로 스미어 나오는 생래적인 것이다. 어머니가 없다는 말을 들었을 때, 나는 그의 그 쓸쓸함을 이해했다.

나 역시 어머니가 없기는 마찬가지이지만, 나는 남들이 나의 쓸쓸함을 알아차릴까 봐 과장되게 명랑한 척한다. 처음에는 명랑한 척을 했지만, 이제는 그것이 몸에 배었다. 나는 지나치다 싶을 정도로 명랑하고 또 잘 웃는다. 다른 사람들이 나의 쓸쓸함을 아는 것은 싫다. 나는 그저, 서른여섯 살이 된 보통 여자로 보이고 싶다.

발은 여전히 부어 있었지만 나는 간신히 뒤꿈치로 디딜 수 있었다. 그는 내가 혼자 병실에 있으면 화장실에 가지 못할까 봐 몹시 불안해하지만, 나는 혼자서도 화장실에 갈 수 있다. 밤중에 잠들어 있는 그를 깨울 수 없어 몇 번인가 소리 안 나게 조심하면서 화장실에 간 적이 있다. 손 닿는 데는 다 손으로 짚고, 비틀거리면서, 넘어질 뻔하면서 그렇게. 그러나 이것은 그에게는 비밀이다. 그의 보호를 받으면서 이러고 있는 게 좋으니까 그냥 이렇게 있고 싶다. 나는 좀 지나치게 독립적이고 강인한 데가 있다. 우리를 버린 어머니 대신 동생 수연이를 감싸 안고 세상에 맞서 살아왔던 결과일 것이다. 지금 나는 거의 행복해지고 있다. 이렇게 좋은 상황을 바꾸고 싶지 않다. 그사이에 백화점의 지배인이 왔다 가고 매장의 명순, 미스 안, 정미 씨, 미영 씨, 그리고 민정 언니도 왔었다. 그리고 명일이 왔다 갔다. 명일의 존재는 그가 모른다. 매주 나가는 살사클럽 카페에서 명일은 나의 파트너다. 살사클럽 사람들이 문병 오는데 명일이 함께 왔던 것이다. 명일은 나보다 세 살이 적다. 사람들 속에 섞여서 뒤쪽에 얌전히 앉아 있다가 돌아갔다. 아무 말을 하지 않아도 나는 명일의 걱정을 알 수 있다. 눈이 번쩍이고 있었다.

문자가 두 번 와서 그와 교대해 주었다. 문자가 와서 밤에 자는 날은 그와 같이 있을 때보다 조심이 되었다. 문자는 중학교부터 고등학교까지 같은 학교에 다니고 같은 동네에 살았던, 내가 유일하게 마음을 터놓을 수 있는 친구다. 대학은 각각 다른 데로 갔지만 우리는 정말 잘 맞는 친구였다. 그런데도 이제는 문자가 곁에 있는 것보다 그와 함께 있는 것이 더 마음 편하다는 사실을 알고 나는 좀 놀랐다. 부산에서 대학을 다닌 나와는 달리, 서울에서 명문 여대를 졸업한 문자는 결혼을 해서 여덟 살짜리 아들과 여섯 살인 딸을 둔 두 아이의 엄마다. 너그러운 남편에, 전업 주부인 문자는 살림을 잘하고 아이들을 잘 키우고, 남편과도 사이좋게 산다. 그녀의 그런 삶이 부럽기는 하지만, 나는 그렇게 잘 살아갈 자신이 없다.

나에게 어머니는 무서운 기억으로만 남아 있다. 어머니는 내가 열 살, 동생인 수연이 일곱 살 때 우리들을 버리고 재혼했다. 어머니와 함께 살았던 열 살까지의 기억은 별로 행복하지 않다. 어머니는 늘 화가 나 있었다. 뒤에 할머니에게서 내가 다섯 살 때 아버지가 교통사고로 죽었다는 말을 들었지만 아버지에 대한 기억은 거의 없다.

"야이, 기집애들아. 나는 니들 꼴 보기도 싫어야. 맨날 이렇게 내 속을 썩이니 내가 어떻게 살것어? 니들 애비는 그렇게 가 버리고 내가 무슨 죄를 지어서 애비도 없는데 니들 둘을 다 키우니? 내 눈앞에서 좀 없어져 버려라, 이 기집애들아. 내 인생은 이게 뭐냐? 니들 둘 때문에, 응, 이게 뭐냐구? 니들만 없으면, 내가……."

어머니가 술을 마시고 밤늦게 귀가하는 날이 많아지면서 우리 자매는 어머니의 화풀이 대상이 되었다. 술이 많이 취한 날이면 내 윗도리 가슴 부분을 모아 쥐고 흔들면서 어머니는 악을 썼다. 그러다가는 손바닥으로 자신의 가슴을 치면서 울기도 했다. 나는 어머니가 술 마시는 것이 싫었다.

"엄마, 그러지 마. 내가 잘할게. 말도 잘 듣구 공부도 열심히 할게. 화내지 마. 엄마."

그 말이 어머니의 화를 더 돋우는가 보았다. 내가 그럴 때마다 어머니의 손이 번쩍하고 내 뺨을 때렸다.

"이것이 지금 뭐라고 하는 거여? 입 다물지 못해?"

그것도 모자라 분이 풀리지 않으면 매를 가지고 왔다. 나는 수연이가 맞을까 봐 수연이를 감싸 안고 혼자 매를 맞았다. 잘못한 것도 없이 이유도 없이, 매를 맞으면서 나는 생각했다.

'나의 존재는 어머니의 삶에 방해만 되는 것이로구나. 나는 어떻게 해야 할까. 어디로 없어져야 할까.'

어머니에게 매를 맞고 울면서 잠자리에 들 때면 세상 바깥으로 사라지고 싶었다. 그러나 나는 그때 너무 어렸다. 그 어린 나이에도 내가 없어지면 혼자 남을 수연이가 얼마나 외로울까, 생각하니 너무도 마음이 아파서 그럴 수가 없었다. 어머니는 나에게 한 것처럼 어린 수연이를 못살게 굴 것이다. 그래서 나는 어머니를 기쁘게 하려고 온갖 노력을 다했다. 눈물겹고 헌신적인 노력에도 불구하고 나는 어머니를 기쁘게 할 수가 없었다. 어머니가 우리들에게 왜 그렇게 모질게 했는지는 지금도 이해가 되지 않는다. 젊은 나이에 남편을 잃고서, 어머니는 제정신이 아니었을까.

우리 자매는 아버지의 어머니, 그러니까 친할머니의 손에서 자라났다. 어머니가 우리를 할머니에게 데려다주던 날은 생생하게 기억한다. 늦가을의 쌀쌀한 날이었다. 비가 추적추적 내리고 있었다. 서울에서 기차를 타고 와서 부산역에 내렸을 때는 어두워지고 있었다. 내 가방 안에는 우리 둘의 전학 서류가 들어 있었다. 택시를 타고 할머니 집에 갔을 때, 어머니는 우리 둘만 집으로 들여보내고 돌아가려고 했다. 산복도로 바로 아래에 있는 작은 연립주택 앞이었다. 산복도로에서 택시를 내려 어머니는 우리를 데리고 좁은 시멘트 계단을 내려갔다. 계단 중간쯤에 집집의 현관문들이 있었는데, 2층으로 된 연립주택의 현관 앞에서 어머니는 걸음을 멈추었다.

"여기는 할머니 집이야. 알지? 접때 우리 집에 왔던 할머니. 너희들은 이제 여기서 살아야 돼. 엄마가 가고 나면 이 단추를 눌러. 그러면 할머니가 나오실 거야."

"엄마는 여기서 안 살아?"

"응, 엄마는 나중에 올게."

"엄마, 가지 마. 우리하고 같이 살아."

수연이가 느닷없이 울음을 터뜨리고 어머니의 옷자락을 잡는 바람에 어머니는 휘청거렸다. 그사이에 할머니가 현관문을 열고 나왔다. 그 순간, 눈을 크게 뜨고 우리를 바라보던 할머니 얼굴을 잊을 수 없다. 놀라움과 노여움이 뒤범벅된 얼굴, 게다가 어머니를 향해 무슨 더러운 물건을 보듯 했던 싸늘한 멸시의 시선, 나는 사람의 그런 얼굴을 그때 처음 보았다.

할머니는 어머니를 향해 침을 뱉었다.

"더러운 것 같으니라고. 너 혼자만 잘 살겠다고 이 어린 것들을 여기다 떼어 놓고 가겠단 말이지? 그래, 얼마나 잘 사는지 어디 두고 보자. 내가 오래오래 살아서 네가 사는 꼴을 두고두고 똑똑히 보아야겠다. 얘들아, 들어가자."

할머니는 내 손을 잡았다. 나는 어머니를 돌아보았다. 어머니는 고개를 돌리고 나를 보지 않았다. 그때 어머니가 내 얼굴을 보고 나와 눈을 맞추어 주었더라면, 나는 어머니를 용서하고 남들처럼 살 수 있었을지 모른다. 어머니는 끝내 내 얼굴을 보지 않았고 치맛자락을 잡고 놓지 않는 수연이의 손을 모질게 떼어 냈다. 수연이가 불에 덴 듯 자지러지게 울어 댔으나 어머니는 한마디도 하지 않고 내려왔던 계단을 도로 올라갔다. 수연이가 어머니를 따라 온몸으로 기면서 계단을 올라갔기 때문에 나도 따라갔다.

"엄마, 엄마. 가지 마. 엄마 내가 잘못했어. 가지 마."

나도 수연이처럼 울면서 어머니의 뒷모습에 대고 말했지만 어머니는 걸음을 빨리하여 뛰듯이 그대로 가 버렸다. 우리는 어머니가 사라진 좁은 골목 위쪽을 바라보며 울었다. 비가 내리고 있는 늦가을, 비는 옷 속으로 스며들어 어린 우리들을 적셨다. 옷이 젖고 몸이 다 젖어 한기가 뼛속으로 스며들었다. 그 추웠던 저녁은 절대로 잊을 수 없다. 살면서 그때처럼 추웠던 적은 없었다. 어머니가 가고 나서도 우리 둘은 오랫동안 그 자리를 뜰 수가 없었다. 너무 추워 견딜 수가 없어서 돌아섰을 때, 내 눈에 비친 영도와 부두의 야경은 눈물 때문에 커다랗게 번진 빛 덩어리로 보였다.

할머니는 우리 둘을 어머니처럼 구박하지 않았다. 그래서 나는 어머니보다 할머니와 함께 사는 것이 마음 편했다. 그러나 사람을 믿지 못하게 된 나는 할머니가 언제 어머니처럼 무섭게 변할지 몰라 할머니의 마음에 들려고 노력했다. 시키지 않아도 집안 청소를 하고 수연이 어질러 놓은 것을 정리하고 널어 놓은 빨래가 마르면 재빨리 걷어서 개켰다. 할머니를 도와 부엌일을 거들기도 했다. 눈치만 남은 나는 수연이 몫까지 다 해내려고 했기 때문에 한없이 부지런해졌다. 할머니 집에 온 지 2, 3년이 지나자 나는 어른같이 되어 버렸다. 중학생이 되고서 수연이와 다른 학교에 다니게 된 나는 수연이를 누가 어떻게 할까 봐 늘 노심초사했다. 가슴이 부풀어 오르고 생리가 시작되자 진짜 어른이 된 것 같은 느낌이 들었다. 내가 쑥쑥 자라는 것에 비해서 어찌된 일인지 수연이는 잘 자라지를 않았다. 작아서 그 아이는 더 애처로웠다. 나는 온몸으로 그 아이를 감쌌다. 어미 새가 새끼를 품듯이. 그러나 내가 그렇게 정성을 바친 덕분에 그 아이는 점점 나에게서 멀어지고, 자기만 아는 이기적인 인간이 되어 갔다. 그것을 나는 몰랐다.

"쯧쯔……. 이런 복덩이를 내팽개치고 가다니 네 에미는 나쁜 년이야. 천벌을 받지, 천벌을 받아."

내가 부지런을 떠는 것을 보면서 할머니는 늘 어머니를 욕했다. 할머니가 어머니를 욕하는 것은 싫었다. 나는 학교를 어서 졸업하고 실질적인 어른이 되기를 소원했다.

수연이가 대학 3학년 때 할머니가 돌아가셨다. 백화점 명품 브랜드의 의류 판매 매니저가 되어 할머니로부터 독립을 꿈꾸고 있을 때였다. 죽은 아버지가 유일한 혈육이었던 할머니의 장례식에는 나와 수연이, 달랑 우리 둘뿐이었다. 물론 친척이라고 하는 칠촌, 팔촌의 아저씨들이 와서 이것저것 간섭을 하고 잔소리를 해 댔다. 할머니가 살아 있을 때는 본 적도 없는 사람들이었다. 나는 세상에 혼자 남은 것처럼 고독하고 위태로운 느낌이었다. 할머니의 유산은 보잘것없었다. 장례를 치르고 나자 그때까지 살았던 산복도로 근처의 24평 연립주택이 남았다. 나는 수연의 대학 등록금을 대 주고 용돈도 모자라지 않게 주었다. 의류 판매 매니저인 점을 이용해서 지방대학의 여학생들은 엄두도 못 내는 예쁘고 화려한 옷들을 그 아이에게 사 줄 수 있었다. 그래서였을까. 수연이는 남자들에게 인기가 많았다.

퇴원을 하는 날, 나는 수연이에게 전화를 걸었다.

"이제 다 나았어? 걸어 다녀?"

나, 오늘 퇴원해, 라고 했더니 그 아이는 대뜸 그렇게 말했다. 수연이는 내가 입원해 있는 동안 한 번도 병원에 오지 않았다. K조선에 근무하는 남편과 함께 수연은 거제도 고현에 산다.

"아니. 못 걸어. 지금부터가 시작이야. 두 발을 다 수술했기 때문에 3개월이 지나야 걸을 수 있대. 3개월 동안 집에 갇혀 있어야 돼."

"그래?"

수연은 심드렁하게 말했다.

"요즘 바쁘니?"

수술을 하고 열흘이나 입원해 있었는데, 병원에 한 번도 오지 않은 그 애를 나무랄 생각은 없었다. 그러나 내가 천애 고아라는 사실이, 그래서 세상에 그 아이와 달랑 둘만 있는데 그 아이가 나를 보러 오지 않은 것이 부끄러웠다. 그는 가족을 믿지 않는 사람이기 때문에 내 마음의 복잡함을 헤아리지는 않을 것이다. 그러나 그의 생각과는 별개로 나는 정말 부끄러웠다. 무엇보다 나 자신에게.

"응. 나야 늘 바쁘지. 애들이랑 김 서방 챙겨야 되고 1주일에 한 번은 봉사도 다녀야 하고……."

"부산 한 번 안 오니?"

"응. 시간 나면 한 번 갈게. 몸조리 잘해."

수연이 전화를 끊을 기세여서 나는 황급히 말했다.

"너는 봉사는 열심히 다니는 모양이네. 나한테 봉사하러 올 생각 없니?"

자꾸만 빈정거리게 되는 어조를 다스리면서 나는 간신히 나 자신을 억제하고 말했다. 수연은 잠시 침묵했다.

"왜 그래, 언니? 내가 안 가 봐서 화났어?"

"그래. 화가 좀 나네. 나는 그래도 네가……."

갑자기 목이 꽉 메어 오면서 눈물이 나려고 했다. 나는 이를 악물고 눈물을 참았다. 이런 일에 내가 울어서는 안 되는 것이다.

"내가 바쁜 거 알잖아? 시간이 없어서 그런다니까. 어린애처럼 왜 그래? 언니는 돌봐 줄 사람이 있잖아?"

슬프기도 하고 머리꼭지가 열리려고도 하고, 수연에게 그러고 있는 나 자신이 혐오스럽기도 했다. 하면 안 된다고 생각하면서도 마음속에 맺혀 있던 말들이 쏟아져 나왔다.

"그래, 나는 돌봐 줄 사람 있어. 물론 친구도 있어. 없어서 그런 게 아냐. 그렇지만 너는 내 동생 아니니? 어린애처럼 왜 그러느냐구? 입원해 있는 동안 전화 한 번 하고는 보러 오지도 않구서 어떻게 그런 말을 할 수가 있니? 너는 나한테 하나밖에 없는 동생이고, 세상에서 오직 한 사람 있는 가족이야. 너, 정말 나한테 이러면 안 되는 거 아니니?"

"알았어, 알았다구. 시간이 나면 가 본다고 했잖아?"

나는 더 말하지 않고 전화를 끊었다. 가슴속에서부터 눈물이 넘쳐 나왔다. 억제할 수가 없었다. 그 순간, 느닷없이 우리가 서울에서 처음 전학 왔을 때가 떠올랐다. 억센 경상도 말을 하는 아이들 틈에서 서울말 한다고 놀림을 당해 구석에서 울고 있던 수연이, 어리고 작은 그 아이를 보호하기 위해 내가 기울였던 눈물겨운 노력들, 그 아이는 그런 모든 것들을 다 잊어버렸을까. 그에게 이런 꼴을 보일 수는 없어, 나는 초인적인 힘을 내어 울음을 가슴속 깊이 안으로 밀어 넣었다.

병원에 있던 소지품을 챙기고 의사의 처방을 받아 약국에서 약을 사고 그는 여러 가지로 바빴다. 게다가 병원 주변에 즐비한 의료기 상사에 가서 보행보조기를 사 왔다. 휠체어를 빌릴까, 보조기를 살까, 하고 우리는 한참 동안 의논했다. 휠체어를 두 주일 동안 빌리는 비용으로 보조기를 살 수 있었다. 우리는 내가 언제 걸을 수 있을지 몰랐기 때문에 보조기를 사도 될지 어떨지 알 수가 없었다.

"그냥, 좀 불편하시더라도 뒤꿈치로 걷는 연습을 하십시오. 꼭 그러시다면 휠체어보다는 보조기가 나을 겁니다."

의사는 난감한 얼굴로 말했다. 그냥 견디어도 되는데 엄살을 떤다는 것처럼 들렸다. 그러나 전혀 두 발로 걸을 수 없는 나는 의사의 말을 믿을 수가 없었다. 그가 사 온 보조기를 펴서 뒤꿈치로 짚고 천천히 걸어 보았다. 그런대로 보조기가 있으면 화장실 가는, 집 안에서 움직이는 일은 가능할 것 같았다.

입원비도 그가 정산했다. 열흘간의 입원비로는 그다지 비싸지 않았다. 그래서 나는 별로 부담스럽지 않았다. 원칙적으로 우리는 각자 자기에게 드는 비용은 각자가 내서 해결하고 있다. 생활비는 반씩 서로 분담하고 있고 아파트 관리비는 그가 내고, 차량 유지비는 주로 내가 차를 쓰기 때문에 내가 낸다. 나머지는 그때그때 편한 대로 하고 있다. 나는 별다른 직업 없이 아버지의 도움으로 살아가는 그가 가능하면 돈을 쓰지 않게 하려고 노력한다. 그는 한때 요리를 했다고 하지만 집에서는 전혀 요리 같은 것을 하지 않는다. 간혹 라면을 끓여 먹기는 해도 그 외에는 요리에 관심조차 없어 보인다. 집으로 돌아가는 차 안에서 나는 걱정이 되었다. 옷이나 잘 차려입고 멋 부리는 데만 관심이 많은 이 도련님이 발을 전혀 쓰지 못하게 된 나를 두고 어떻게 생활을 꾸려 갈까 하는 의구심이었다. 그가 한때 다른 여자를 만났던 것을 나는 알고 있다. 그는 내가 그 일을 모르는 줄 알지만, 나는 알고 있었다. 게다가 가끔 여자들과 밤을 보내고 온다는 것도.

이것은 문자에게도 말할 수가 없다. 문자에게 말한다면 그녀는 어떤 반응을 보일까. 당연히 헤어지라고 말할 것이다. 나는 내가 어리석은 선택을 하고 미래가 없이 산다는 것을 알고 있다. 우리 사이에 이어진 끈은 너무도 약하고 가늘어서 언제 끊어질지 모른다. 그럼에도 불구하고 나는 그와 헤어지려는 생각은 할 수가 없다. 내 마음에서 그를 놓아 버릴 수가 없는 것이다.

집에서 카메라를 가져온 그는 병원에 있는 동안 계속 사진을 찍었다. 휠체어를 타고 있는 모습을 찍더니 거즈를 벗기고 발을 찍기 시작했다. 매일 점심 먹고 난 뒤 오후 시간에 렌즈를 발에다 가까이 대고 셔터를 눌러 대는 것이다.

"뭘 찍어? 흉측한 발을 찍고 그래? 찍지 마. 싫어."

"기념으로, 그냥."

사진을 찍을 때 그는 놀랄 만큼 집중한다.

"기념? 무슨 기념?"

"수술, 입원, 우리한테 이런 일도 있었다, 뭐 그런 기념. 연이 발이 끔찍하지만 애처로워서 찍어 두고 싶어."

"정말이야?"

"아니면 뭐겠어?"

"그래도 싫은데……. 이 흉한 발은 내 발이 아니거든."

"그러니까 찍어 두는 거야. 다 나으면 아무도 기억 못할 테니까."

집으로 가는 길은 행복했다. 바깥세상으로 이렇게 나올 수가 있다는 것이 거짓말 같았다. 벌써 3월이 가까워졌다. 날씨는 포근하고 바람도 부드러웠다. 나는 창문을 내리고 바깥을 내다보느라 정신을 빼앗겼다.

"아, 아, 아, 너무도 행복해. 내가 이렇게 바깥세상으로 나오다니, 꿈만 같어."

그는 운전을 천천히 했다. 내가 떠들어도 그는 조용히 웃기만 할 뿐이었다. 눈앞에서 봄이 오고 있는 것을 알리는 물오른 나무들의 일렁거림, 어딘지 활기에 넘쳐 보이는 거리 풍경은 나를 흥분시켰다. 거리 양쪽에 늘어선 가로수들은 키가 크고 가지가 길었다. 가지 끝에 조금씩 연두색의 어린잎들이 돋아나고 있는 중이었다.

"저기 저, 키 큰 나무들이 무슨 나무지?"

"응, 저거. 느티나무 아냐?"

무심한 척하고 있어도 그가 내 말을 다 듣고 있었다는 것이 기뻤다. 게다가 그는 아는 것이 많아 박식하다.

"아, 맞다. 느티나무, 지난해 가을에 지나가면서 보니까 갈색으로 물든 단풍이 굉장했었지?"

"지난해 가을?"

그가 고개를 돌려 나를 보고 말했다. 나는 호호호, 하고 웃었다. 대답하기 곤란할 때, 머리 아픈 일이 생겼을 때, 나는 이렇게 웃는다. 그러나 그것 때문에 웃은 것은 아니었다. 그냥, 행복했던 것이다.

"잊었어? 지난해, 이 길로 해서 갔잖아?"

"으응, 그때……."

그는 생각이 난 모양이었다. 이 길로 지나간 적이 있었다. 할머니 산소에 가는 길이었다. 한 번도 그를 데려간 적이 없었는데 지난가을, 할머니 기일이 다가오자 주 중의 쉬는 날을 이용해서 그에게 함께 가 달라고 부탁했다. 가족 얘기를 하지 않고 그에게 그런 부탁을 한 적도 없었기 때문인지, 그는 기꺼이 동행해 주었다.

10월 말의 아름다운 가을날이었다. 맑고 청명한 대기 속에 바람이 지나가는 투명한 길이 보이는 듯 깨끗하게 개인 날이어서 월평 근처의 공원묘지에 도착했을 때는 시야가 끝 간 데 없이 트여 있었다. 똑같이 생긴 묘지, 비슷한 묘비들 사이에서 할머니의 무덤을 찾아, 가지고 간 사과와 막걸리를 놓고 절을 했다. 이상한 일이다. 무덤에 절을 할 때 나는 늘 눈물이 난다. 별로 살뜰하게 보살핌을 받은 것도 아니었는데 눈물이 나는 것을 보면, 내 눈물은 나 자신을 위한 것인 듯하다. 나는 눈물을 닦고 한 줄 위쪽에 있는 아버지의 무덤에 가서 절을 두 번 했다. 교통사고로 죽은 아버지는 화장을 해서 유골만 묻었다고 할머니가 말해 주었다. 산 위쪽은 단풍이 들어 황금빛으로 물들어 있었다. 우리는 막걸리를 종이컵에 따라 한 잔씩 마시고 사과를 깨물었다. 기억도 나지 않는 아버지와 죽은 할머니 무덤에서 내가 느끼는 것은 언제나 비슷했다. 그것은 내가 세상에 혼자 남은 존재라는 자각이었다. 나는 그의 손을 잡았다. 그리고 산에서 내려와 차에 탈 때까지 놓지 않았다. 그는 내가 하는 대로 내버려 두었다. 가슴이 뭉클했다.

우리는 6년을 함께 살면서도 서로의 가족에 대한 이야기는 하지 않았다. 그는 나에게 수연이라는 동생이 있고 아버지가 사고로 죽었다는 것, 할머니가 우리를 키웠다는 것, 그런 테두리만 알고 있을 것이다. 아마 그는 어머니도 죽은 것으로 생각하고 있을 터였다. 나 또한 그의 가족에 대해서 아는 것이 없다. 어머니가 없다는 것, 부자인 아버지가 있다는 것, 그 외에는 일체 말하지 않기 때문에 알 수가 없다. 우리는 둘 다 뿌리 없이 떠도는 섬 같은 존재라는 공통점을 지녔다. 그는 수연을 몇 번 만난 적이 있다. 나는 그에게 수연을 소개하는 것이 자랑스러웠다. 수연은 예쁘고 똑똑하고, 그리고 무엇보다 정상적으로 결혼해서 남편과 아이와 함께 살고 있기 때문이다. 나처럼 사는 것은 나 하나로 충분하다. 그 생각을 하자, 어쩌면, 하는 생각이 들었다. 손에 잡힐 듯하면서도 얼핏 잡히지 않는 생각, 나는 미간을 모으고 집중했다.

그렇다, 어쩌면, 수연을 내가 자랑스럽게 여기는 것에 반해서 그 아이는 나를 창피하게 생각하는 것이 아닐까, 갑자기 번개처럼 떠오른 생각은 그것이었다. 나는 내가 이렇게 사는 것이 창피하거나 부끄럽다고 생각해 본 적이 없다. 그랬다면 이렇게 살지 않았을 것이다. 어쩌면 결혼을 했을 것이다. 그러나 나는 그와 함께 사는 이 생활이 나쁘지 않았고 그런대로 행복했다. 혼자 사는 것에 비해 남들의 눈에 비치는 부분도 나쁘지 않았다. 사정을 모르는 사람들은 내가 왜 아이를 낳지 않는지, 궁금해 했다. 그러나 그들도 남의 일인 만큼 깊이 생각하는 것은 아니었고, 불임으로 여겼는지 내 앞에서 그런 말을 꺼내지는 않았다. 문자만 모든 사정을 알고 있었다. 그녀는 안타까워했지만 내 생활 방식을 존중해 주었다.

수연이 이렇게나 나를 모른 척하고 이기적이 된 것은 나라는 사람을 창피하게 여겨서 그런 것이 아닐까, 정말 그런 것이 아닐까. 나는 고개를 숙이고 그 생각에 잠겨 들어갔다.

"단풍이 좋았지."

느티나무 가로수 길을 지나와서 한참 만에 그가 말했다.

"자기, 기억하고 있었구나."

운전대를 잡고 있는 그의 팔에 손을 얹고 나는 가만히 말했다. 진심으로 기뻤던 것이다. 아직은 잎을 피우고 있지 않아 빈 가지만 남은 키 큰 나무들이 양쪽으로 도열해 있는 길을 하염없이 바라보았다. 나무들이 땅속에서 맹렬하게 물을 뽑아 올리는 솟구치는 에너지가 느껴졌다.

"아아, 금방 꽃이 필 거야. 벌써 봄기운이 느껴져. 세상에, 저건 벚나무잖아. 이쪽 가로수가 벚나무인 건 처음 알았어. 벚꽃 필 때 여기 오면 좋겠다, 그지, 그지?"

"안 그래도 병원에 가는 길이니까 오게 될 거야."

차 안의 라디오에서는 비엔나 숲 속의 얘기, 요한 슈트라우스의 왈츠곡이 흘러나오고 있다. 나는 마구 들떴다.

"아아, 정말 춤추고 싶어. 언제쯤 춤출 수 있게 될까?"

"의사에게 안 물어봤어?"

"의사는 3개월이 지나면 운동을 해도 된다고 했지만, 춤은 출 수 있을까?"

"너무 조급해 하지 마. 발이 다 나으면 나비보다 가볍게 날아다니면서 춤추게 될 테니. 수술한 지 며칠 됐다고 그래?"

"맞아. 아직 10일밖에 안 됐어……. 그렇지. 맞아."

나는 좀 기가 꺾였다. 거리는 나른한 봄기운에 잠겨 내부에서 소용돌이치는 활기를 숨기고 있다. 가벼운 봄옷 차림의 여자들도 눈에 띄었다.

"5일 지나서 오십시오. 그때 실밥을 뽑을 거구요, 왼쪽 발등의 갈고리는 한 달이 지나면 뽑을 겁니다. 집에 가서는 조심해야 됩니다. 절대로 앞쪽으로 디디면 안 됩니다. 뼈가 어긋나면 다시 수술해야 됩니다."

"그런 사람…… 다시 수술한 사람이 많았나요?"

나는 의사를 똑바로 쳐다보면서 물었다. 의사는 이를 드러내고 웃었다.

"아니, 많지는 않았지요. 내가 수술한 사람이 540명쯤 되는데, 부주의해서 뼈가 어긋난 사람은 두 사람이었어요. 조심하십시오."

"언제쯤 걸어 다닐 수 있어요? 운동은 언제쯤에나 할 수 있을까요?"

"한 달쯤 지나면 걸어 다닐 수 있을 겁니다. 운동은 아무래도 한…… 3개월쯤 지나야 될 것 같은데요."

"수영은 해도 될까요?"

"아, 수영은 한 달 지나면…… 글쎄요. 아마 할 수 있을지 모르겠네요."

"댄스는?"

"댄스는 안 됩니다. 완전히 다 나아야 될 겁니다. 3개월이 지나 봐야 알 수 있어요."

살사클럽에 가야 명일을 만날 수 있다. 나에게는 댄스가 중요했다. 나는 또 한 번 기가 꺾였다. 그가 모르는 나 혼자만의 비밀스러운 그리움이 있다는 것은 그의 무심함이나 냉담함에 대해 위로가 되었다. 그러나 명일이 방어망이 될 수는 없다. 물론 나는 그것을 알고 있었다. 그가 운전하는 차를 타고 옆자리에 앉아서 가며 나는 유심히 거리를 살펴보았다. 혹시, 우연히, 명일이 지나가기라도 하듯이.

집으로 가는 길 어귀에 들어서니 날씨는 흐린데도 바다에 반사되는 빛이 눈부셨다. 도로와 바다 사이에는 시멘트 제방으로 막혀 있었지만 제방이 낮아서 차를 타고 지나가면 바다가 보였다. 도로의 왼쪽은 바다, 오른쪽은 자동차 도로에서 계단을 서너 개 올라가는 높이 정도에 자전거 도로와 사람이 다니는 인도가 있다. 붉은색의 보도블록이 깔린 인도는 자전거 도로와 같이 있기 때문에 폭이 제법 넓다. 인도에 서서 보면 바다는 제방 너머 바로 눈앞에 있다. 인도와 붙어 있는 건물의 1층은 브런치 카페와 음식점, 와인 바, 커피숍 등이 늘어서 있다. 건물과 인도 사이에는 꽃으로 장식된 데크가 있어 꽃 사이로 테이블과 의자를 내놓고 있다. 거기 앉아 바다를 보면서 커피나 맥주, 와인을 마시는 사람들로 데크는 언제나 꽉 차 있다. 오랜만에 병원 바깥의 진짜 세상으로 나오니까 어질어질하면서 멀미가 나려고 하는 것을 나는 간신히 참고 있었다. 활처럼 둥글게 휘어진 도로를 돌아서 바다 쪽으로 들어서자 믿을 수 없을 만큼 가까운 거리에 광안대교가 나타났다.

이 집으로 이사한 지 벌써 3년이 되었다. 그사이에 세월이 그렇게나 흘러 버린 것이다. 그때까지 살았던 집은 내 명의로 된 26평짜리 주공 아파트였다. 작아서 살기는 오히려 좋았던 집이었다. 내가 일하는 백화점에서 가깝기도 했지만 전철역에서 3분 정도 걸으면 되었고 바로 옆에 작은 재래시장이 있었다. 오래된 아파트가 지닌 장점을 그대로 간직한 집이어서 이사 오기가 쉽지 않았다. 널찍한 발코니가 있고 실제 면적이 넓어서 물건을 수납할 공간이 많았다. 봄이면 벚꽃으로 뒤덮이는 산책로와 아파트 단지 뒤에는 숲이 우거진 아름다운 공원이 있었다. 서쪽으로 약간 치우친 남향집의 12층이어서 겨울에는 아침 10시쯤부터 해 지는 시각까지 하루 종일 햇빛이 들었다. 나는 쉬는 날이면 햇빛이 드는 거실 바닥에 앉아 있기를 좋아했다. 아무 일을 하지 않아도 그저 그렇게 있는 것이 좋았다. 그 집은 순수하게 내 힘으로 장만한 집이라서 애착이 많았다. 그 집에서 3년, 이 집에서 또 3년, 그러고 보니 우리는 서로의 집에서 공평하게 3년씩을 살았다. 할머니가 돌아가시고 남겨진 산복도로 근처의 연립주택은 수연이 결혼할 때 팔아서 조금도 남기지 않고 전액을 다 주었다. 그 아이에게는 그렇게 다 주어도 아깝지 않았다. 내가 가진 것이 더 있었다면 더 주었을 것이다.

적금을 찾고, 조금 갖고 있던 주식을 팔아 그 집을 사고 몇 달이 지나지 않아서 그가 나에게로 왔던 것이다. 그 집은 그가 나에게 오도록 하는 마력을 지녔다고 나는 믿었다. 우리가 함께 살기 시작한 것은 만난 지 2년 5개월이 지난 뒤였다. 여름이었다.

처음 그를 만났던 것은 유채꽃이 흐드러지게 피어 있던 3월의 남해였다. 남해대교 양쪽에 유채밭이 조성되어 사진 찍는 사람들로 붐비고 있었다. 문자와 나는 지금은 이름도 기억나지 않는 남자 두 사람과 해 질 무렵 대교를 지나고 있었다. 유채를 발견하고는 잠시 내려서 보고 가자던 말을 듣고 차에서 내렸다. 해가 지고 난 뒤라 날씨가 몹시 쌀쌀했다. 얇은 봄옷 차림의 나는 추워서 꽃구경도 귀찮았다. 다리를 건너 유채꽃이 만발한 언덕에는 사람들로 붐비고 있었다. 억지로 사람들 틈에 끼어 건너갔다가 그를 만났던 것이다. 사진 찍는 사람들이 많았는데, 그는 특별히 눈에 띄었다. 목덜미를 덮는 길이의, 웨이브 져서 굽슬거리는 머리가 바람에 휘날리고 있었다. 커다란 렌즈가 달린 카메라를 들고 사진을 찍어 대고 있는 중이었다. 나는 안 보는 척하며 그를 훔쳐보았다. 그의 카메라는 내가 서 있는 쪽을 향하고 있었지만 그가 나를 찍고 있는 줄은 몰랐다. 그저 내 등 뒤의 풍경을 찍고 있으려니 하고 예사롭게 생각했던 것이다.

멋진 머리 모양인데, 하고 막연히 그렇게 생각했는데 그가 나를 향하여 걸어오고 있는 것이 보였다. 내 앞에까지 왔을 때 나는 그가 지나갈 수 있도록 길을 비켜 주었다.

"저어."

그가 말했다.

"네에?"

내가 되물었다. 우리 관계는 그렇게 시작되었다. 만발한 유채

꽃밭에서. 해가 져서 쌀쌀한 3월의 저녁, 그의 머리 뒤에서 붉은 노을이 스러져 가고 있었다.

지하 주차장에서 엘리베이터를 타고 21층으로 올라갔다. 나는 보조기에 의지해서 뒤꿈치로 겨우 한 걸음씩 떼어 놓았다. 현관문을 열고 집 안으로 들어오자 그는 걸레를 가져와서 보조기 바퀴를 닦았다. 병원에서부터 줄곧 바깥에서 끌고 다닌 것이라 닦지 않고는 집 안에서 쓸 수가 없기 때문이었다. 그동안 나는 현관 신발장 문을 짚고 서서 집 안을 들여다보았다. 집은 그대로인데도 입원해 있는 열흘 동안 많이 달라진 것 같아 보였다. 이 집은, 나를 기억할까, 뜬금없는 생각이 나를 사로잡았다. 병원 매점에서 산 커다란 깁스용 신발을 벗고 집 안으로 들어서자 비로소 집에 돌아왔다는 안도감에 마음이 놓였다. 집은 설명할 수 없지만 마음을 푸근하게 하는 화학물질을 만들어 내는가 보았다. 걷지 못하는 것도 별로 문제가 되지 않을 듯했다.

나는 보조기를 밀면서 거실부터 차례로 집 안을 점검하듯 돌아다녔다. 병원이 아니라 집에 있다는 사실이 잘 믿어지지 않았다. 부엌은 깔끔하게 정리되어 있었다. 내가 애지중지 키우던 라일락이 잎을 틔우고 있었다.

"집에 오니까 좋지?"

그는 평소의 그답지 않게 약간 들뜬 것같이 보였다.

"응. 정말 좋아. 병원이라는 곳은 어쩐지 사람의 기를 뺏어 가는 무언가가 있는 것 같아. 거기 입원해 있는 동안 기가 다 빠져 버린 것 같아."

"연이는,"

하고 그가 나를 돌아보았다.

"어떤 일로도 기가 빠지는 일은 없을 것 같은데."

흐흥, 하고 나는 웃었다. 집으로 돌아와서 이렇게 일상의 이야기를 할 수 있다는 것이 기뻤다. 기뻐서 훌쩍 날아갈 수 있을 것 같은 기분이었다. 안방, 화장실까지 다 돌아보고 나서 나는 거실로 돌아와 소파에 쓰러지듯 주저앉았다. 그 정도 움직인 것으로도 피곤해서 녹초가 되었다.

"집이 그대로 있네."

어쩐 일인지 그것으로 마음이 놓였다.

"피곤해? 힘들어? 발이 아파?"

"응, 발받침이 있어야겠어. 발이 피곤해. 붓는 것 같어."

그는 잠시 생각하더니, 내 볼을 감싸 쥐고 말했다.

"무의를 가져올까?"

"응, 그거 좋겠다. 응? 무의를 받치면 되겠다, 그지?"

말은 그렇게 하였으나 나는 기운이 하나도 없었다. 그를 위해 억지로 기운을 내려고 해도 되지 않았다. 두툼한 소독 거즈로 감싼 발이 욱신욱신 쑤셔 대기 시작했다. 병원에서 점심을 먹고 오후에 퇴원을 했기 때문에 짧은 봄날의 오후는 금방 저물었다. 집으로 오는 동안 잔뜩 흐려 있더니 무의로 발을 받치고 거실의 소파에 앉아 있는 동안 비가 뿌리기 시작했다. 올봄은 비가 유난히 잦다. 나는 무심히 흐린 하늘이 펼치고 있는 바깥 풍경을 내다보았다. 쿠션을 가져다 등에 하나를 받치고 하나는 무의의 위에 얹어 발을 받치었다. 보조기는 옆에다 두었다. 의사는 없어도 될 것처럼 얘기했지만 보조기가 없이는 잠시도 움직일 수가 없었다.

"저녁에 뭐 먹고 싶어? 내가 해 줄게."

"글쎄 뭘 먹을까? 내가 먹고 싶다고 하면 해 줄려?"

"해 줄게. 말만 해. 뭐든지 다 만들어 줄게."

나는 그의 말에 바로 감동했다.

"정말? 정말이지? 말만 들어도 배불러. 아무것도 안 먹어도 될 것 같어."

"그럼 아무것도 주지 말고 굶길까?"

흠, 하고 나는 숨을 들이쉬었다. 그의 맑은 음성이 듣기 좋다. 그가 무릎담요를 가져와 덮어 주었다. 나는 담요를 가져온 그의 어깨에 기대고 속삭였다.

"시인, 나 지금 커피 마시고 싶어."

"알았어. 커피, 대령할게."

나는 TV를 켜고, 그러고서 바깥을 내다보았다. 아름다운 강철 하프가 걸려 있는 광안대교의 다리 상판은 아무리 보아도 싫증 나지 않는다. 교각에 부딪치는 파도가 하얗게 보였다. 거실과 부엌 사이의 보조 조리대에서 그는 커피콩을 갈고 있다.

커피 가는 소리조차도 감미롭다. 지금 그가 서 있는 데서 고개를 들면 거실 전면에 가득 차 있는 바다와 한가운데 가로로 걸려 있는 대교와 그 뒤의 저녁이 되어 가는 하늘이 풍경화처럼 보일 것이다. 수술을 하기 전, 나는 그 위치에서 보는 풍경이 마음에 들어서 도마에서 무엇을 썰고 있을 때 칼질하는 것도 잊어버리고 하염없이 바라보며 서 있곤 했다.

"커피 향기, 정말 기가 막혀."

"우리 집 커피, 그리웠지?"

병원에는 자판기 커피가 있었지만, 마시고 싶지 않았다. 그는 커피 기호가 까다롭다. 진한 초콜릿의 달콤하면서도 깊은 향기가 나는 커피를 특별 주문해서 그것만 마신다. 아프리카 어디서 나는 커피라든가, 상위 1%에 해당하는 최고급 아라비카 원두라고 했다. 그와 함께 사는 동안 나도 그렇게 길이 들었다.

"커피 마셔 본 지 2백 년은 된 것 같아. 냄새만 맡아도 기절할 것 같어."

그는 나를 보면서 이를 드러내고 웃는다. 그의 웃는 모습은 언제나 나를 감동시킨다. 나는 기분 좋은 커피 향기에 온몸을 담그고 이런 시간이 언제까지나 계속되었으면 했다.

"연이야. 오늘은 있는 재료로 대충 만들어서 먹자. 괜찮지?"

"그런 건 주부 맘대로 하는 거야. 나한테 일일이 안 물어봐도 되거든."

"내일은 장을 봐 가지고 맛있는 것 만들어 줄게."

부엌에 서서 저녁 식사를 만들고 있는 그의 모습이 유리창에 비쳐 있다. 불이 켜져 있는 실내의 정경이 그대로 유리창에 비쳐서 바깥의 어두운 바다와 불이 켜진 다리의 강철 하프와 겹쳐져 있다. 그는 고개를 숙이고 무언가 열심이다. 나는 말로 표현하기 어려운 애틋한 심정이 되면서 눈물이 나려고 했다. 발을 쓰지 못해 마음대로 움직이지를 못하니까 마음이 약해졌나 보았다.

"이준규 씨."

그가 놀란 듯이 고개를 들고 나를 보았다.

"왜 그래? 발이 많이 아파?"

"아니, 아픈 건 아니고…… 그냥, 이름을 기억하고 있나 보려고."

집에 돌아온 첫날 저녁이 그렇게 저물었다. 구수한 밥 냄새가 나고, 커피를 마시고 무의에 발을 받치고 등을 꼿꼿이 세우고 앉아서 TV를 보고, 그리고, 그리고…….

이 집으로 이사하던 때가 떠오른다. 어느 날, 그는 느닷없이 집을 보러 가자고 했다.

"무슨 집?"

내가 물었더니 그는 어물어물하며 시원하게 말해 주지 않았다. 아버지가 사 준 집이라는 말을 하기가 거북했나 보았다.

"가 보면 알아."

"이사를 가자는 말이야?"

"아니, 꼭 이사를 가자는 말은 아니고, 가 보고 그 집이 마음에 들면 거기서 살아도 된다는 거지."

"이 집이 불편해서 그래?"

"그런 말이 아니야. 그냥 집이 하나 있어. 가 보고 나서 나중에 설명할게."

퇴근 시간에 맞춰서 만나 늦은 저녁을 먹고 우리는 집을 보러 갔다. 저녁 식사 중에도 그는 별말이 없었다. 그가 말하지 않을 때 나는 캐묻지 않는다. 말하고 싶을 때까지 기다리면 되는 것이다. 나에게 말하고 싶어 하지 않는 부분이 있다는 것을 알기 때문에 알면서 모르는 척해 두는 것도 더러 있다.

가을로 접어드는 9월 초, 맑고 청명한 날들이 몇 주일인가 계속되고 있었다. 나는 백화점 안에서 근무하기 때문에 바깥 날씨에 대해서 병적으로 예민한 편이다. 백화점은 창문이 없는 폐쇄 공간이어서 하루 종일 인공조명을 밝힌 매장 안에 있으면, 맑고 깨끗한 공기에 대해 미칠 듯한 갈증을 느낀다. 시간이 어떻게 지나가는지 모를 때가 많아, 내 젊은 날이 이렇게 갇혀서 흘러간다는 것이 갑갑하고 슬프기도 했다. 그와 함께하는 생활이 없었더라면 견디어 내지 못했을 것이다.

대학을 졸업하고 처음 출근하던 때는 하늘에라도 날아오를 것 같았다. 고급 의상만 판매하는 백화점 4층의 명품 의상 매장으로 배치된 것은 운이 좋았다. 출근하는 것 자체가 기쁨이었다. 나는 회사에서 의상을 디자인하는 것보다 판매 쪽에 관심이 더 있었다. 처음 5년 동안은 내 힘으로 돈을 벌고 수연을 도와줄 수 있다는 것만으로도 행복했다. 매장 안을 디스플레이하는 것도 재미있었고 백화점의 폐쇄된 공간도 인공조명도 별로 문제되지 않았다. 그러나 10년이 넘는 기간 동안 백화점 안에서만 근무하다 보니, 나도 진열되어 있는 의상들과 별반 다를 것이 없는 듯했다. 게다가 이제는 값도 별로 나가지 않는, 유행 지난 낡은 의상 같은 생각이 드는 것이다.

점심시간이 되면 나는 잠시라도 바깥으로 나가 길을 걸으면서 바깥 공기를 쐬려고 했다. 가끔 옥상으로 올라가 하늘 정원에서 햇빛 속에 앉아 있기도 했다. 그렇게라도 하지 않으면 꽉 막힌 매장 안의 갇힌 공기를 숨 쉬고 있다는 게 참을 수 없이 답답해지는 것이다. 나는 늘 산소가 부족해서 시들고 있는 식물 같은 느낌이 들었다. 그런 내 생활 속에서 그는 나의 산소 탱크였다. 그를 보기만 해도 나는 기운이 났다.

식사를 마치고 차에 탔을 때는 밤이 제법 깊어 있었다. 나는 내키지 않는 마음으로 조수석에 올랐다. 공기가 부드럽고 달착지근했던 것을 기억하고 있다.

아, 오늘은 정말 날씨가 청명하구나, 하고 생각했던 것도 기억하고 있다.

도로는 그다지 복잡하지 않았다. 한창 복잡한 시간대를 지나 있었던 것이다. 나는 무심히 차창 바깥을 스쳐 지나가는 풍경들을 보고 있었다. 차는 우리 집과는 반대쪽으로 달려 해운대에 닿았다. 그러고는 어딘지 잘 알 수 없는 어두운 도로를 돌아 나오자, 믿을 수 없을 만큼 가까이, 바로 눈앞에 눈부시게 불을 밝힌 광안대교가 나타났다.

"와우."

내가 감탄했다.

"집에서도 저 다리가 보여."

그는 조심스럽게 말했다. 나는 차창을 내리고 밤이 되어 서늘해진 공기를 들이마셨다. 바닷바람 속에 섞여 있는 소금기, 미역 냄새 같은 것이 날아와 폐 속에 달라붙었다. 지하 주차장에 차를 세우고 21층으로 올라왔을 때, 엘리베이터의 문이 열리자 번쩍이는 대리석의 복도가 나타났다. 엘리베이터가 오래되어 삐걱거리는 낡고 어두컴컴한 주공 아파트와는 비교할 수도 없었다. 현관문을 열고 집 안으로 들어서자 현관에서부터 기다란 복도가 있었다. 벽면은 모두 크림색의 대리석이었다. 그는 내 손을 잡고 복도 끝의 거실로 데려갔다. 거실은 전면과 측면의 기역 자 벽면 전체가 모두 유리창이었다. 확 트인 유리창으로 바깥 풍경이 쏟아져 들어와 있었다. 광안대교로 올라가는 진입로부터 강철 케이블이 섬세한 대교의 아름다운 상판까지 기다란 빛의 곡선이 온 집을 빙 둘러싸고 있는 정경이었다. 보석처럼 불이 켜진 대교 아래로 민락동 횟집의 현란한 불빛들, 대교 입구 진입로 쪽 고층 아파트의 조명등, 그리고 불빛이 비쳐 번쩍이고 있는 검은빛 바닷물까지 한꺼번에 눈에 들어왔다. 이렇게 멋진 야경은 어디에서도 본 적이 없었다. 나는 기가 질렸다.

"이 집이…… 누구 집이야?"

"응. 말하자면, 이 집은…… 내 이름으로 된 집이야."

"언제 이런 집이 있었어?"

"그게……."

"알아듣게 설명을 좀 해 봐."

"응. 그게, 아버지가 사 준 집이야. 내가 말 안 했던가? 우리 아버지가 부자라고."

그가 말하기 어려워하는 것을 보면서도 나는 쓸쓸했다. 어딘지 속은 것 같은, 배신을 당한 것 같은 느낌이었다. 내 마음을 알았는지, 그는 가만히 나를 안았다.

"시인, 우리 여기서 살까?"

그가 무슨 말을 하기 전에, 나는 내부에 있는 복잡한 마음을 숨기고 말했다. 그의 가슴에 얼굴을 묻으면서, 내가 가지고 있는 초라한 집을 생각하면서, 한쪽 눈으로 눈물을 흘리면서.

그때의 비감했던 마음은 어디로 갔는지 남아 있지 않다. 어딘지 배반을 당한 것 같았던 쓸쓸함도 사라지고 없다. 이 아름다운 집에서 어느덧 3년이 지나가고 있는 것이다.

4. 우울한 아침, 우울한 낮, 저녁, 밤

"나, 결심한 게 있거든."

나는 요즘 6년이나 함께 살면서도 전혀 알지 못한 그의 다른 모습을 보고 있는 중이다. 그는 정말 요리를 잘한다. 점심으로 당면과 버섯을 넣은 소고기 전골을 먹고 나서 설거지를 하면서 그가 나를 돌아보며 한 말이다.

"결심?"

"응."

퇴원해서 집으로 돌아오고 난 뒤에 그는 한 번도 개인적인 용무로 외출을 하지 않았다. 아직 1주일도 지나지 않았지만 나는 감격했다. 외출이라고 한다면 재래시장에 장 보러 가거나 마트에 음식 재료를 사러 가는 정도뿐이었다. 갖가지 재료를 사 가지고 와서 그는 내가 좋아할 만한, 이른바 요리를 만들어 낸다.

"무슨 결심?"

그는 빙긋 웃기만 한다.

"알고 싶어?"

"그럼, 알고 싶어. 뭔데? 어서 말해 줘."

"내가 결심한 건 말야, 음…… 우리 연이에게 매일매일 임금님의 밥상을 차려 주기로 한 거, 그거야."

"어머, 정말 멋진 결심이야. 언제 그런 결심을 했어?"

그는 수줍은 듯 다시 웃었다.

"연이가 수술실에서 나오기 전에. 혼자서 결심했지."

"아, 알았다. 내가 살아서 나오기만 하면, 뭐든지 다 해 주기로 맹세했구나."

나는 깔깔거리고 웃었다.

"웃지 마. 그때는 정말 심각했다구. 연이가 수술실에서 너무 오래 있는 바람에 속이 탔거든. 그 다음다음 날인가, 이가 아파서 잠을 한숨도 못 잔 거 알아? 스트레스 땜에 잇몸이 붓고 이가 흔들리고 했지 뭐냐. 그렇게 집중적으로 스트레스를 받은 일은 난생처음이거든."

나는 처음 듣는 이야기였다.

"가엾어라. 이리 와. 뽀뽀해 줄게."

"됐어. 얼른 낫기나 해라. 내일은 병원 가는 날이지?"

다음 날은 실밥을 뽑으러 병원에 가는 날이었다. 실밥 뽑는 것도 걱정되었다. 그날 밤, 나는 꿈을 꾸었다. 퇴원을 하고 집에 와서부터는 비슷한 꿈을 되풀이해서 꾼다. 쉽게 잠들지 못하는 나는 잠이 들면 어지러운 꿈을 많이 꾸는 편이었다. 그러나 지속적으로 같은 꿈을 꾼 적은 별로 없었는데, 며칠째 거의 같은 꿈을 꾸고 있는 것이다. 꿈, 나는 언제나 살사클럽에서 춤을 추고 있다. 음악이 들리고 템포가 빠른 살사 리듬이 방 안에 가득 차 있다. 누군가 다가와서 내 손을 잡는다.

"보고 싶었어."

고개를 들어 보니 명일의 팔 안에 있다. 우리는 살사를 추기 시작한다. 빠르게 돌고 스텝을 밟는 동안 음악이 바뀐다. 느린 템포로 바뀐 음악 속에서도 우리는 춤을 중단하지 않는다. 끝없이 춤을 춘다. 대체로 그런 꿈이었다. 꿈을 꾸고 나서 잠이 깨면 나는 슬픔에 잠기곤 했다. 웬일인지 이 꿈은 언제나 깨고 나면 슬펐다. 나는 아직 날이 새지 않아 어두운 방 안에서 눈을 뜨고 눈물이 눈꼬리로 흘러내리는 것을 그대로 버려 두었다. 뭔가 나쁜 짓을 한 것 같은 가책을 느끼면서 저쪽 침대에서 잠든 그를 바라보았다.

나는 잠이 부족해 흐리멍덩한 머리로 아침을 맞았다. 그의 도움으로 머리를 감고 수건을 적셔서 몸을 대강 닦았다. 발에 힘을 줄 수가 없으니까 두 팔에 의지해서 움직일 수밖에 없었다.

"나, 1급 장애인이야."

"그래, 장애인, 맞네."

나는 바닥에 앉아서 기는 자세로 간신히 욕실에서 나와 머리를 빗고 화장을 했다. 근무할 때는 매일 하던 화장을 오랜만에 하려니 새삼스러운 감이 있었다. 화장을 하면서 나는 거울에 비친 내 모습을 찬찬히 뜯어보았다. 내 눈에 익숙한 내 모습이 거기 있었다. 발을 쓰지 못해서 소파에 앉아만 있는 나는 내가 아니었다. 화장을 하고 옷을 갈아입으니까 비로소 나 자신으로 돌아온 것 같은 느낌이 들었다.

예약된 시간은 오전 11시, 병원으로 가는 길은 봄빛이 완연했다. 안개가 끼어 시야가 흐릿하고 세상은 몽롱한 기운에 잠겨 있었다. 길가에 늘어선 벚나무 가로수들이 저마다 부풀어 오른 꽃눈을 달고 있었다. 올해는 봄이 빨리 온다고 했다. 겨울이 그다지 춥지 않았기 때문에 봄이 빠르고 여름도 빠를 거라는 보도가 있었다. 우리나라가 아열대 기후대로 바뀌고 있다는 보도도 있었다. 그 말이 맞는 것 같았다. 봄의 냄새가 거리에 가득했다.

병원에 도착해서 나는 병원 현관에 있는 휠체어를 타고 엘리베이터로 2층 외래 진료실에 올라갔다.

"1층, 영상의학과에 가서 사진을 찍고 올라오세요. 사진이 진료실로 올라오면 이름을 부를 테니 대기실에 앉아 계셔요."

영상의학과에는 엑스선 사진부터 CT, 자기공명영상이라는 MRI 찍는 방까지 촬영실이 여러 개 있었다. 물론 내가 찍는 것은 가장 기본적인 엑스선 사진이니 찍는 것도 간단하다. 대기실에 앉아서 순서를 기다리는 사람들은 하나같이 좀 우울해 보였다. 그 속에 끼어 앉아서 우리는 전혀 아무 일도 없는 것처럼 아무 걱정도 없는 사람처럼 천연덕스러운 얼굴로 마주 보고 웃었다. 휠체어를 밀고 와서 그는 벽면에 나란히 붙어 있는 대기실 의자에 내 발을 올린다. 발을 내리고 있으면 붓기 때문에 조금이라도 덜 붓게 하려는 그의 배려였다. 병원 안에서도 휠체어에 앉아 있으면 대단한 중환자처럼 보이는가 보았다. 엘리베이터에서도 대기실에서도 사람들이 양보하고 비켜 준다. 나는 그런 대접을 받는 것이 기분 좋았다.

"박오연 님, 4번 방으로 들어오세요."

그가 휠체어를 밀고 우리는 4번이라고 쓰인 촬영실로 들어갔다.

"박오연 님, 거기로 올라가세요."

휠체어에서 일어나 침대처럼 생긴 커다란 촬영대 위에 손을 짚고 올라가려고 해 보았지만, 버둥거릴 뿐 올라갈 수가 없었다. 나는 발을 제대로 쓸 수 있을 때처럼 바로 올라간다는 것은 불가능하다는 것을 알았다. 그가 내 허리를 잡고 돌려세웠다. 그렇게 등을 대고 걸터앉아 제법 높은 촬영대 위에 손을 짚고 엉덩이부터 밀면서 올라갔다. 올라가서 앉자, 그가 내 발을 들어 대 위에 얹었다. 그렇게 법석을 떤 끝에 겨우 발 사진을 찍을 수 있었다. 수술한 엄지발가락 쪽은 두툼한 소독 거즈에 싸여 있고 양말을 신을 수도 없어 그대로 맨발이었다. 바로, 오른쪽 옆으로, 왼쪽 옆으로, 그렇게 사진을 찍고 촬영대에서 내려와 휠체어에 앉았다.

"화장실 안 가고 싶어?"

영상의학과에서 나오자 그는 물었다. 나는 소리를 내어 웃었다. 그는 내가 화장실 가는 것에 강박적이다.

"지금은 안 가고 싶어. 가고 싶으면 말할게."

실밥을 뽑았기 때문에 샤워를 할 수 있게 되었다.

집으로 돌아와서 수술 후, 처음으로 샤워를 했다. 따뜻한 물을 틀어 놓고 샤워 부스 바닥에 의자를 놓고 앉아서 머리를 감았다. 발은 허연 각질이 더께로 앉아 있었다. 수술 후 한 번도 씻지를 못한데다가 발바닥을 땅에 댄 적이 없었기 때문에 각질이 부드러워져 손으로 문지르자 뭉텅뭉텅 밀려 나왔다. 엄지발가락 쪽에 10센티미터가 넘는 길이로 절개한 상처 자국이 남아 있고 엄지발가락과 둘째 발가락 사이에 또 3센티미터 길이의 절개 자국, 절개된 자리는 각질과 피가 두텁게 엉겨 붙어 있었지만 나는 손을 댈 수가 없었다. 엄청나게 부어 있었고 건드리기만 해도 욱신거리고 통증이 왔다. 게다가 왼쪽 발등에는 쇠갈고리가 박혀 있었다.

"이 갈고리는……."

"아, 갈고리는 다음번 병원에 오면 뽑을 겁니다. 발 앞쪽으로 디디지 않도록 조심하십시오. 뜨거운 물로 찜질을 하면 붓기가 좀 빨리 빠질 겁니다. 그냥 뜨거운 물에다 발을 담그면 됩니다. 찜질 자주 하십시오."

의사가 시키는 대로 그는 대야에 뜨거운 물을 담아서 내 발 앞에 갖다 놓았다. 나는 무의에 앉아서 물에 발을 담그고 TV를 보았다. 나는 뜨거운 것을 별로 좋아하지 않기 때문에 뜨거운 물에 담그는 찜질은 사실 좀 고통스러웠다.

저녁 9시, 뉴스가 시작되면 그는 물을 가지고 왔다. 나는 발을 담그고 뉴스를 보았다.

거실 바닥에 누워 있다가 일어나는 것도 정말 어려워졌다. 전에는 아무것도 아니었던 일들이, 이제는 힘을 들이고 호흡을 가다듬어서, 게다가 몹시 애를 쓰고 노력을 해야만 할 수 있었다.

"나는 뒤집힌 바퀴벌레 같아. 버둥버둥."

때때로 나는 바닥에 등을 댄 채로 사지를 버둥거렸다. 장난을 하려고 그런 것이 아니라 정말로 일어나는 것이 어려웠던 것이다. 그는 웃기만 했다.

수술을 견디느라 힘이 들어서인지 그동안은 잠이 들면 그대로 죽은 것같이 나가떨어지곤 했다. 그러나 실밥을 뽑고 나서는 잠들기가 어려워졌다. 아마 수술과 상처에 적응이 된 것일 터였다. 나는 그가 잠들고 난 뒤에 소리 나지 않게 일어나 보조기를 밀면서 집 안을 돌아다녔다. 밤이 깊도록 잠들지 못하고 나는 어두운 집 안을 서성거렸다. 하루 종일 몸을 움직이지 못하고 운동이라고는 할 수도 없이 발을 뻗치고 앉아 있는 날들은 나에게서 잠을 앗아 갔다. 일을 하지 않게 된 것은 좋았으나 이런 방식으로 쉬게 되는 것은 내가 바랐던 휴식이 아니었다.

아침에 일어날 때 아무 기쁨도 기대도 없이, 슬픔과 우울에 가득 차서 눈을 뜬다. 해마다 이맘때, 3월이 되면 첫 출근을 하던 때의 기쁨이 잠시나마 되살아나서 행복했는데, 이렇게 갇혀 있는 날이 계속될수록 하루가 시작되는 것이 힘겹다. 나의 우울은 아침에 제일 심하다.

수연은 아직 나를 보러 오지 않고 전화도 없다.

수술을 하고 입원해 있는 동안, 그 얼마 동안 그는 시중을 잘 들었다. 그런 면에서는 서투른 사람이었지만 그가 최선을 다하고 있음을 나는 알고 있었다. 퇴원을 해서 집으로 돌아오자 그는 맛있는 것을 끼니마다 만들어 주었다. 우리가 같이 사는 동안 라면을 끓이거나 하는 것 외에는 요리하는 것을 한 번도 보지 못했기 때문에 놀랍기만 했다. 그러나 한 달, 발등에 꽂혀 있던 갈고리를 뽑고, 내가 직립보행을 시작하고 잠시나마 서 있을 수 있게 되면서 그는 게을러졌다. 그리고 요즘에 와서는 마지못해 움직이고 있는 것처럼 보인다. 그의 마음속에 무엇이 있는지 알기 어렵다. 그의 마음속에는 내가 모르는 세계가 있을 것이다. 그 세계는 얼음처럼 차갑고 바위처럼 단단하다. 나는 지나치게 섬세한 안테나를 가지고 있어서 아주 작은 일도 감지된다. 그러나 요즘 와서는 더 정밀한 고감도의 안테나가 필요한 듯하다. 내가 가진 안테나로는 이제 그의 얼음과 바위를 뚫을 수가 없다.

"자신의 몸을 마음대로 움직이지 못해 남의 도움을 받아야 하는 것은 슬픈 일이야."

마음속에서 그런 말들이 소용돌이치고 있었으나, 나는 끝 부분만 간단하게 말했다.

"슬픈 일이야."

거실 소파에 발을 뻗치고 앉아서 말했는데 주방에서 파를 썰다가 그는 고개를 들고 나를 바라보았다.

"슬플 거 없어. 명령만 하면 돼."

"흥, 이제는 명령도 하기 싫어!"

"커피 다 내렸어. 잠시만 기다리면 돼."

"파만 썰고 있는 주제에."

"커피 내리는 동안 막간을 이용해 썰고 있었어. 대신 뽀뽀해 줄게."

1분도 지나지 않아 그는 기가 막힌 커피를 들고 왔다. 내가 좋아하는 푸른 엉겅퀴 꽃의 머그잔에 담아서. 어제 그가 시장에 가느라고 외출해서 커피를 못 마셨기 때문에 이틀 만에 마시는 진한 초콜릿 향의 커피는 나를 기절시켰다. 그러나 커피도 나를 달래지 못했다.

"슬픈 일이야, 어쨌든."

그 말을 하는데 눈물이 솟구쳤다.

"어라, 진짜 우네."

"슬픈 일이야."

나는 최대한 얼굴을 구기지 않으려고 애를 쓰며 말했다. 눈물이 커피 잔 안으로 들어가고 있었다.

아마 그때가 이 무거운 우울의 시작이었던 것 같다.

나는 아무것도 하기가 싫어졌다.

그리고 이상한 것은 잠이 너무도 쏟아진다는 점이다. 나는 낮잠이라고는 자지 않는데 어찌 된 일인지 샤워를 하고 새로 세탁된 면 티셔츠를 입으면 그 따스한 감촉에 잠겨서 그대로 잠이 들곤 했다. 눈을 떠 보면 아직 너무도 밝은 낮 시간, 나는 그대로 또 잠이 들고 눈을 떴다가 또 잠이 든다. 소파에서 머리를 들 수가 없었다. 낮인지 밤인지 구분도 없이 정신없이 잠을 자고 난 다음 날, 아침에 눈을 뜨자 나는 내가 아직도 거실의 소파에 누워 있는 것을 발견했다. 그가 침실로 옮겨 주지 않은 것이다. 나는 불편한 발을 소리 나지 않게 살며시 끌면서 침실로 가 보았다. 이제 보조기는 없어도 천천히 움직일 수 있었다. 그는 침대에서 기분 좋게 잠들어 있었다.

그 모습을 보자, 갑자기 그가 괘씸해지며 비감해지더니 눈물이 났다.

"나를, 나를 이렇게 거실에다 팽개쳐 두고 혼자만 침대에서 편하게 잠을 자다니."

평소에는 아무것도 아닌 그런 일이 그가 잠에서 깨어날 때까지 두 시간이나 나를 울게 만들었다. 그가 잠에서 깨어났을 때는 세수를 하고 울지 않은 척하고 있었지만, 그렇게 가장하기에는 너무나도 큰 노력이 필요했다. 그때 나는 평소의 나 같지가 않은 것을 느꼈다. 평소의 나는 분명 아니었다. 그가 바깥에서 밤을 보내고 와도 견딜 수 있을 만큼 신경이 튼튼한 나였다. 나는 무엇인가 잘못되었다는 생각이 들었다.

이것이 아닌데, 이건 내가 아닌 것 같아. 나라면 이런 일에 울기까지 할 리가 없어.

발 수술을 한 것뿐인데 발의 상처가 핏줄을 타고 심장까지 올라간 걸까.

아니, 뇌의 화학작용에 문제가 생긴 걸까.

그다음 날은 아침에 눈을 뜨자마자 눈물이 주르륵 흘러내렸다. 아무런 이유도 없이 눈물이 나는 것이다. 이렇게 자주 울어서야, 하고 나 자신조차도 넌더리가 났다. 그는 우는 것을 질색한다. 내가 울고 있는 것을 본다면, 그는 필시 화를 낼 것이다. 나는 그에게 우는 것을 들킬까 봐 얼른 침대에서 내려섰다. 우리는 서로 편한 것이 좋다는 합의하에 한 방에서 잠을 자기는 하되 침대는 따로 쓴다. 그런 점은 편리하기도 하지만 나에게는 쓸쓸할 때가 더 많다. 어떤 날은 그와 손가락 한 번도 스치지 않은 채 하루를 지내고 아침부터 밤까지 스킨십이라고는 없이 각자 침대에 누워 잠이 든다.

이런 생활이 정말 맞는 것일까, 나는 그 생각을 오래도록 곰똘하게 하였다. 그와 이런 상태로 이렇게 지내는 것이 우리 서로에게 무슨 도움이 될까. 그 생각을 하자 또 눈물이 주르륵 흘러내렸다. 아, 우리는 결혼식을 하지 않았고 혼인신고도 물론 하지 않았다. 그는 결혼을 하고 아이를 갖고, 그렇게 정식으로 남들이 하는 것처럼 가족이 된다는 것은 생각해 본 적이 없다고 했다. 그건 나도 마찬가지였다. 처음에는 별로 나쁠 것 없다고 생각했다. 그러나 나는 요즘 끈 떨어진 연과 같은 생각이 든다. 그리고 날마다 점점 더 고독해지고 있는 것을 느낀다.

내가 가장 두려운 것은 우리는 언제든 헤어질 수 있고, 헤어지더라도 서로에게 어떤 말도, 책임도 물을 수 없는 처지라는 점이다. 그렇다고 그가 나를 버리고 어딘가로 가 버릴 거라는 말은 아니다. 나도 물론 그를 떠날 생각 같은 것은 꿈에도 해본 적 없다. 그런데 내 나이 서른여섯, 어느덧 중년으로 접어들고 있는 것이다. 요즘 들어 나는 흔들리는 배 위에 떠 있는 것처럼 삶이 위태로운 것을 느낀다. 그리고 한 번도 생각조차 해 보지 못한 어떤 것이 절실해졌다. 그것은 그에게는 물론, 문자에게도 말할 수 없다.

나도 아이를 낳을 수 있을까. 이대로 가임기가 지나가 버리는 것은 아닐까. 아이를 갖고 아이를 키우는 것은 어떤 기분일까? 그리고 또, 엄마가 된다는 것은? 어쩌면 나는 삶의 절반밖에 알지 못하는 게 아닐까? 그런 생각들이었다. 피임을 제대로 한 것도 아닌데 아이가 생기지 않은 것을 다행이라고 생각해 왔다. 그러나 그것이 정말 다행일까?

나는 내가 놓아 버리지만 않는다면 우리 사이가 끊어지는 일은 없을 것이라고 생각해 왔다. 그러나 정말 그럴까…… 정말 그럴까…… 나는 미간을 모으고 생각에 집중했다.

어쩌면, 혹시, 어쩌면 우리 사이의 이 가늘고 불안정한 끈을 그가 먼저 끊어 버리지는 않을까. 내가 끊기 전에. 아니 어쩌면 그는 자기 쪽의 끈을 이미 끊기 시작했는지도 모른다. 이전에는 해 본 적이 없는 생각들이 나를 두려움의 늪에 빠뜨리고 수천 볼트의 고압 전기가 온몸을 관통하는 것 같은 느낌이 들어 경련이 일어났다. 머리를 들 수가 없을 정도로 나는 의기소침해졌다.

우리가 처음으로 같이 살기 시작했을 때는 언제나 붙어 있었다.

밤에 잠을 잘 때는 물론이고 휴일 같은 날 낮에도 우리는 서로 머리를 기대거나 내 발을 그의 무릎 위에 얹고 있거나 뽀뽀를 하거나 하여간 잠시도 떨어져 있지 않았다. 그가 부엌에서 라면을 끓이면 나는 그의 등 뒤에서 껴안곤 했다.

"덴다. 저리 물러나."

그에게서 그런 주의를 듣는 것이 기분 좋아서 그 짓을 그만둘 수가 없었다. 백화점에 서서 일을 하기 때문에 언제나 발이 불편한 나는 소파에 누워서 앉아 있는 그의 무릎에 발을 얹어 둔다. 아무 말을 하지 않아도 그는 내 발바닥을 주무르고 발가락 하나하나를 잡아당겨서 기분 좋게 마사지를 해 준다. 그가 커다랗고 따뜻한 손으로 내 발을 만지고 있으면 나는 모든 피로가 다 풀리고 거의 오르가즘에라도 오를 듯했다. 나는 발을 내맡기고 그대로 잠이 들곤 했다.

그런데 발을 수술하고 나서는 그것이 불가능해졌다. 엄지발가락 안쪽으로 길게 절개를 했기 때문에 발은 건드리지도 못하게 되었다. 퇴원하고 나서도 바로 설 수조차 없었다. 흉터 방지용 연고를 바르고 거기다 소독된 거즈로 싸고 종이 반창고로 고정시켜 발을 모셔 두어야 했다. 그는 이제 내 발을 만질 수가 없다. 건드리기만 해도 아프다. 이렇게 아플 줄 알았으면 수술을 좀 더 깊이 생각해 보고 할 걸 그랬다.

문자가 목요일마다 1주일치 밑반찬을 해 가지고 왔다. 나는 목요일에 그를 외출시켰다.

"어디든 가서 놀다 와. 그동안 나 때문에 갇혀 있었잖아? 나는 잊어버리고 기분전환 하고 와."

"그러셔요. 연이는 내가 관리할 테니 마음 편하게 외출하세요."

그는 카메라를 메고 나갔다. 내 발은 갈고리를 뺀 자리에 작은 구멍이 뚫려 발등이 시커멓게 되었다. 바깥세상은 꽃이 만발하여 흐드러지는데 나 홀로 죽어가고 있는 것처럼 느껴졌다.

"벚꽃 피었니?"

문자가 올 때마다 나는 물었다.

"그래, 오늘 보니까 많이 피었더라. 진해 데려가 줄까?"

문자는 점심 설거지를 서둘러 끝내고, 나는 화장을 하고 옷을 갈아입었다. 그리고 진해로 출발했다.

"아아, 진해. 아아, 벚꽃. 아아, 아아, 라고 말하고 싶어."

문자는 능숙하게 운전을 하여 벚꽃이 만발한 진해 장복산으로 나를 데려갔다. 벚꽃이 다른 때보다 1주일 일찍 피기 시작하여 올해는 예년보다 일찍 군항제가 끝나 거리는 한산했다. 시내에 있는 벚꽃들은 지기 시작하는 것 같았으나 시내보다 늦게 피는 장복산 공원의 벚꽃은 절정을 이루고 있다. 공원 안의 2층 찻집 발코니에 앉아 우리는 커피를 마셨다. 벚꽃 가지들이 늘어져 내려와 우리들의 머리를 간질이고 있었다.

문자야, 나는 말이야, 하고 달려들어 말하고 싶었으나 말을 할 수가 없었다. 결국 이 모든 것은 나 혼자 짊어지고 가야 하는 짐이야, 하고 마음속의 소리가 속삭였다. 그래, 나는 고개를 끄덕이고 만발한 꽃과 함께 역광을 받고 앉아 그림처럼 보이는 문자를 향해 자신도 모르게 말했다.

"그래, 맞아."

"뭐가?"

"아니, 그냥. 고마워."

나는 미소 지었다. 가슴 한가운데를 서늘한 어떤 것이, 휘익 하고 지나갔다. 그래, 어쩔 수 없는 일이야. 문자 너라고 해도 어쩔 수 없어. 나는 내 안에 있는 깊고 어두운 공동을 가만히 응시했다. 그것은 너무도 깊고 어두워 어떤 비명소리도 새어나올 수 없을 것 같았다. 내 어둠은 오로지 내 몫이었다. 문자에게 끼얹어서는 안 될 것이었다.

돌아오는 길은 빠르게 어두워졌다. 나는 어쩐 일인지 조바심이 났다.

"연이야, 무슨 괴로운 일 있니?"

나는 찔끔했다. 문자를 쳐다보았다. 문자는 핸들을 가볍게 잡고 앞만 보고 있다. 갑자기 눈물이 나려고 해서 이를 악물었다. 차창 바깥으로는 어둠이 그물처럼 날개를 펼치고 있었다.

"아니. 왜?"

"준규 씨랑 무슨 일 있니?"

"그 사람은 본래 도련님이잖아. 열심히 나를 받들고 있어."

"그런데 내가 보기에는 네가 왜 울고 있는 것처럼 느껴지지?"

"울기는, 내가 왜?"

우리는 서로 입을 다물었다.

"연이야."

한참 만에 문자가 입을 열었다.

"발을 수술했어도 너는 너야. 너는 젊고 똑똑하고 아름다워. 그걸 잊지 마."

진해 벚꽃을 보고 온 뒤로 나는 더욱더 나 자신의 안쪽을 들여다보게 되었다. 그리고 도달하게 되는 결론은 언제나 같은 것이었다.

"내 인생은 그만큼의 가치가 있었을까? 그렇게까지 애를 태우면서 나 자신을 몰아세우면서, 그 어려움을 견디면서 그렇게 하고서 살 만한 가치가 있었을까?"

발은 시간이 지나면 낫게 될 거라고, 마음대로 걸을 수 있고 춤을 출 수도 있을 거라고 끊임없이 나 자신에게 말했지만 소용이 없었다.

"생각해 보면 아무것도 아니었어. 무의미한 일이야."

한숨을 쉬며 나는 생각했다.

"아아, 정말 살고 싶지 않아."

소파에 웅크리고 누워 같은 생각을 되새김하는 것이 나의 일과가 되었다. 발에 힘을 줄 수 없기 때문에 다리의 근육이 다 빠져서 종아리가 말랑말랑해지고 운동 부족으로 살이 찌기 시작했다.

나는 거울에 비친 내 모습이 혐오스러웠다. 만사가 귀찮아서 아무것도 하고 싶지 않았다. 그리고 몹시 피곤했다. 그대로 누운 채로 잠들어 영원히 깨어나지 말았으면 하는 생각이 나를 엄습했다. 나는 낮이든 밤이든 소파에 들어붙어 있었다.

그는 나를 가만히 볼 뿐이었다. 원래 위로하거나 달래는 데에는 젬병이었던 그는 어찌할 바를 모르는 듯했다.

"연이야."

그는 멀찍이 서서 내 이름을 불러 보곤 했다. 가까이 다가오기가 겁이 나는 듯이.

'나를 그냥 내버려 둬. 나는 너무 지쳤어. 이제는 더 살아갈 힘이 없어. 나를 버려. 하느님, 저는 너무 지쳤어요. 저를 이대로 두실 건가요? 저를 그냥 죽도록 해 주세요.'

앞뒤가 맞지 않는 말들이 뒤죽박죽으로 떠올랐다. 그러나 그것이 말이 되어 나온 것은 아니었다. 목소리를 내어 말을 할 기운이 없었기 때문이었다. 그렇게 웅크리고 지낸 시간이 얼마나 되었는지 알기 어렵다. 며칠 혹은 몇 시간인지, 아니면 몇 달인지. 그러나 나중에 보니 내가 서서히 우울의 늪에 빠지게 된 시간을 전부 합치면 석 달 정도 되는 듯했다.

정신과 병원에 상담을 청하러 갈 용기는 없었다. 나는 나 자신을 잘 알고 있었다. 용감한 척하고 있어도 사실 두려웠다. 나는 내 속에 있는 두려움이 바깥으로 새어 나가지 않도록 단속을 잘해 두었다. 두려움은 내 안에서 계속 쌓여 양과 크기가 점점 비대해졌다. 나는 그것을 어떻게 해야 할지 몰랐다. 다만 남들에게 들키지만 않도록 끌어안고 있었다. 겁쟁이가 되는 것이 싫었던 것이다. 그래서 그때까지는 아무도 내 안에 갇혀 있는 두려움의 음험함을 알지 못했다. 아니, 모르겠다. 어쩌면 그는 알고 있지 않았을까. 6년이나 한 집에서 함께 살았으니 말이다. 그가 나에 대해서 모르는 것이 있을까? 그렇다면 나는, 그에 대해서 나는 정말 얼마나 알고 있을까? 그는 정말 내가 알고 있는 그 사람이 맞기는 한 걸까?

문자가 와서 나를 억지로 일으켰다.

"연이야, 이러지 말고 좀 일어나 봐."

문자가 나를 일으켜 식탁에 앉게 하고 물을 한 잔 주었다. 나는 간신히 힘을 내어 물을 마시기 시작했다. 물 마시는 것 같은 이런 일도 너무나 힘이 들었다. 나는 내가 큰 병에 걸린 것이라고 생각했다. 물을 마시자 기운이 조금 났다.

"문자야, 내가 병에 걸린 거니?"

"그런 것 같아."

내 꼴이 엉망이었기 때문에 문자는 나를 집 근처에 있는 사우나로 데리고 갔다. 집에서 걸으면 5분 정도 거리였지만 내가 잘 걷지 못하기 때문에 그가 운전해서 우리를 데려다 주었다. 차에서 내려 천천히 걸어서 6층의 사우나까지 가는데 나는 내가 유령처럼 느껴졌다.

따뜻한 물에 몸을 담그고 문자와 나는 욕탕의 창유리를 통해 바로 눈앞에 있는 바다를 바라보았다. 봄날의 바다는 유난히 정겹다. 겨우 딱지가 앉고 있는 발을 열탕에 담그니 기분이 좀 나아졌다.

"이리 와, 내가 때 밀어 줄게."

"나는 때 안 밀래. 그냥 등만 밀자."

"안 돼. 그동안 목욕을 제대로 못 했으니 밀어야 돼."

문자는 내 팔을 잡고 밀기 시작했다. 나는 문자에게 몸을 맡기고 그녀를 바라보았다. 아이 둘을 낳은 여자답게 알맞게 살이 올라 탄력이 넘치는 몸이 경탄스러웠다. 입을 꾹 다물고 진지한 얼굴로 열중해 있는 문자의 젖가슴에 땀이 송골송골 맺혀 있었다.

"넌 참 신기한 애야."

"때 미는 게 신기해?"

"엄마 같어."

"엄마잖아? 나 엄마야. 몰랐어?"

"아무튼 넌 참 신기한 애야."

나는 타인의 몸에 대해 이상하게도 혐오를 느낀다. 혐오감이 없는 몸은 그와 명일 정도일 것이다. 남을 씻겨 주는 이런 일은 아마 죽어도 못할 것이다.

아, 그러고 보니 명일에게서 문자가 서너 번 왔었다.

"연이 씨, 살사를 잊지 마세요. 그리고 저를 잊지 마세요."

그런 귀여운 문자도 왔었다. 다른 사람들에게는 곧잘 누님, 누님 하면서도 명일은 나를 누나라고 부르지 않았다. 명일에게 이런 꼴을 보이고 싶지 않았다. 춤을 추게 되려면 얼마나 더 기다려야 하는지 모르지만 발이 다 나아서 춤을 출 수 있을 때 생각하기로 하고 그를 내 가슴에서 지웠다. 그러나 사실은 명일까지 생각할 여유가 없었던 것이다.

목욕이 효과가 있었다. 우울증에 목욕이 효과가 있는 줄은 몰랐지만, 목욕을 하고 와서 비로소 나를 바라볼 여유가 생겼다.

"시인, 미안해."

그는 좀 슬픈 얼굴을 하고서는 말이 없었다.

소파에 드러눕지 않으려고 나는 컴퓨터 게임을 시작했다. 블록 쌓기, 테트리스 같은 간단한 게임을 하면서 나는 혼잣말을 하게 되었다. 게임을 하는 동안 그는 잠깐씩, 때로는 하루 종일 외출을 했다. 표면만 보면 우리는 정상을 회복한 것처럼 보였다. 그러나 나는 물에 빠져 죽지 않으려고 물밑에서 쉴 새 없이 발을 놀리고 있는 오리와 같았다.

"내 문제는 내가 너무 많이 참는다는 거야. 절대로 참지 말아야 할 것을 참았기 때문에 병이 된 거지. 절대로 참을 수 없는 것을 참았기 때문에 독약을 삼킨 것처럼 온몸에 독이 퍼진 거라구. 그때 그것을 참지 말고 말을 했어야 했는데, 싫다고, 못 한다고 했어야 했는데 나는 바보같이 참기만 했어. 나는 왜 그렇게 바보였을까? 나쁜, 나쁜, 나쁜 엄마. 왜 나한테 그렇게 모질게 했어?"

손으로는 게임을 하면서 컴퓨터를 향하여 나는 퍼부었다. 어머니뿐만 아니라 수연을 향해서, 그리고 얼음처럼 냉담해진 그를 향해서. 또한 지난날의 어리석은 나를 향해서. 나는 눈물을 흘리며 고함쳤다.

"절대로 참지 않을 거야. 이제부터는 아무도 나를 건드리지 못하게 할 거야. 절대로, 아무도 나에게 함부로 하도록 놔두지 않을 거라구. 절대로 참지 않을 거구, 용서하지 않을 거라구."

5. 결(結)

'연이의 발'

그녀의 발을 찍은 사진으로 나는 작은 책자를 만들게 되었다. 처음 생각은 수술하기 전부터 시간적 순서대로 차례로 배열할 작정이었다. 그러나 인쇄된 사진을 보자 생각이 달라졌다. 나는 무작위로 아무런 순서 없이 배열했다. 크기도 또한 제각각으로 다르게 설정했다. 어떤 것은 실물 크기로, 어떤 것은 아주 작게.

작업을 하면서 나는 그녀가 나에게 얼마나 중요한 사람인가를 깨달았다. 나는 그녀가 쓰던 물건을 모두 그대로 두었다. 욕실에 그녀의 낡은 목욕 가운이 걸려 있고, 그녀의 칫솔도 있다.

그녀가 몹시 좋아하던 목욕 가운. 낡아 보풀이 일어난 밑단을 손가락으로 쓰다듬자 그녀의 음성이 되살아나 나를 후려쳤다.

"나는 새것보다 낡은 것이 좋아. 정든 것은 버리기가 어려워. 마음이 아파. 이렇게 나를 안아 주잖아? 착한 가운이야."

화산재처럼 그녀를 뒤덮은 우울증은 나의 인내심을 한계까지 밀어붙였다. 더 이상 그녀를 보고 있을 수가 없었다. 끊임없이 반복되는 그녀의 명령을 듣는 것도 더는 견딜 수가 없었다. 그녀와 함께 살았던 그 어느 때보다도 내 마음은 냉담해졌다. 나는 그녀의 우울증과 신경질로부터 가능한 한 멀리 달아나려고 했다. 그녀가 컴퓨터 게임에 열중한 틈을 나는 재빨리 이용했다. 카메라를 메고 바깥으로 나가 아직 회복 중인 그녀를 혼자 내버려 두었다. 솔직하게 말하면 나는 그녀를 낡은 가운보다도 가볍게 내팽개쳤다.

그러나 내가 잘못한 것이 아닐까. 그녀가 그 어두운 마음의 늪에서 빠져나오도록 손을 내밀어 주었어야 했던 것이 아닐까. 그렇다. 그녀가 그렇게나 슬프고 지친 마음으로 떠나도록 내버려 두지 말았어야 했다.

6월의 두 번째 목요일, 문자 씨가 오는 날이라고 해서 나는 카메라를 메고 외출했다.

"시인, 오늘 보니까, 자기 정말 멋있네. 이렇게 멋진 사람인 것을 잊고 있었어."

걸을 수 있게 된 그녀가 느린 걸음으로 천천히 현관에 따라 나와 가볍게 나를 안았다. 그러고는 손으로 내 얼굴을 쓰다듬었다. 나는 좀 당황했다.

"문자 씨, 언제 오지?"

그녀는 얼른 손을 거두었다.

"응, 곧 올 거야. 잘 다녀와."

그 얼굴이 놀랍도록 창백하고 슬펐다는 것을 뒤에 기억해 냈다. 그날 나는 늦지 않은 시각에 귀가했다. 집에 들어오니 늦은 오후의 햇살이 거실을 오렌지색으로 물들이고 있었다.

그녀는 없었다. 나는 해가 지고 캄캄해질 때까지 무의에 앉아 그녀를 기다렸다. 불도 켜지 않고 움직이지도 않고서. 나중에야 나는 냉장고에 자석으로 붙여 둔 그녀의 쪽지를 보았다.

"내 안의 강물은 다 말라 버렸어요. 6월인데, 물이 흐르지 않아서 나의 세상은 시들어 버린 꽃으로 가득해요. 당신, 그동안 고마웠어요. 그리고 미안해요. 연이."

그녀의 발만 나에게 남았다. 시커멓게 부어오른 발, 살집이 없어 희고 가녀린, 엄지발가락 뼈가 돌출한 수술 직전의 발, 두툼하게 붕대를 감은 발, 수술 자국이 길게 남은 부기가 빠지고 있는 발…….

여전히 끔찍한 모습이었는데도 어쩐 일인지 그녀가 사라지고 나자 모든 것이 이해되는 느낌이었다. 수술로 해결할 수 있는 통증은 시간이 지나면 사라질 것이다. 그러나 나는 그녀의 안에 숨어 있어서 세상 그 어떤 것으로도 치유하기 어려운 치명적인 무엇을 보아 버린 느낌이었다. 그 깊고 어두운 공동 속에서 불어 나오는 차갑고 고통에 찬 기운이 이마에 서늘하게 와 닿아 나는 때때로 몸을 떨었다. 사진 속 발등에 꽂혀 있는 금속 갈고리에 입을 맞추고 나는 눈물을 떨구었다.

그녀의 옆에 있을 때 그렇게나 길게 느껴졌던 시간들이 각설탕처럼 순백의 단순한 덩어리가 되어 나의 발 앞에 가지런히 누워 있다. 나는 그것들을 주워 올려 내가 아끼는 카메라 앞에 하나씩 차례대로 얹어 놓았다. 어쩌면 그것은 내가 생각했던 것보다 훨씬 단단하고 깊어 세상의 어떤 힘으로도 선불리 부수거나 파괴할 수 없을지 모른다. 나는 그 모든 시간들이 하얗게 빛나는 것을 본다. 손으로 만져 본다. 그것들은 모래처럼 건조하고 버석버석하고 그리고…… 아름답다.

그녀의 발을 이렇게 많이 가지고 있는 한, 그녀가 어디까지 갔든 찾을 수 있을 것이다. 그리고 어쩌면, 그리 멀리 가지 못했을지도 모른다.

나비

나는 존재하는 것일까?

요즘 들어 줄기차게 생각하는 것은 내가 실재하는 인간인가 하는 의문이다. 어쩌면 나는 존재하지 않는 것이 아닐까. 내가 댄스를 그만두었을 때, 어쩌면 그때부터 나는 존재하지 않았던 것이 아닐까? 아니다. 어쩌면 그 이전, 훨씬 더 전부터, 내가 댄스를 그만두기 전, 그러니까 해조가 필립 선생님의 댄스학원을 떠나면서 더 이상 내 파트너가 될 수 없다고 말했을 때, 그때부터 나는 이미 존재하지 않았던 것이 아닐까.

방 안에만 틀어박혀 바깥에 나가지 않은 지가 얼마나 된 것인지 기억이 가물가물하다. 나는 햇빛을 받지 않아 희고 창백한 팔을 만져 본다. 그렇게 손으로 만져 보아야 비로소 희미하게나마 존재감을 느낀다.

"벌써 4개월째야."

그녀가 말했을 때, 나는 그럴 리가 없다고 생각했다. 좁은 식탁에 마주 앉아 점심을 먹고 있을 때였다.

"무슨, 벌써 4개월이나 되었다고 그래? 말도 안 돼. 이제 겨우 한 달 지났을 뿐인데."

그녀는 나를 빤히 바라보더니 힘없이 웃었다. 나보다 다섯 살이 많은 그녀는 정확하게 말하면 나와는 아버지가 다른 누나다. 그러니까 우리는 어머니만 같은 남매 사이인 것이다. 그렇지만 우리가 공유하고 있는 어머니에 대한 기억은 너무도 희미해서 내 머릿속에 어머니는 존재하지 않는다. 그녀가 나의 어머니이면서 누나이면서, 가족의 전부인 것이다. 아버지는 애초부터 있지 않았다. 아, 아주 오래전에, 우리가 어렸을 때는 할머니가 있었다. 돌아가시면서, 지금 살고 있는 이 17평짜리 아파트와 몇 달치의 생활비를 남겼다고 했다. 우리는 그 바탕 위에서 생존하는 법을 익혔다. 그런 몇 가지 사실들이 우리가 지금까지 같이 살고 있는 이유가 될지 모르겠다.

"너, 약이라도 먹어야겠다. 이제는 시간이 가는 것도 헷갈리는 것 같으니 말야."

나는 대답 대신 어깨를 으쓱했다. 정말 그녀 말대로 4개월이 지났는지 모른다. 그러나 정말, 그렇게까지 시간이 지났단 말인가. 나는 그녀를 찬찬히 뜯어본다. 새까맣게 치렁거리던 머리카락은 귀밑에서 잘려져 약간 부스스하다. 게다가 눈이 좀 부어 있다. 오늘은 오랜만에 그녀가 쉬는 날이어서 점심을 같이 먹는 참이다. 그녀는 나와 많이 닮았다고 했다. 처음에는 그런 말을 듣는 것이 불쾌했다.

어디가 닮았을까. 그녀를 이렇게 보고 있으면 그녀가 나에게 핏줄로 연결된 세상에서 유일한 사람이라는 것이 믿어지지 않는다. 친근한, 그러나 낯선 사람.

하긴 그녀가 거짓말을 하는 것 같지는 않다. 그러면 정말, 내가 집에 틀어박혀서 컴퓨터게임이나 하고 잠을 자면서 지낸 시간이 4개월이나 되었단 말인가.

처음 학원을 나올 때만 해도 물론 이렇게 지내려고 한 것이 아니었다. 필립 선생님의 댄스학원을 뛰쳐나오면서 나는 뒤도 돌아보지 않고 가능한 한 멀리 도망치려고 했다. 지금 나가지 않으면 영원히 떠날 수 없을지 모른다는 강박증에 가까운 조바심이 나를 몰아붙였다.

필립 선생님의 학원에는 필립 선생님 외에 나의 댄스 선생인 유혜미 선생이 있다. 우리들이 애칭으로 유짱이라고 부르는 혜미 선생은 서른일곱 살의 싱글이다. 굽이 높은 댄스 슈즈를 신으면 나보다도 키가 크고 성격이 불같아서 나는 속으로 유짱을 무서워했다. 필립 선생님의 느리고 우유부단한 성격과 혜미 선생의 거의 폭압적이라고 할 만한 레슨, 그 사이에서 나는 균형을 잡기가 너무 어려웠다. 그럭저럭 잘하고 있었는데, 해조 대타로 해 보려고 했던 새 파트너가 조금만 괜찮은 사람이었다면, 하고 지금쯤 연말 댄스파티 준비에 바쁘게 돌아가고 있을 학원을 생각하니 한숨이 나왔다.

처음에는 학원 생각만 해도 치가 떨렸다. 그쪽을 향해 고개도 돌리기가 싫었다. 지금도 역시, 새 파트너와의 일은 생각조차 하기가 싫다.

다시는 댄스를 하는가 봐라, 다시는 여기로 돌아오는가 봐라, 하면서 댄스 슈즈를 쓰레기통에 버릴 때는 그래도 결심이 비장했었다. 혜미 선생은 그 뜨거운 불길의 안쪽에 상처받기 쉬운 여린 마음을 숨겨 두고 있었다. 그것을 모르는 것은 아니었다. 그러나 그 불길의 한가운데에서 들볶이는 것을 견디며 자존심이 다치는 것을 참기에는 나 자신이 너무 약했다. 나는 그런 것을 잘 견딜 수 있는 사람이 아니었다. 그렇지만 자존심을 다치게 하는 사람이 혜미 선생 한 사람뿐이었으면 어찌어찌 견디어 내었을지 모른다.

이런 약한 것은 어쩌면 어머니에게서 물려받은 것이 아닐까. 아니, 어쩌면 한 번도 본 적이 없는 아버지로부터 물려받았는지도.

"형은 필립 선생님의 아들이니 여기서 빠져."

지난해 여름, 한창 더울 때였다. 필립 선생님이 어린 선수 여섯 명을 데려왔다. 필립 선생님에게 몸과 마음이 다 밀착되어 있던 나를 두고 아이들은 대뜸 선생님의 아들이라 호칭했다. 물론 나도 그렇게 불리는 게 싫지 않았다. 미국에서 댄스 스포츠를 시작한 필립 선생님은 20년 전에 귀국해서 댄스 스포츠를 보급하고 국내 대회를 만들고 댄스 학원을 운영하고 불모지나 다름없던 초창기에 댄스를 시작한 사람이었다. 댄스라고 하면 춤바람, 캬바레, 제비, 같은 것으로 연관 지어서 천하에 몹쓸 짓으로 여겼던 사회적 시선을 견디며 댄스를 건전한 스포츠로 정착시키느라 노력을 아끼지 않았던 선생님은 그 모든 어려움을 이겨낸 전설적 인물이었다. 그 덕분에 댄스가 건전한 스포츠로 인식되고 자리 잡게 된 것이라고들 말하고 있었다.

그러나 이제 50세가 넘은 선생님은 자신이 배우고 익힌 아메리칸 스타일에서 벗어나기가 어려운가 보았다. 나이가 들어 라틴 댄스에 약한 것도 사실이었다. 필립 선생님은 주로 모던 댄스, 느리고 우아한 왈츠나 탱고 같은 것을 가르쳤다. 자연히 수강생들도 나이가 많고 생활에 여유가 있는 사람이 대부분이었다. 부부 팀도 있었고 싱글 팀도 있었으나 할머니들로 이루어진 반이 몇 개나 되었다. 그 속에서 혜미 선생님의 레슨을 받으면서 보조강사 역할을 하고 있던 나는 답답할 때가 많았다.

이런 식으로 해서 나는 언제 선수가 되고 언제 이것을 직업으로 삼아 밥벌이를 할 수 있을까, 그런 생각을 하면 우울했다. 게다가 학원에서 여러 가지 잡다한 일을 도맡아서 할 때가 많았다. 하루 종일 학원에 있어도 나 자신을 위한 연습 시간이 나지 않을 때가 많았다. 더구나 나는 너무 늦게 시작했기 때문에 나이를 생각하면 늘 초조하고 조바심이 났다. 우리나라의 라틴 댄스 챔피언은 고등학생이었다. 나는 이미 서른 살, 일찍 시작한 라틴 댄스 선수라면 은퇴할 나이였다.

학원을 운영하려면 템포가 빠르고 배우기 쉬운 라틴 댄스를 외면할 수는 없었다. 게다가 나는 아직 젊기 때문인지 라틴 댄스가 좋았다. 고전적인 모던 댄스를 연습하는 데에 싫증이 난 것도 사실이었다. 라틴 댄스 선수들이 여섯 명이나 들어왔을 때는 눈이 번쩍 뜨이는 느낌이었다. 필립 선생님이 그들에게 어떤 약속을 하고 데려왔는지는 알 수 없었으나, 오랜만에 젊은 아이들이 들어온 학원은 활기가 넘쳤다. 대부분 국내 선수 타이틀을 가지고 있는 아이들이어서 그 현란한 몸놀림은 경탄스러웠다. 남자애가 네 명, 여자애가 두 명이었다. 그 속에 해조가 있었다.

나는 누나에게서 돈을 얻어 그들에게 거의 매일 밥을 사고 술을 샀다. 학원을 마치는 밤 11시가 되면 우리는 우르르 학원 근처의 포장마차로 몰려갔다. 대개 오후 7시에 시작하는 저녁반 댄스 수업을 위해 6시가 되기 전에 저녁식사를 하곤 했기 때문에 우리들은 그 시간이 되면 위가 텅 비어 버리곤 했다.

파트너가 없어서 마흔 살이 된 아줌마를 파트너로 연습하고 있던 나는 해조를 보자 단번에 반해 버렸다. 나보다 여덟 살이 적어 스물두 살인 해조는 키가 작아 맨발로 섰을 때는 머리가 내 눈 아래에 있었다. 가무잡잡하고 날씬한 몸에 매력적인 눈을 가진 그녀는 보기와는 달리 힘이 넘쳤다. 작은 키가 늘 콤플렉스였던 나에게 해조는 딱 맞는 파트너였다. 내 콤플렉스는 단번에 나에게서 날아가 버렸다.

"오빠, 이리 와."

그녀의 작은 손에 이끌려 연습실에 들어갈 때마다 나는 숨이 멎는 것 같은 느낌이었다.

나이 들어 가는 누나에게 얹혀살면서 누나가 일해서 번 돈으로 시간당 적지 않은 레슨비를 내고 거기다가 용돈까지 얻어 매일 애들에게 술을 사는 것이 부담스럽지 않은 것은 아니었으나 나는 누나에게는 뻔뻔해지기로 작정을 했다. 그러나 그것조차도 나에게는 과분했던 것일까. 활기 넘치는 행복한 시간은 그리 오래 가지 않았다. 아이들은 필립 선생님이 약속을 지키지 않는다고 불평했다. 가을이 되어 날씨가 선선해지자 원룸에 세 들어 자취를 하던 아이들은 생활비가 부족해 알바를 하기 시작했다. 그러다 둘은 다른 도시에 있는 집으로 돌아가고 학원에는 넷만 남았다. 필립 선생님이 아이들 앞으로 강좌를 개설해서 수강료를 받게 해 주겠다고 했는데 그들의 단독 강좌는 개설되지 않았고 토요일 하루만 단체 보강수업이 있을 뿐이었다. 토요일의 수업에 나도 함께 참가했는데 강사료라고 받은 돈은 겨우 3만 원이었다. 일주일에 3만 원으로 생활을 할 수는 없었다. 집세까지 내야 했던 아이들은 급기야 선생님과의 결별을 생각하고 있었다.

"형은, 어떻게 해서든 여기 남아 있어야 하잖아. 그러니까 이건 우리들의 문제야."

청주에서 온 준보가 침착하게 말했다. 나는 그들의 사정을 너무나도 잘 알고 있었기 때문에 말릴 수가 없었다.

"여기서는 연습 시간이 없어서 언제 대회 나갈 수 있을지 막막하잖아. 형도 여기 있지 말고 다른 데로 가 보면 좋을 텐데. 집중적으로 연습을 시켜서 1, 2년 안에 선수로 키워 주는 학원도 많이 있는데."

아이들은 내 눈치를 살피면서 말을 흐렸다. 그러나 나는 필립 선생님을 떠날 생각이 없었다. 어차피 이 바닥에서 댄스로 승부를 보려고 한다면 필립 선생님의 그늘을 벗어날 수는 없었다. 필립 선생님이 지니고 있는 카리스마나 힘은 댄스 스포츠를 하는 사람들에게는 절대적이었다. 전국 규모의 대회가 열릴 때면 그 영향력은 막강했다. 그리고 무엇보다 나는 선생님이 좋았다. 아버지가 없이 자라 남자 어른의 보살핌을 받지 못했기 때문에 선생님은 나에게 아버지 대신일 뿐만 아니라, 거의 신이나 다름없었다. 선생님이 하는 동작 하나하나, 슬쩍 던지는 짤막한 말들, 그 모든 것들이 나에게는 존경과 경탄의 대상이었다. 선생님이 하는 말은 무슨 말이든 듣기가 좋아서 나는 가끔 흉내를 내기까지 했다.

이 사이로 쓰으, 쓰으, 하고 바람 소리를 내면서 전혀 웃지도 않고 우스운 농담을 할 때는 정말 멋있었다.

쓰으, 쓰으, 그건 그런 게 아니고 말야, 쓰으, 쓰으.

혼자 있을 때 나는 선생님처럼 말하고 선생님처럼 웃었다. 필립 선생님도 또한 독신이었다. 토요일 저녁 수업이 끝나면 필립 선생님과 함께 영화를 보러 가는 것이 일과가 되었다. 그렇게 함께 지낸 시간들을 생각하면 선생님을 떠난다는 것은 말도 안 되는 일이었다. 나는 아이들이 그들의 단체 행동에서 나를 빼 준 것을 다행이라고 생각하면서 아이들이 행동을 개시할 때까지 유짱에게도 아무 말 하지 않고 모른 척했다. 비겁하게 느껴지지 않는 것은 아니었으나 나로서는 그럴 수밖에 없었다.

해조는 아무 말도 하지 않았다. 해조는 집이 대전이었다. 나는 밤 수업이 끝나고 나면 아이스크림 가게에서 알바를 하는 해조를 찾아가 끝날 때까지 기다렸다. 주문을 받고, 능숙하게 종이컵에 아이스크림을 담고 계산을 하고, 그렇게 일하는 해조를 보고 있으면 아무리 시간이 걸려도 지루하지 않았다. 알바는 밤 시간에 하기 때문에 오전에 학원에서 둘이 연습을 했다. 나는 내 춤이 서툴러서 해조를 멋있게 리드하지 못하는 것이 속상했다. 집에 가서도 나는 눈을 감고 마음속으로 음악을 틀고 연습을 했다. 집이 좁아서 스텝을 두 번만 떼어도 거실 끝까지 가닿기 때문에 그냥 파트너와 마주 잡는 자세를 연습하는 것이 전부였지만 그래도 나는 수십 번씩 같은 자세를 잡아 보곤 했다. 잠을 자면 늘 댄스 하는 꿈을 꾸었다. 언제나 발이 틀리고, 혜미 선생에게 야단을 맞고, 그런 꿈이었다. 그러나 해조와 파트너가 되면서 언제부터인가 그런 꿈을 꾸지 않게 되었다.

"어, 춤이 확 늘었는데, 쓰으, 쓰으."

필립 선생님이 눈을 크게 뜨고 감탄했을 정도였다.

연습실에서 해조는 독하게 연습을 했다. 잠시도 쉴 틈을 가지지 않았다. 남자인 내가 먼저 그만하자고 할 수도 없는 노릇이어서 우리는 둘 다 땀에 흠뻑 젖고 지쳐 나가떨어질 때까지 몇 시간이고 춤을 추었다. 같은 동작을 수십 번씩 반복해도 나 역시 싫증이 나지 않았다.

"오, 이대로 가면 연말에는 대회에 나갈 수도 있겠는데."

여간해서는 칭찬을 하지 않는 깐깐하고 무서운 유짱조차 그렇게 말했다.

그러나 해조 역시 어린 여자였다. 집이 아닌 객지에서 알바를 하면서 고생을 견디기에는 여건이 너무 좋지 않았다. 아이들이 반란을 준비하고 있던 11월의 마지막 주가 되자 해조는 눈에 띄게 지쳐 보였다. 나는 쌀쌀해지는 밤 시간에 알바를 마친 해조를 집까지 바래다주면서 마음이 아팠다. 해조를 위해서 아무것도 해 줄 수 없는 나 자신의 무능이 뼈에 저렸다.

"오빠, 나 너무 피곤해. 피곤해, 너무 너무 피곤해."

그나마 해조는 이모네 집에 숙소를 정하고 있어 집세가 나가지 않았다. 그래서 다른 아이들보다는 여유가 있는 편이었지만 그렇다고 아주 여유로운 것은 아니었다.

"이모 눈치가 보여. 집으로 돌아가야 할까 봐."

급기야 해조가 그런 말을 하기에 이르렀다. 해조가 알바를 마친 늦은 밤, 집 근처에 있는 놀이터에 나란히 앉아 있을 때였다. 나는 해조를 끌어당겨 그녀의 볼에 키스를 했다. 같이 춤은 추었지만 해조는 그 이상은 절대 허용하지 않았다. 유짱도, 필립 선생님도, 춤은 같이 추지만, 아무리 가까운 파트너에게도 절대로 허용하지 않는 영역이 있었다. 내가 해조에게 해 줄 수 있는 것이라고는 그 정도뿐이었다.

"네가 가면 나는 어떻게 하니?"

내 말에 해조는 내 얼굴에 뺨을 바싹 붙이고 속삭였다.

"안 그래도 오빠가 정말 걱정이야. 오빠 때문에 집에 가지도 못 하겠구. 흐흥."

해조는 가벼운 웃음소리를 냈다. 그러면서 손을 들어 내 얼굴을 쓰다듬었다.

"이렇게 착하기만 한, 바보 같은 오빠를 두고 가자니, 어휴…… 발이 안 떨어진다. 오빠야. 응, 오빠야."

"조금만 참아 주라. 내가 어떻게든 해 볼게."

나는 확신도 없이 우선 해조를 안심시키기 위해 말했으나 그런 나 자신이 한심할 뿐이었다.

결국 남은 아이들은 필립 선생님에게 면담을 요청하고 모두 함께 학원을 나가겠다고 말했다. 저녁 수업을 마친 밤 11시쯤이었다. 그 속에 물론 해조도 끼어 있었다.

"그래? 너희들 생각이 정 그렇다면 내가 말릴 수는 없다. 너희들 하고 싶은 대로 하렴."

필립 선생님은 아이들의 말을 다 듣고 나서 잠시 생각해 보더니 그렇게 말했다. 아이들은 너무도 싱겁게 끝난 면담에 믿을 수 없다는 듯 허탈한 얼굴들이었다. 그러나 그것은 폭풍 직전의 평온에 지나지 않았다. 필립 선생님이 말은 그렇게 했지만 얼굴이 하얗게 되는 것을 보고 나는 겁에 질렸다. 선생님과 2년 반이나 같이 지내 온 나에게는 선생님이 속에서 끓어오르는 화를 참고 있는 것이 보였기 때문이다. 선생님이 원장실로 들어가고 나서 유짱이 아이들을 맡았다. 그 뒤의 일은 설명할 필요도 없다. 불같이 화를 내고 길길이 뛰는 유짱과 불만으로 가득한 아이들 사이에서 나는 무력하게 손을 놓고 보고만 있어야 했다.

"제 잘못이 큽니다. 제가 나이도 제일 많은데, 일이 이렇게까지 되기 전에 선생님께는 말씀드렸어야 했는데……."

나중에 유짱에게 그렇게 말했지만, 그 당시에는 나로서도 어찌할 수가 없었다. 결국 학원에서 나간 해조는 한 달이 지나 12월이 되자 대전의 집으로 돌아갔다. 지난해 일이다. 해가 바뀌고 다시 12월, 누나는 내가 학원에서 나와 칩거한 지 4개월이 지났다고 한다.

"이것 좀 볼래?"

사각형의 검은색 분첩이었다. 점심을 먹고 난 뒤 커피를 내온 누나가 매끄러운 분첩을 내밀었다. 이게 뭐지, 라고 생각하며 나는 그 낯선 물건을 어정쩡하게 받아들었다.

"열어 봐."

나는 순순히 누나가 시키는 대로 했다. 작은 단추를 눌러 뚜껑을 열자 흰 분첩 위에 납작하게 붙어 있는 얇은 종이 같은 것이 있었다. 검은색 바탕에 신비한 녹색의 물결무늬가 있고 녹색 테두리 안에 반달 모양으로 보라색과 주홍색 반점이 가장자리를 따라 한 줄로 늘어서 있었다. 가장자리 한쪽은 직선이었지만 보라, 주홍의 반점이 있는 다른 한쪽은 반원형의 물결 모양으로 되어 있고 끝에 검은색 꼬리가 길게 붙어 있었는데 테두리는 검은색이었지만 꼬리 전체는 아름다운 녹색이었다.

"이게 뭐지?"

"뭐 같아?"

"나비…… 날개인가?"

"맞아. 나비 날개야."

그녀는 부서질 것처럼 섬세한 그 조각을 손가락으로 집어 내 손바닥 위에 올려놓았다. 나는 한참이나 그것을 바라보았다.

"웬…… 나비지?"

"으응, 전에……."

그녀는 말을 끊고 잠시 생각에 잠긴 듯 가만히 있었다.

"그래, 전에."

별로 흥미가 있는 것도 아니었지만, 나는 그녀의 말을 재촉했다.

"전에, 오래전에, 어떤 남자와 지리산에 간 적이 있었거든. 저녁나절에 도착해 산장에서 하룻밤을 자고 그다음 날 아침이 되었어. 세수를 하고 돌아서는데 그 사람이 내 손바닥에 이걸 놓아 주는 것 있지. 풀밭에 떨어진 것을 주웠는데 예쁘고 아까워서 그대로 놔둘 수가 없었다면서……. 이쁘지?"

"응. 예쁘네."

나는 눈을 가늘게 뜨고 그녀를 유심히 바라보았다.

"근데…… 그 사람은 어떻게 됐어?"

"몰라. 결혼해서 잘 살고 있겠지. 벌써 10년이나 지난 얘기야."

누나는 고개를 돌렸다. 그 옆얼굴이 쓸쓸했다.

"좋아했어?"

"아마도. 지금 생각해 보니 그런 것 같아."

"왜, 붙잡지 그랬어?"

"세상에는 뜻대로 안 되는 일도 많아, 얘."

누나는 희미하게 미소 지었다. 나는 가슴이 뭉클했다. 그녀는 언제나 내 옆에 있는 사람이고 언제나 그 자리에서 내 시중을 들어 주고 용돈을 주고…… 그렇게만 생각해 왔었다. 그런데 그녀에게도 다른 선택을 할 기회가 있었던 것이다.

"미안해."

"네가 왜 미안해?"

"정말 미안해, 누나."

나는 처음으로 그녀를 누나라고 불렀다. 그녀는 눈을 크게 떴다. 햇살이 거실 안쪽으로 비쳐 들어와 그녀의 여윈 등을 비추고 있었다.

> 오빠, 어떻게 지내? 학원을 나왔다는 얘기 들었어. 유짱에게 한 방 먹이고 싶다. 가엾은 우리 오빠, 그렇게 들볶다니 나쁜 유짱.

해조에게서 문자가 온 것은 한창 게임을 하고 있던 중이었다. 새벽 3시 10분이었다. 나는 밤을 새워 게임을 하고 누나가 출근을 하는 아침이 되면 잠을 잤다. 그녀가 나에게 뭐라고 하는 것은 아니었으나 나는 그렇게 그녀와 마주치지 않는 것이 편했다. 낮 시간에 깨어 있는 것은 드문 일이었다. 어쨌든 휴대폰 문자 같은 이런 것만이 내가 존재하는 것을 가끔 알려줄 뿐이다. 오늘은, 아니, 어제인가. 낮에 깨어 있었기 때문인지 좀 피곤하다.

해조가 이따금 나에게 문자를 보내왔지만, 나는 답을 보내면서도 학원을 나왔다는 말은 하지 않았다. 그래서 해조는 이제야 그것을 알았나 보았다.

답장을 할 마음이 나지 않았다. 나는 잠시, 문자를 들여다보았다. 해조의 달착지근한 숨결, 내 얼굴을 쓰다듬던 손길이 생생하게 느껴졌다. 1년이 지났는데도 나는 해조를 떠나보낼 수가 없었다. 집 안에 틀어박혀 아무와도 만나지 않기 때문에 그 기억은 커질 대로 커져서 나를 압도했다. 문자를 받고 나자 갑자기 해조가 간절해져서 참기가 어려웠다.

나는 점퍼를 걸치고 발코니로 나와 담배를 피워 물었다. 바깥 공기는 차갑고 치밀했다. 6층 아파트의 발코니에서 보는 풍경은 추위와 어둠과 아무도 깨어 있지 않은 시간 속에 가라앉아 있었다. 나는 그 풍경 너머, 더 먼 곳에 있는 해조를 생각했다.

학원을 그만두고 나서 해조를 만나러 가 볼 생각을 하지 않은 것은 아니었다. 그러나 그 당시에는 상처 입은 짐승처럼 사나운 마음이어서 그런 상태에서 해조를 만나고 싶지 않았다. 게다가 멋지게 성공한 모습으로 해조를 만나고 싶다는 허영심이 있었다. 멋진 성공이라니, 무엇을 말하는 건가, 나 자신의 유치함에 얼굴이 붉어지는 느낌이었다. 스스로에 대해 냉소하고 부끄러워하면서 나는 지금까지 애써 외면해 왔던 나의 내면을 들여다보았다.

으으, 하는 신음소리가 저도 모르게 새어나왔다. 이렇게 무너지고 있으면서…… 등신같이…… 이것밖에 안 되는 주제에…… 라는 조각난 생각들이 내 안의 깊은 곳으로부터 떠올랐다. 나는 손바닥으로 얼음 같은 발코니 철제 난간을 쳤다. 울음이 터져 나오려는 것을 간신히 억누르고 서서, 몸을 날려 뛰어내리고 싶은 것을 참느라고 나는 이를 악물었다. 나 자신을 진정시키는 데에 초인적인 인내심이 필요했다.

거실로 들어오며 발코니 문을 닫는데, 어둠 속에 누나가 서 있었다. 그녀는 아무 말 없이 팔을 벌려 나를 안았다.

어떻게 집을 나왔는지 알 수가 없다. 나는 마치 투명인간처럼, 존재하지 않는 것처럼 아무것도 거리낌 없이 휘적휘적 걸어 다녔다. 정신을 차리고 보니 해조가 알바를 하던 아이스크림 가게 앞이었다. 가게는 불이 꺼지고 문이 닫혀 있었다. 연말이라 거리에 사람들이 없지는 않았지만 잠을 자야 되는 새벽이었다. 나는 해조가 마치 거기 있기라도 하듯이 가게 앞에서 서성거렸다. 추위가 살을 찌르는 듯했으나 쉽게 그 앞을 떠날 수가 없었다.

몇 시간이 지났는지 모를 정도로 가게 앞에 있다가 발 닿는 대로 무작정 걸어 다녔다. 걷고 걸어서 가다가 보니 익숙하게 아는 길이 나왔다. 너무도 잘 아는 골목과 건물들, 나는 꿈을 꾸는 것인가 생각했지만 마침내 내가 도달한 곳은 필립 선생님의 댄스학원이었다. 나는 불이 켜져 있는 엘리베이터를 타고 학원이 있는 11층으로 올라갔다. 엘리베이터에서 나오면 바로 커다란 원형 탁자가 있어 열 명 정도가 둘러앉게 되어 있는 학원의 거실이 있었다. 나는 스위치를 찾아 불을 켰다. 모든 것이 너무도 익숙한 제자리에 그대로 있었다. 열쇠는 언제나 두었던 그 자리에 있었다.

나는 사무실의 문을 열고 안으로 들어가 내 자리에 앉았다.

"다시는 춤을 추지 않을 거예요."

학원을 나오며 혜미 선생에게 결연하게 내뱉었던 말이었다. 넉 달 전의 내 모습이 그리움처럼 다가왔다. 대회를 6개월 앞두고 혜미 선생은 극도로 예민해져 있었다. 대회는 사실상 나의 데뷔 무대가 될 예정이었다. 필립 선생님의 학원에 있다는 것이 이점이기도 했지만 오히려 부담으로 작용하기도 했다. 춤이 점점 어려워지고 있었고 해조가 가 버린 뒤로 적당한 파트너가 없어 고전 중이었다. 간신히 나보다 세 살이 많은 파트너를 구하기는 했지만 이미 대회에 입상한 경력이 있고 선수 생활을 몇 년간 해 온 그녀는 은근히 나를 깔보는 눈치였다. 그녀와 홀더를 하면 내가 끌려다니는 느낌을 지울 수가 없었다. 어쩌다 발이 틀릴 때면 그녀는 손으로 내 팔을 치기도 했다.

그녀의 손을 잡을 때마다 나는 잘하려고 긴장을 했다. 긴장이 지나쳐 땀을 흘릴 때도 있었다. 나는 손바닥에 땀이 많이 나기 때문에 조심을 하는데도 춤을 추기 시작하면 마주 잡은 손이 축축해질 때가 많았다. 그녀는 짜증을 내고, 나는 죄송하다는 말을 연발하고…… 그럴 때마다 해조가 간절하게 그리웠다. 자연히 춤은 능률이 오르지 않아 그녀와 함께 춤을 추면 잘하던 것도 못하게 되었다. 댄스 스포츠는 커플댄스라 파트너에 따라서 춤이 좌우된다. 좋은 파트너와 함께하면 못하던 춤도 한결 업그레이드되어서 잘 추게 되고 그렇지 않은 경우는 잘하고 있던 것도 못하게 된다. 파트너가 중요했다. 그녀와는 도저히 안 되겠다, 그런 생각을 하고 있던 참이었다. 결별을 하고 해조를 불러올 생각을 했다. 그러나 미처 어떻게 해 보기도 전에 그 일이 일어났던 것이다.

"좀 제대로 할 수 없어요?"

혜미 선생의 독 오른 목소리가 들리는 듯하다. 한창 빠르게 돌아가고 있던 차차 리듬에서 발이 틀려 버렸다. 음악은 계속 나오고 있었지만 우리는 춤을 멈추고 서 버렸다.

"이거 봐, 민기 씨. 정신을 어디다 두고 있어?"

"죄송합니다. 잘하려고 하는데, 자꾸 틀리네요."

얼굴이 달아오르고 말소리가 기어들어 가는 것 같았다.

"죄송합니다. 다시 해 볼게요."

내가 홀더하기 위해 자세를 잡자, 마지못해 파트너를 해 주고 있던 그녀는 가소로운 듯이 냉소했다. 그 비웃음이 가득한, 멸시하는 얼굴은 절대로 잊을 수 없다.

"아무리 해도 지금은 안 될 것 같네요. 나는 바빠서 오늘은 그만 가 볼게요. 연습 좀 더 해서 다음에 맞춰 보죠."

연습실을 나가려는 그녀의 팔을 잡았다.

"안 된다니까요. 그렇게 연습을 했는데도 못하는 걸 보면 바보 아냐?"

마지막 말은 작은 소리로 중얼거린 정도였으나 내 귀에는 커다랗게 잘 들렸다.

"뭐라구?"

나는 눈에서 불꽃이 튀는 듯했다. 무의식중에 그녀를 잡은 손에 힘을 주었나 보았다. 그녀가 소리를 빽 지르고 나는 따귀를 맞았다.

일순간에 모든 것이 정지하고 아무 소리도 들리지 않게 되었다. 혜미 선생도 숨을 죽이고 음악도 꺼졌다.

그 순간을 상기하기 위해서 학원에 온 것은 아니었다. 춤을 버린 마당에 다시 여기 와서 무엇을 하겠다는 것인가. 그러나 마음과는 달리, 너무도 익숙하게 내 몸에 익은 공간이어서 나는 망설임이 없었다. 3년 동안의 시간이 결코 가볍게 무시할 수 있는 기간은 아니었나 보다. 대연습실의 불을 켜고 안으로 들어갔다. 가운데에 커다란 크리스털 샹들리에가 세 개, 천장 가장자리로 할로겐램프가 촘촘히 박혀 있는 연습실의 불을 다 켜면 삼면의 거울에 불빛이 반사되어 궁정 파티를 해도 좋을 정도로 화려한 방이었다.

"댄스는 생존을 위해서 하는 것이 아니기 때문에 가능하면 현실의 그늘이 없어야 하고 아름답고 화려해야 돼. 미국에서 나를 가르쳤던 내 스승님이 하신 말씀이야."

필립 선생님의 지론이었다.

나는 신을 벗고 맨발로 거울 앞에서 자세를 잡고 서 보았다. 4개월 동안 칩거해 있는 사이에 살이 올라, 갸름하던 얼굴이 둥

그렇게 되어 있었다. 나는 오디오에 걸려 있는 음악을 틀었다. 내가 제일 좋아하는 룸바 곡이 흘러나왔다. 인터넷에서 뽑아 내가 직접 편집했던 곡이다. 필립 선생님이 아직도 이 곡을 쓰고 있구나, 생각하니 가슴이 뭉클했다. 나는 눈을 감고 춤을 추기 시작했다. 아름답고 애조를 띤 룸바 음악이 이끄는 대로 따라갔다. 어느 순간, 해조가 가까이, 바로 옆에 있는 것을 느꼈다. 해조의 작고 단단한 몸, 작은 손의 감촉, 머리 냄새, 희미하게 풍기던 모스키노 향수, 그 모든 것이 바로 어제 일처럼 가까이 다가왔다.

아브라사메, 안아 주세요, 그대.

댄스를 처음 시작할 때 연습용으로 썼던 음악이다. 이 곡을 들으면 필립 선생님에게 오기 전, 그 서툴고 긴장했던 시간들이 떠오른다. 그때는 세상 무엇보다 춤이 좋았다. 룸바 음악에 싸여 넓은 연습실을 혼자 돌고 또 돌면서 나는 생각했다. 내가 과연 춤을 버릴 수 있을까. 그럴 수 있을까. 그러자 문득 한쪽 날개를 떨어뜨린 나비 생각이 났다.

그 나비는…….

허공을 향해 빈손으로 해조를 턴시키면서 나는 생각했다.

누나의 마음속에 한쪽 날개를 떨어뜨리고 가 버린 그 사람은 아직도 누나의 곁에 있어 때때로 그녀를 슬프게 하고 그립게도 하는 것이리라.

스팟 턴을 하고 거울을 보았다. 내 마음속에도 역시 그 날개

한쪽이 남겨져 있는 것을 나는 안다. 나에게 한쪽 날개를 떨어뜨린 나비는 무엇일까. 그렇게도 아름답고 부서지기 쉬운 그것은, 해조일까. 아니면 방금까지 접어 버리려고 했던 나의 꿈일까.

조금만 힘을 주면 바스라져 버릴 것 같던, 내 손바닥 위에 놓여 있던 나비 날개의 감촉이 되살아났다. 연습실의 불을 다 끄고 차가운 마룻바닥에 드러누워 나는 한쪽 날개만 가진 나비가 날아가는 것을 보았다. 나는 그것을 잡으려고 손을 들어 허공을 내저었다. 누나는 나비가 날아가도록 버려두었지만 나는 그러지 않을 것이다. 상처 입고 부대끼면서, 끝내는 바스라지고 말지라도 나는 잡을 것이다. 가슴 밑바닥 저 안쪽, 존재의 깊은 한가운데서 무엇인가 뜨거운 것이 솟구쳐 올라왔다.

동거

그가 오지 않는다.

집을 나간 지 벌써 몇 주일째, 그는 돌아오지 않고 있다. 전화를 걸어 보았지만 받지 않고 전화기에서는 스티브 헤이스의 낮고 음울한 베이스기타 소리만 지겹게 되풀이되어 흘러나온다. 같은 소절을 다섯 번쯤 되풀이한 뒤에는 녹음된 여자의 기계 목소리가 들린다.

"고객께서 지금은 전화를 받을 수 없사오니, 음성사서함으로……."

한때 그렇게도 내 마음을 설레게 했던 그 음악조차 이제는 소름이 끼친다. 불길한 암시처럼 느껴지기도 한다.

그는 어디로 간 것일까? 정말 돌아오지 않을 작정일까?

이제야 나는 그를 너무도 몰랐다는 생각이 든다. 그에 대해 내가 알고 있는 것이란, 이름과 전화번호와, 그리고 내가 안았던 그의 몸뿐인 것 같다. 그것으로 그를 안다고 생각하다니……. 그러나 그것처럼 확실한 존재의 실체가 어디 있나. 그래도 나는 바보다.

퇴근을 해서 집에 들어올 때마다 나는 조바심을 내면서 아파트 문을 연다. 일주일이 지났을 때, 나는 그가 돌아오지 않을지도 모른다는 생각을 했다. 어쩌면 영원히 그를 볼 수 없을지도 모른다. 그 생각을 하자 목이 졸리는 듯한 느낌에 사로잡혔다. 그런데 그가 돌아오지 않은 지 정확히 일주일째 되는 날, 거미가 배달되었다. 그가 주문한 거미였다.

그는 오지 않고 그가 주문한 거미와 함께 살기 시작한 지 여러 달이 흘렀다. 이제는 그가 나에게로 돌아올 가망은 없다. 나는 알고 있다. 그러나 포기가 되지 않는다. 알고 있다. 이것은 병이다.

"거미를 길러 볼까?"

그가 말했다.

"거미?"

커피를 뽑던 손을 멈추고 나는 고개를 돌려 그를 바라보았다. 알맞게 웨이브진 퍼머머리가 어깨까지 내려와 그는 우아하고 아름답다. 남자에게 '우아'라는 표현을 쓰는 것이 맞는지 어떤지 모르겠으나 나는 그를 볼 때마다 그런 느낌이 든다. 나보다 여덟 살이 적은 그는 스물다섯 살, 청춘의 한가운데에 있다. 내가 저 나이 때는…… 하고 생각하다 쓴웃음을 짓고 만다.

"응, 거미. 요즘 거미를 애완동물로 많이들 기르거든."

"징그럽지 않나."

내 말에 그는 흰 치아를 드러내고 웃었다. 턱뼈에 비해 치아가 커서 그의 아랫니들은 조금씩 포개지면서 비뚤어지고 있다고 했다. 윗니는 괜찮은 편인데, 하며 웃을 때 드러나는 그의 치아는 가지런하고 고른 편이었다. 담배를 피우는데도 그의 치아는 희고 깨끗하다. 언제부터인가 나의 윗니에는 갈색의 얼룩이 생겼다. 담배를 피우는 것도 아닌데 흡사 담배를 피워 니코틴이 착색된 것처럼 보였다. 커피 때문인가? 하고 생각했다. 하루에 대여섯 잔씩 커피를 마시고 있어 나는 그때부터 거의 중독이었다.

"이리 와 봐. 보여 줄게."

그는 여덟 살이나 많은 나에게 거침없이 반말을 쓴다. 언제부터였더라? 하고 나는 우리가 만났던 지난 몇 달간의 시간을 되짚어 본다.

그가 나에게 나타난 것은 그러니까…… 지난해 11월이었다. 아버지가 돌아가시고 난 뒤 처음 맞는 겨울은 혹독했다. 그는 인터넷 음악방송 디홀더에서 심야와 새벽 방송의 진행을 맡고 있었다. 새벽 일찍 일어나는 습관 때문에 새벽 시간에 우연히 듣게 된 인터넷 음악 방송은 단번에 나를 끌어당겼다. 방송 진행자가 여러 명이어서 서로 편리한 시간대에 방송을 맡아 하고 교대를 하곤 하는 모양이었는데, 새벽 시간대에 방송을 하는 진행자는 경상도 지방의 억양을 쓰지 않았다. 억양이 달랐기 때문에 서울 가까운 위쪽 지방 사람인가, 하고 생각했다. 몇 곡을 선곡해서 음악을 내보내고 중간중간에 진행자의 멘트가 이어졌다. 새벽이라 비교적 조용한 음악이 나왔는데 음악 뒤에 듣게 된 멘트는 감미롭고 유혹적이었다. 서울 말씨라기보다는 어딘지 강원도 쪽의 억양으로 들렸지만 정확한 표준어로 맵시 있게 진행하는 솜씨는 서툰 대로 신선하고 매력적이었다.

"누나를 본 적 있어요."

디홀더의 그룹 미팅에서 처음 만났을 때 그는 수줍은 듯이 말했다. 저음의 아름답고 감미로운 목소리였다. 목소리만 들을 때와는 달리 얼굴이 앳되어 보였다. 검은색 바탕에 헤비메탈 그룹 아이언 메이든의 얼굴이 프린트된 티셔츠를 입고 있었다. 가슴 한가운데 프린트된 보컬리스트는 해골 같은 화장에 코와 귀에 피어싱을 하고 앞니를 뽑아서 입속이 텅 비어 있었다. 거슬리는 티셔츠였다.

"그래요? 언제?"

"지지난해 다대포에서…… 여름 록페스티벌 때……."

지지난해에는 그래, 그 여름에는 나도 거기 갔었다. 아버지가 살아 계실 때였다. 그때의 열기와, 밤이 내려앉은 어두운 바다와, 그리고 모기, 그런 것들이 두서없이 떠올랐다. 바닷가의 모기는 지독했다. 아, 그리고 비현실적으로 보이던 반딧불이, 환상적인 푸른색을 내며 너울너울 날아다니던 반딧불이도 있었다. 그러나 그의 얼굴은 도무지 기억이 나지 않았다.

나는 술기운을 빌려 눈을 가느스름하게 뜨고 그를 관찰했다. 희고 결이 고운 피부였다. 피부의 결이 촘촘해서 주름이 잘 지지 않는 얼굴이었다. 나이보다 훨씬 앳되어 보이는 것은 그런 피부 때문이기도 했다. 화장품 회사에 다니는 나는 사람을 만나면 우선 그런 것들로 사람을 판단한다. 드물게 보는 피부였다.

"그대는 어머니에게 감사해야겠어. 그런 피부를 물려받기는 쉽지 않은데."

내 말에 그는 어깨를 으쓱했다.

두 번째로 만났을 때 그는 무릎까지 오는 가죽 부츠에 불꽃무늬가 수놓인 검은 가죽점퍼를 입고 있었다. 안에 받쳐 입은 주홍색 티셔츠가 조각 같은 흰 얼굴에 잘 어울렸다.

저 아이는 남들이 잘 입지 않는 옷을 입어도 어울리는구나, 속으로 감탄했다. 실책이었다. 그렇게 어린 남자에게 그런 관심을 가져서는 안 되는 것인데. 순간, 깊은 수렁으로 한쪽 발을 빠뜨린 것처럼 아찔한 느낌이었다. 다른 사람에게 비치는 자신의 매력을 그는 잘 알고 있을 것이고 나 같은 여자를 그의 상대로는 생각조차 해 본 적이 없을지도 몰랐다. 어쩌면 나이가 많다는 것이 내 안에서 약점으로 작용하여 역으로 더 끌렸는지 몰랐다. 그날은 G대학 앞의 헤비메탈 전용 록카페 Q에서 서울서 내려온 언더그라운드 밴드의 공연이 있었다. 그날 콘서트는 광기로 가득 차서 폭발하는 것 같았다.

광기로 번득이며 위험스럽게 여겨지는 그런 열기가 좋았다. 아버지가 돌아가시고 난 뒤에 처음으로 느껴 보는 삶의 활기, 어쩌면 나에게는 스쳐 지나가 버린 청춘과 같은 그런 것이, 설명할 수 없는 것이 거기 있었다. 서른이 넘은 나이에 젊은 애들이 광적으로 날뛰는 그런 콘서트에 가는 것이 어색하지 않은 건 아니었다. 게다가 내 나이와 맞지 않는 지나치게 젊은 차림도 때때로 나의 내부에 있는 부끄러움의 현을 건드린다. 내가 생각해도 이제 서서히 발을 뺄 때가 된 것 같은데, 나는 아직도 심장을 둥둥둥둥 치는 것 같은 그 음악에서 벗어나기가 어렵다. 나의 내면에 감추어진 사악함을 끌어내는 것 같은 악마적인 음향, 보컬리스트의 소름이 끼치는 사악한 목소리……. 나는 도저히 그 매력으로부터 벗어날 수가 없을 것 같다. 이십 대 때에 나와 같이 춤추고 놀았던 친구들은 대부분 결혼을 해서 그런 것으로부터 떠나갔다. 어색한 것을 감추려고 나는 과장되게 소리를 지르고 헤드뱅잉을 하고 객기를 부렸다.

어느 틈엔가 그가 바로 내 옆에 있었다. 그 폭발하는 전자기타 소리 속에서 그는 나에게 키스했다. 땀 냄새가 나는 짧은 키스였다. 그러고는 곡이 다 끝나기도 전에 그는 소리를 지르면서 바깥으로 뛰어나갔다. 그러고는 뒤따라 나간 우리들이 보는 앞에서 차도로 뛰어들었다.

그날 밤은 그렇게 모두 미쳐 있었다. 지나가던 차들이 급정거를 하고 클랙슨 소리가 요란하게 울리고……. 시끄러웠지만, 방금 귀를 찢는 듯한 전자 음향으로 가득한 콘서트장에서 나온 우리에게 그 소리는 별로 시끄럽게 느껴지지 않았다. 가까스로 차도에서 그를 끌어내고 실랑이를 하고, 술집에 가고, 2차를 가고 또다시 3차…… 나는 줄곧 그를 지켜보고 있었다. 다들 제정신이 아니었지만 그가 그렇게까지 광기에 몸을 맡기는 것을 보니 좀 걱정스러웠다.

"아아아아, 죽고 싶어."

라고 외치고 있었던 것도 같다. 저 아이는 죽음이라는 것이 어떤 것인지 알기나 할까. 메탈 그룹의 그런 광기가 위험스러우면서도 매력적인 것은 사실 죽음과 바싹 붙어 있는 듯한 그 느낌 때문이기는 했다. 그러나 죽음으로 끝나는 광기라는 것이 무슨 의미가 있는가. 차도에서 끌어낼 때 넘어져서 그는 오른쪽 뺨 위쪽이 벗겨져 있었다. 아스팔트에 얼굴이 쓸린 모양이었다. 흰 얼굴에 진한 핑크색으로 널따랗게 피가 배어 나오고 있었다.

"우리 집에 갈래?"

새벽 네 시가 좀 지난 시각이었다. 몇 번째인지 모를 맥줏집에서 바깥으로 나왔을 때였다. 어느 사이에 다 흩어져 가 버리고 그와 나, 둘만 남아 있었다.

"그 얼굴로 집에 들어가면 부모님 걱정하시겠다. 우리 집에 가서 좀 쉬었다 가렴."

나는 아버지가 돌아가시고 나서 처음으로 사람을 집에 데려왔다. 그것도 두 번째 만난, 그렇게도 어린 남자를. 그리고 함께 잤다. 술이 너무 취해서 그날의 섹스는 잘 기억도 안 난다. 그러나 나는 남자를 안아 본 것이 너무도 오랜만이어서 어린 사람이라는 것도 잊고 몰두했던 것 같다.

늦은 아침에 눈을 떴을 때는 깜짝 놀란 것 같은 기분이었다. 지난밤의 일을 생각하니 도무지 현실 같지 않았다. 그는 곤히 잠들어 있었다. 잠들어 있는 그는 더 어린아이 같아 보였다. 상처는 소독을 했지만 검게 변해서 자잘한 딱지들이 앉고 있었다. 가엾고 난감한 기분이 들어 땀에 젖어 이마에 붙어 있는 머리카락들을 쓰다듬고 있는데, 왈칵 눈물이 솟구쳤다. 나 자신도 정리가 안 되는 이런 기분은 그 뒤로도 그를 만날 때마다 이따금씩 달려들어 나를 혼란스럽게 했다.

"어서 와 봐."

그는 여전히 그, 나를 꼼짝 못하게 하는 미소를 지으며 부르고 있다.

"거미 같은 건 보고 싶지 않은데,"

"굉장히 아름답다니까. 어서 와 봐."

컴퓨터 화면에는 커다랗게 확대된 거미의 사진들이 빽빽하게 올라와 있었다. 온몸에 검은 털이 부숭부숭하게 나 있는 그것들은 징그럽고 끔찍했다.

"어때? 아름답지? 내 말이 맞지?"

"으응, 생각했던 것만큼 그렇게 징그럽지는 않은데."

나는 그의 비위를 맞추기 위해 거짓말을 했다.

"타란툴라를 한번 볼까?"

"그 독거미?"

"독이 있어야 매력이 있지. 타란툴라도 여러 종류가 있어."

화면에는 거미들이 계속 스쳐 지나가고 있었다.

"내가 본 건 이거야. 이쁘지?"

정지된 화면에는 검은색의 등에 선명한 보라색 무늬가 있는 거미가 떠 있었다. 크기를 비교하기 위해서인지 옆에 볼펜이 놓여 있었다. 촉수와 다리를 편 거미는 볼펜 길이보다 조금 더 컸다.

"이런 게 우리나라에 있나?"

"수입해서 들여온 거야."

"그럼 이런 걸 돈을 주고 외국에서 사 온단 말야?"

"물론이지, 돈만 주면 종류별로 어떤 것이든 다 살 수 있어. 근데 얘는 좀 비싼 편이야."

내가 출근한 뒤에 그는 미리 컴퓨터를 뒤져서 마음에 드는 거미를 골라 놓았나 보았다. 거미는, 하고 그는 말을 시작했다. 곤충이 아니라 절지동물이라는 것, 타란툴라를 기르기 위해서는 먹이도 사야 하는데 먹이로는 굼벵이 같은 벌레들을 냉동실에 보관했다가 이틀에 한 번씩 기다란 핀셋으로 사육 통에 넣어 주고 허물을 벗는 기간이 되면 먹이를 주지 않아야 하며, 그 때는 거의 죽은 것처럼 보이지만 죽은 것은 아니니 기다리면 된다는 것. 어떤 종은 몸이 어른 손 두 개를 합친 것만 한 것도 있는데 그런 것은 벌레를 먹는 것이 아니라 작은 생쥐 같은 것을 먹이로 하며, 그런 종은 죽은 것은 먹지 않기 때문에 그걸 기르기 위해서는 생쥐를 따로 길러야 하고 생쥐의 먹이는 또……. 그의 말을 듣고 있으면 어느새 그가 거미 박사라도 된 듯했다. 조용하고 수줍은 첫인상과 달리, 한번 이야기를 꺼내면 모르는 것이 없었다.

"그런 걸 어떻게 다 알아?"

나는 어이가 없어서 한참이나 그를 쳐다보았다.

"그렇게 신기한 일도 아니야. 요즘 컴퓨터에서는 안 가르쳐 주는 게 없거든."

그는 이를 드러내고 웃었다.

"거미 중에는 영리한 종도 많다네. 거미줄을 치기 위해서 높은 데서 점프를 하는데, 한번 점프해서 가지에 닿지 않으면 바람이 불어 쉽게 닿을 때까지 바람 부는 쪽으로 몇 번이고 되풀이해서 점프를 한대. 물론 얘들은 줄을 칠 나무도 없지만 줄을 치지도 않지. 품위 있는 놈이라서……."

"거미 중에서는 귀족이겠네."

나는 커피를 따라 와서 그의 옆에 앉았다. 이렇게 가까이 앉아 있으면 나는 그를 보고 있기만 해도 몸이 떨린다. 이런 감정은 처음이었다.

"귀족 거미, 맞지. 줄을 쳐서 먹이를 기다리지 않는 멋진 놈이거든."

그러더니 소리를 내어 웃기 시작했다. 그의 웃음소리는 정말로 유쾌하다. 듣고 있으면 목이 간질간질하면서 재채기가 나오려고 한다.

"왜 그래? 왜 웃어?"

"나하고 비슷해서…… 먹이를 신경 쓰지 않는 고고함이. 먹고 살 일을 걱정하지 않는 나 같은 놈이니 꼭 길러 보고 싶은데."

나도 덩달아 유쾌해져서 큰 소리로 웃고 껴안고 낄낄거리고 뒹굴고 키스를 하고 간지럼을 태우고 장난을 쳤다. 그러고 있을 때 우리는 거의 오누이 같다. 나이가 한참이나 어린 남동생과 누이……. 아아, 나는 왜 이렇게 이런 것들에서 자유롭지 못할까. 나는 그가 나에게 와 있을 때면 때때로 죄책감이 느껴졌다. 어린 아이를 꾀어내는 것 같은, 뭔가 떳떳지 못한 짓을 하는 것 같은 우중충한 기분에서 벗어나기가 어려웠다. 스물다섯 살이면 어린아이가 아니고 그 또한 어느 모로 보나 훌륭한 성인 남자다. 그런데도 나는 왜 이렇게 마음이 가볍지 못한 것일까.

"나는…… 사실 도파민 분비가 너무 많아서 그걸 억제하기 어려운 때가 많아. 우리 마마는 정신과에 보내서 의사에게 내 도파민을 조절해 주기를 위임했지. 근데 그 의사들이라는 것은 한결같이 바보들이라……."

그 말을 듣고 나는 눈을 크게 떴다.

"도파민이 많이 분비되면 어떤 부작용이 생기는지 알아?"

그는 나를 보며 눈을 찡긋하고는 오른쪽 뺨을 가리켰다. 아직도 약간 거멓게 흔적이 남아 있었다.

"감히, 나를 감히, 도파민 억제제 같은 것으로 조종하려 들다니……."

낮게 으르릉거리며 물어뜯는 것 같은 증오에 찬 목소리였다. 나는 그가 그런 목소리를 낼 수 있다는 것에 경악했다.

눈을 뜨니 방 안은 캄캄했다. 나는 잠시 그대로 누워 밀물처럼 밀려와 있는 눈앞의 어둠을 바라보았다. 방금 꾸었던 꿈의 한 자락이 그 어둠 속에 뚜렷이 떠올라 보였다. 가끔 되풀이해서 꾸는 이 꿈은 나에게 너무도 익숙한 것이어서 꿈을 꾸고 나면 언제나 실제로 겪은 일처럼 느껴진다. 그래서인지 꿈에서 빠져나오기가 쉽지 않다. 깨어 있을 때 가끔 이게 꿈이 아닐까, 하는 때가 있는 것처럼 나는 꿈을 꾸면서 이건 정말 현실이구나, 하고 생각할 때가 많다. 꿈과 현실이 잘 구분되지 않는 이런 혼돈은 아버지가 돌아가신 뒤부터 부쩍 심해졌다. 이렇게 눈을 뜰 때 맞닥뜨리게 되는 신새벽의 이 어둠이 나는 정말이지 싫다. 어두운 우주 공간 한가운데에 막막하게 떠 있는 섬과 같은 이 느낌, 아무것도 보이지 않는 암흑, 희망이 없는 내 삶을 닮은 이 어둠.

"좀 더 늦게, 어둠이 걷힌 뒤에, 아침이 오고 나서, 해가 뜨고 나서, 그러고 나서, 더 누워 있다가……."

할 수 있는 모든 다짐을 주문처럼 한참 동안 주워섬기고 그러고도 어두운 새벽에 깨어나는 것이 두려워 밤늦은 시각까지 눈을 부릅뜨고 있다가 잠이 든다. 밤에 잠이 들 때도 어둡기는 마찬가지인데 새벽의 어둠은 왜 이렇게도 견디기 힘든 것일까? 아무리 생각해 보아도 이유를 알 수가 없다. 알고 있는데도, 정신을 차리고 있는데도 어둠이 두렵다. 어쩔 수 없다. 새벽의 적막함 속에서 어둠에 잠겨 더욱 적막한 그런 시각을 두려움에 떨며 얼마나 오래 견디었던지 모른다. 출근은 여덟 시가 지나서 하게 되니, 그런 새벽 시간을 견디기가 제일 어려웠다.

언제나 일정한 시각에, 타이머로 맞춘 듯이 정확하게 눈이 떠진다. 누운 채로 고개를 돌려서 보니 전광시계의 숫자가 4:42로 되어 있었다. 시계 안쪽에 켜진 전구에 비쳐 붉은색을 띤 음울하고 불길한 숫자들이 멀거니 나를 바라보고 있다. 어김없는 그 시각, 4:40에서 4:48까지가 내 기상 타이머의 한계였다.

아버지가 돌아가신 것은 3월이었다. 잠에서 깨어날 때 나 혼자 맞닥뜨리게 된 한동안의 어둠은 극심한 공포를 가져다주어 슬픔과 두려움 속에서 한 달이 지나갔다. 그리고 정신을 차렸을 때는 어느 새 4월로 접어들어 있었다. 아침에 눈을 뜨는 시각은 일정했지만, 봄이 되고 여름이 오면서 그 시각에도 더 이상 어둡지 않았다. 그래서 견디기가 좀 쉬웠다. 그 계절을 한 바퀴 돌아와 겨울로 접어들고 있을 때, 캄캄한 어둠 속에서 눈을 뜨게 된 것이 몇백 년이나 된 듯했을 때, 그때 그를 만났던 것이다. 그가 떠나간 것도 아버지가 돌아가신 달, 3월이었다. 그러나 이제는 어둠이 두려운 것이 아니라 날이 밝아 오는 것이 두렵다.

"이렇게 한번 해 보려무나, 얘. 텔레비전에서 배웠다."

아버지는 거실 바닥에 배를 아래로 하고 엎드리더니 등을 둥그렇게 구부렸다. 그리고는 다시 엎드리고 등을 구부리는 동작을 반복했다.

"그게 뭐예요? 아버지?"

"몸에 좋은 운동이라는데, 그…… 뭐라고 하던데 잊어버렸구나."

"에이, 뭐예요? 아버지도 참."

소리를 내어 웃고는 가볍게 말하고 넘어갔지만, 내가 출근하고 나면 집에 혼자 남는 아버지는 하루 종일 케이블 TV 방송에서 보여 주는 재방송들을 보는가 보았다. 아버지는 그래서 잡다하게 아는 것이 많았다. 나로서는 한 번 들은 적도 없는 희한한 얘기를 하기도 하였다. 물론 일흔여덟이나 되는 아버지의 나이를 생각하면 우스울 정도로 소용없는 상식, 필요 없는 지식이 대부분이었지만 말이다.

"얘, 백두산에 사익조라는 새가 나타났대요. 날개가 넷인데 까치만 한 것이 엷은 노랑색을 띠고 날아가는 것을 본 사람이 있다는구나. 정말 신기하지 않니?"

내가 퇴근을 해서 현관을 들어서는 순간, 아버지는 소나기처럼 말을 쏟아 냈다. 더불어 얘기할 사람이 없어 아버지는 요즘의 나처럼 섬에 갇힌 듯했으리라. 지금에 와서야 그런 아버지가 이해되기 시작한다. 언제나 이렇게 늦는 법이다. 어떤 때는 '오늘의 요리' 같은 프로그램을 보고 부엌을 난장판으로 어질러 놓기는 했지만 제법 그럴듯한 '요리' 같은 것을 만들어 놓기도 했다. 그러나 나는 걱정이 되기 시작했다.

"얘, 그 산후에 말이야, 그 출산 후에도 바로 체조를 하는 것이 좋다는구나. 그래야 빨리 회복이 되고 체형도 망가지지 않는다더라."

출산 후에 하는 체조라니, 결혼도 하지 않은 나를 보고서……. 어이가 없어 나는 아버지를 물끄러미 바라보았다. 짧게 자른 흰 머리가 뻣뻣하게 일어서 사방으로 뻗쳐 있고 눈꺼풀이 처져서 눈이 조그맣다. 식탁에 구부려 밥을 뜨고 있는 굽은 등을 돌아보다가 나는 문득 생각했다. 아버지는 텔레비전을 통해서만 세상을 내다보는 게 아닐까, 오로지 그 기계에만 의존해서 나머지 삶을 보내려고 하는 것이나 아닐까. 어머니에게서 버림을 받아 내가 사는 이 집으로 옮겨 오면서부터 사실상 아버지는 세상으로 향하는 통로를 상실한 것이 아닐까.

걱정이 되기도 하고 측은하기도 해서 나는 짐짓 화를 내는 척했다.

"아버지. 제발 그 텔레비전 좀 그만 보세요. 밖에 나가 산책을 하시든지, 친구 분을 만나시든지, 바람도 좀 쏘이고 그러세요."

"응, 그래. 그렇게 할게."

그럴 때 아버지는, 하고 생각하는데 어느새 눈가로 눈물 한 줄기가 주르륵 흘러내렸다. 방 안에 꽉 차 있는 어둠의 한쪽 구석에 아버지가 희미하게 보였다. 돌아가신 뒤로 내게 떠오르는 아버지는 언제나 그런 모습이었다. 한쪽 어깨를 올리고 움츠린, 어딘지 추워 보이는 모습. 아버지가 가 계신 곳도 그렇게 추운 곳일까?

아버지가 돌아가시고 난 뒤 일 년간, 나는 체중이 엄청나게 불었다. 아버지가 안 계시는 식탁에도 나는 여전히 아버지 몫의 밥을 차렸다.

"아버지, 아침 드세요."

나는 보이지 않는 아버지를 향해서, 아버지가 계실 때와 똑같은 말을 하고 밥을 먹기 시작한다. 함께 살던 사람이 떠나고 난 뒤에 그 상실감을 가장 많이 느끼는 것은 언제일까. 식탁을 차릴 때라고 나는 생각한다. 아침저녁으로 식탁에 음식을 차릴 때, 나는 아버지가 이 세상에 없으며, 다시는 돌아올 수 없다는 것을 뼈저리게 느꼈다. 아버지와는 단지 2년 4개월을 함께 살았을 뿐인데도 나는 식탁을 차릴 때마다 눈물을 흘렸다.

그것을 두고 두 가지 해석을 내렸다. 하나는 이 나이가 되는 동안 내가 혼자 살아오면서 너무 외로웠구나, 하는 자각이었다. 시골에서 자라 중학교를 다닐 때부터 혼자 시작한 자취 생활이었다.

"어디다 두어도 너는 걱정 안 한다. 너는 혼자서 잘 견디는 아이니까."

어린 나를 도시로 보내 혼자 살게 하면서 어머니가 한 말이었다. 어머니는 내가 도시에서 살기를 원했다. 도시 여자가 되어 고생스러운 농사일을 안 하고 살기를 원했다. 덕분에 농사일은 안 하고 살게 되었지만 어머니가 바랐던 대로 내가 행복해진 것일까. 언제나 씩씩하게 코를 쳐들고 있었지만 사실은 외로워서 사람이 그리웠던 게 아니었을까. 아버지가 짐을 싸 들고 내가 사는 집으로 들어왔을 때 화를 내고 툴툴거리고 했었지만, 그렇게 별로 좋아하지 않는 아버지라도 곁에 있다는 것이 나에게는 커다란 의지가 되고 위로가 되지 않았나, 하는 것이었다. 아버지가 떠나고 난 뒤에 그렇게까지 가슴이 미어질 듯하고 눈물이 나올 줄은, 실은 나 자신도 의외였다.

그리고 그 상실감을 통해서 깨닫게 된 또 하나의 사실이 있었다. 고작 2년 남짓을 함께 지내고서도 그렇게 마음이 아프고 헤어나기 어려운 상실감에 빠졌던 것을 생각하면, 아버지와 평생을 함께 살았던 어머니의 태도는 정말 이해하기 어려웠다. 어머니가 아버지의 죽음 앞에서 보였던 얼음처럼 냉담한 모습은 나에게는 상당한 충격이었다. 어쩌면, 그렇다, 어쩌면 어머니는 그렇게 독한 데가 있는 사람이 아닐까 하는 또 다른 깨달음이었다. 어머니가 늘상 '독한 영감'이라고 욕하여 마지않던 아버지보다도 어쩌면 더 독하고 무서운 사람이 어머니가 아닐까 하는 생각이 들었다. 아버지는 도대체 어머니에게 얼마나 큰 잘못을 저지른 것일까. 아버지의 장례를 치르고 어머니는 바로 시골집으로 돌아갔다. 어머니 역시 지금은 아무도 없는 시골집에서 혼자 살고 있다.

"아버지, 드세요."

내 몫의 밥을 다 먹고 나면 아버지 쪽으로 차려 둔 밥을 내 앞으로 끌어당겨서 먹기 시작한다. 아버지가 돌아가실 때에는 52킬로그램이던 체중이 몇 달 사이에 거의 10킬로그램이나 불었다. 나는 정말이지 너무 뚱뚱해졌다. 옷이 맞지 않아 입을 옷이 없을 뿐만 아니라, 어떤 옷을 입어도 맵시가 나지 않게 되었다.

대책이 서지 않는 일이었지만, 나는 두 사람 몫의 밥 차리기를 그만두지 못했다. 그 1년간 나는 이렇게 2인분의 식사를 하면서 점점 뚱뚱해지고 보기 싫어졌다.

그 무렵 그가 나에게 나타났던 것이다. 그리고 아버지가 머물렀던 몇 분의 일에 해당하는 짧은 시간을 머무르고는 내게서 떠나갔다.

'희준아.'

나는 때때로 거울 앞에서 내 이름을 불러 본다. 그리운 사람을 바라보듯이 찬찬히 내 얼굴을 들여다본다. 눈언저리와 입가에 주름이 지기 시작하는 내 얼굴은 좀 우울해 보인다. 살이 찌면서 주름이 좀 없어졌지만, 우울해 보이는 것은 여전하다. 남자 같다고 놀림을 많이 받던 이름이었다. 요즘도 그건 별로 달라지지 않았다. 어디를 가더라도 나는 남자로 분류된다. 내 이름과 나라는 사람과는 그렇게도 줄긋기가 안 되나 보았다.

그는 한 번도 나를 이름으로 부르지 않았다. 처음에는 그저 '누나'였고, 그 뒤…… 그 뒤에는 뭐라고 불렀던가. 나는 그에게 이름도 없는 그런 사람인지 몰랐다.

"거미를 길러 볼까?"

그렇게 말했던 그는 인터넷으로 거미를 주문했다. 나는 그가 그렇게 빨리 행동에 옮기리라는 생각을 미처 하지 못했다. 말은 그렇게 했지만 정말로 그 징그러운 물건을 배달시킬 줄은 몰랐던 것이다.

"내 약점은, 무력증이야요."

우리가 함께 지낸 다음 날, 그는 나에게 말했다.

"무력증? 그게 뭔데?"

"아무것도 못하는 것. 내 에너지는 이 속에서만 소용돌이치고 있어요."

그는 손바닥으로 탁, 하고 가슴을 쳐 보였다.

"어제 보니까 그런 것 같지 않던데, 뭘. 그런 폭발적인 에너지가 어디서 나오는지 정말 감탄했는걸. 나야말로 에너지 고갈이라……."

"누나, 그런 게 아니라니까요. 이해를 못하시네. 나를 이해하는 것은 차라리 저 거미나 지네 같은 종이 더 나을 것 같아. 인간들은 아무도 이해를 못하니까."

그는 처음 보는 것처럼 낯선 얼굴로 나를 바라보았다. 이해를 못한다, 이해를 하는 사람이 아무도 없다, 라는 말은 그가 입버릇처럼 언제나 누구에게나 쏟아붓는 말이라는 것을 나는 그때 알지 못했다. 그래서 그를 이해하려고, 아니, 더 정직하게 말한다면 그에게서 그런 말을 듣지 않으려고 무진 애를 썼다. 그에게 가까이 다가가면 그런 말을 듣지 않는 특별한 사람이 될 수 있을까. 그러나 내가 택한 방법은 그의 비위를 맞추어 주면서 그를 이해하는 척한 것뿐이었다. 그를 온전히 이해하기에는 내가 너무 상식적이었는지 몰랐다. 게다가 나는 그를 이해할 생각이 없었다. 그냥 곁에 두고 싶었을 뿐이다.

"내 에너지는 바깥으로 나오는 출구를 찾지 못해서 갇혀 있다니까. 모르겠어? 나는 에너지가 넘치고 있지만, 아무도 그걸 알지 못하니까 쓸모없이 갇혀서 발광을 하고 있지. 그래서 죽고 싶다니까."

그는 자기 집에 돌아갈 생각을 하지 않고 내가 출근하고 나면 온종일 나를 기다려 주었다. 저녁에는 같이 밥을 먹고 같이 잤다. 그가 처음 온 날로부터 일주일이 지나자 나는 좀 생각이 많아졌다.

"집에서 걱정하지 않겠어? 연락은 했어?"

"집? 우리 마마? 걱정, 걱정, 누가 나를 걱정한다는 거야? 그냥 나를 내버려 두라고 그래. 나는 누구에게 걱정거리가 되는 그런 인간이 아니야."

그런 격렬한 반응을 보이리라고는 생각하지 않았기 때문에 나는 당황했다. 우리는 그 며칠 동안 사이좋게 지냈다. 이 세상에 없는 아버지 몫의 밥을 차리는 것이 아니라, 밥 먹는 것을 같이할 수 있는 사람이 곁에 있다는 것은 거의 경이에 가까웠다. 같은 식탁에 앉아서 같이 식사할 사람이 있다는 것, 그와 함께 하는 저녁 식사, 혼자 먹지 않는 아침밥은 목이 멜 정도로 나를 감격하게 했다.

"오늘 저녁 메뉴는 뭐야? 뭘 도울까?"

그는 낮은 목소리로 속삭이면서 퇴근해 온 내 옆을 맴돌았다. 저녁 준비를 같이 하고 설거지를 같이하고, 그리고 여느 연인들처럼 손을 잡고 아파트 옆의 숲길을 산책했다. 그의 손은 언제나 땀에 젖어 축축했다. 그렇게 젖은 손을 잡고 같이 걷는 것은 내 마음에 애절한 안타까움과 뭔지 모를 슬픔을 가져다주었다. 그의 곁에 있으면 나는 거의 최면 상태에 들어갔다. 나는 정신을 혼미하게 하는 그 설렘과 기쁨이 온전히 내 것이라고 생각할 수가 없었다. 그래서 더욱 놓치고 싶지 않았다.

그런데 그다음 날 내가 퇴근해 돌아왔을 때 그는 집에 없었다. 아침에 출근할 때까지만 해도 그는 별다른 말을 하지 않았고 아무런 특별한 일도 없었다. 나는 전날 밤 그에게 그런 말을 한 것을 후회했다. 내 말은 그게 아니었는데 집으로 돌아가라는 뜻으로 해석한 것일까. 혹시 그가 돌아올지 몰라 나는 저녁 준비를 해 놓고 기다렸다. 그러나 전화도 메시지도 없었다. 그는 사라져 버린 것이었다. 저녁 식사를 식탁에 차려둔 채 전화기만 노려보고 있다가 참다못해 자정이 다 되어 전화를 걸었다. 그러나 나의 조바심을 비웃기라도 하는 듯 전화기는 꺼져 있었다. 나는 아무것도 보이지 않는 캄캄한 절벽 아래로 밀려서 곤두박질치고 있는 기분이었다.

그가 나에게 다시 온 것은 사흘 뒤였다. 첫날은 출근도 하지 않고 그를 기다렸다. 그렇게 그를 놓쳐 버릴 수는 없었다. 나는 잠도 자지 못하고 먹지도 못했다. 아버지가 돌아가셨을 때는 그렇게도 먹기만 했는데, 그가 사라지자 이제는 물조차도 넘기기가 어려웠다. 간신히 출근을 했지만 일을 할 수가 없었다. 사흘째 되던 날, 거의 죽은 것 같은 상태로 소파에 누워 있는데, 그에게서 전화가 왔다.

"지금 좀 와 줄래? 차비가 없어서 나가지를 못하겠어."

시계를 보니 새벽 1시 15분이었다. 나는 아무것도 물어보지 않고 심야의 거리를 30분이나 달려가서 어두운 거리 한 모퉁이에 서 있는 그를 데려왔다. 불이 드문드문 켜진 해변 도로에서 그를 태우고 차를 돌리는데 희미하게 보랏빛으로 빛나는 광안대교의 불빛이 보였다. 나는 이를 악물었다. 그렇게도 모질게 결심을 했는데도 눈물이 뺨으로 흘러내렸다.

"나, 기다렸어?"

아무 일도 없었던 것처럼, 마치 아침에 나갔다가 다시 돌아온 것처럼 그는 가볍게 말했다.

"저런, 기다렸나 보네. 미안해. 마마가 하도 화를 돋우는 바람에……."

내 마음속에는 말이 들끓고 있었으나 나는 아무 말도 하지 않았다. 그와 같은 젊은 아이들의 이른바 '쿨'한 흉내를 내어 무관심한 척했다. 아니, 그들의 흉내를 내려고 했던 것이 아니라, 말을 꺼내기만 하면 눈물을 주체할 수가 없을 것 같아서 모른 척했을 뿐이다.

그다음 열흘쯤 지나서 그는 다시 온다 간다는 말도 없이 사라졌다. 그리고 며칠 뒤, 심야에 전화로 나를 호출했다. 나는 길이 잘 든 하녀처럼 그가 오라는 그 길모퉁이로 그를 데리러 갔다. 속이 쓰리고 들끓었지만, 막상 그를 보면 원망은 순식간에 사라져 버렸다. 슬프고 애절해서 가슴이 저린 느낌, 아아, 그것을 어떻게 설명해야 할까. 결국 굴복하고 마는 것이다. 나는 그런 나 자신이 징그러웠다. 세 번쯤 더 그런 일이 있고 난 뒤, 나는 정말 숨을 쉬기도 힘들 만큼 견디기가 어려워졌다는 것을 깨달았다. 그가 나가서 돌아오지 않고 있는 동안 나는 결심을 단단히 했었다. 이제는 끝을 내야겠다, 더 이상은 안 되겠다, 라고 마음을 정했던 날, 그는 작은 배낭에 속옷과 양말 몇 켤레를 넣어 아주 나에게로 왔다.

"나는 이제 아무것도 할 수가 없어. 무엇을 해야 할지도 모르겠고……. 내가 그렇게 모든 것을 잘할 수 있었던 열 몇 살 무렵에는 아무것도 못 하게 막더니, 아무것도 할 수 없게 된 지금에 와서야 하고 싶은 것을 하라고 하니, 나더러 도대체 어떻게 하란 말이야?"

"지금은 왜 아무것도 할 수가 없어?"

"시기를 놓쳤으니까."

"지금도 얼마든지 할 수 있어. 왜 늦었다고 생각하는 거지?"

"이해를 못하는군. 그건 말야."

나는 말을 중단했다. 무슨 말을 하든 그에게는 받아들일 마음이 없는 것이리라. 나는 논쟁을 하고 싶지 않았다. 나는 그의 입술에 손가락을 대고 말을 막았다. 그러고는 그를 껴안았다.

"아무것도 하지 마. 내가 먹여 살릴게. 응."

나는 진심이었다.

함께 지내는 날이 많아지면서 나는 그가 은근히 까다롭고 변덕스럽다는 것을 알아차렸다. 냄새가 강한 스킨은 쓰지 않는다는 것, 샴푸나 샤워 크림도 냄새가 강한 것은 쓰지 않았다. 다만 그는 향수를 쓰고 있었다. 그래서 다른 냄새는 그의 주위에 없었고 오직 샤넬 옴므 스포츠의 향수 냄새만 있었다. 그 신선한 젊은 남자의 향기는 제법 떨어진 곳에서도 그의 존재를 알렸다.

가장 까다로운 것은 그의 입맛이었다. 나는 그가 반찬을 거의 먹지 않는다는 것을 알게 되었다. 더구나 신맛이 나는 것은 전혀 먹으려 하지 않았다. 조금이라도 익은 김치, 식초가 들어간 겉절이, 심지어 키위주스까지도 아주 조금씩만 먹는 척을 할 뿐이었다. 밥은 약간 고슬고슬해야 하고, 뜨겁고 매운 것은 아예 먹지를 못했다.

"뭘 좋아해?"

라고 물어도 다 잘 먹는다는 대답이었지만 나는 그의 까다로운 입맛 때문에 신경이 쓰였다.

"저것 좀 사면 안 돼?"

장을 보러 마트에 갔을 때, 카트를 밀며 그가 속삭였다.

"뭐?"

그가 가리키는 것은 가운데를 갈라서 얇게 펼쳐 말린 갈치였다. 다섯 마리씩 한 묶음으로 되어 있었다.

"저거? 저 갈치 말린 것?"

"응. 나 말린 생선 조림 좋아해."

"갈치만 좋아하니?"

나는 눈을 크게 뜨고 물었다.

"아니, 말린 생선은 뭐든지 다 좋아해."

그래서 우리는 갈치포를 한 묶음 사고 말린 가자미도 샀다. 나는 그런 생선은 좋아하지 않는다. 신선한 것은 몰라도 말려서 조린 것은 더더욱 비위에 맞지 않아서 그 오랜 자취 생활에도 불구하고 그런 것은 해 먹어 본 적이 없었다.

"고추장은 조금만 넣고, 응, 그렇게……. 마늘 다진 것. 생강즙도 넣어야 되는데……."

그의 말을 들으며 나는 반쯤은 의구심을 떨치지 못한 채 갈치조림을 만들었다. 그는 맛있다, 맛있다, 하면서 갈치조림 한 접시를 그날 다 먹어 치웠다.

배달된 타란툴라를 나는 포장도 뜯지 않고 내버려 두었다. 그가 가 버렸는데, 원하지도 않던 거미만 나에게 오다니, 나는 타란툴라가 든 상자를 노려보면서 며칠을 보냈다.

지금까지처럼 그가 한밤중에 전화를 걸어 데리러 오라고 할지 모른다. 징그러워 손을 댈 수도 없는 물건이니 그가 온 뒤에 뜯게 해야지. 거미는 그가 주문했으니 거미 때문에라도 돌아오겠지. 거미 같은 것한테 내 마음을 걸고 있는 자신의 한심함에 기가 막혔다. 나는 내가 거미보다도 못한 존재로 여겨졌다.

그가 나간 지 열흘째가 되자 나의 인내심은 한계에 도달했다. 퇴근해 돌아와서 밥도 먹지 못하고 웅크리고 앉아서 자정이 되기를 기다렸다. 그리고 자정에 차를 운전해 해변 도로로 달려갔다. 몇 번인가 그가 나를 기다리고 서 있었던 그 익숙한 거리 모퉁이에 차를 세웠다. 차문을 반쯤 내리고 시동을 끈 채 한 시간쯤 그대로 있었다. 차 안으로 비릿한 바다 냄새가 흘러 들어왔던 것을 기억한다. 3월의 마지막 주간이라 4월로 넘어가는 아름다운 봄날이었다. 바다 냄새에 달착지근한 꽃향기가 희미하게 섞여 있었다. 4월이 지나고, 5월로 넘어갈 때쯤 나는 자정에 그 거리 모퉁이로 가는 것을 그만두었다.

그가 돌아올 희망이 없는데도 나는 생선조림을 만들어 냉장고에 넣어 둔다. 내가 먹지 않는 반찬인데 오로지 그를 위해서 만든다는 것은, 그가 옆에 있을 때는 기쁘고 행복한 일이었다. 그러나 그가 사라져 버린 지금은 그것조차 고통이었다. 그런데도 나는 고통을 참으며 생선조림을 만들었다. 밥을 먹으면서 식탁에 얹어 두고 노려보다가 나중에는 밀폐용기에 담아 냉장고에 넣었다.

배달된 타란튤라는 푸른빛이 도는 검은색 바탕의 등 전체에 보라색의 추상무늬가 있었다. 내가 알고 있는 우리나라 거미와는 거리가 멀었다. 통통한 다리는 빽빽이 검은 털로 덮여 있었고 생각했던 것보다 훨씬 더 컸다. 그리고 한 팩의 먹이도 같이 왔는데, 그것들이 더 징그러웠다. 그의 말과는 달리, 타란튤라도 냉동식품은 먹지 않는다고 했다. 살아 있는 곤충만을 먹는다는 것이다. 타란튤라를 기르기 위해 먹이까지 길러야 하는 희한한 일이 벌어졌다.

밀웜이라는 이름의 그 유충들은 어떤 종의 딱정벌레 유충이라고 했다. 잘 자란 유충들은 좀 있으면 번데기가 되고 번데기는 우화하면 딱정벌레가 되는데, 성충이 되면 알을 낳는다고 했다. 그 알들은 2주일쯤 지나면 눈에도 잘 보이지 않을 정도로 가느다란 유충이 된다고 했다. 갈색과 핑크색을 섞어 놓은 듯한 유충들은 통통하게 살이 올라 있었다. 꿈틀거리는 그것들이 징그러웠지만, 나는 핀셋으로 집어서 타란툴라에게 먹였다. 일주일에 두 번만 주면 된다는 설명이었지만 나는 기분 내키는 대로 먹였다. 놈도 나에게 적응했는지 하루에 한 번을 주어도, 두 번을 주어도 그만이었다. 먹지 않고 남겨 둔 먹이는 가끔씩 치워 주면 되었다.

"먹이를 줄 때 조심해야 돼. 놈이 흥분하면 뛰어올라 물기도 한다니까."

그의 경고는 빈말이 아니었다. 나는 정말로 손등을 물렸다. 먹이를 주는데 부주의했나 보았다. 놈과 동거한 지 열흘쯤 되었을까. 핀셋으로 밀웜 유충을 집어 사육 통 가까이에 가져가자, 뜻밖에도 타란툴라가 쉿, 하는 소리와 함께 팔짝 뛰어올랐다. 그러고는 핀셋을 든 오른쪽 손등에 달라붙었다. 순간 손 전체가 찌르르한 느낌이 들더니, 손등이 타는 듯했다. 나는 비명을 지르며 손을 털었다.

타란툴라의 독은 영화 같은 데서 보았던 것처럼 그렇게 치명적인 것은 아니었다. 애완용으로 키우는 타란툴라는 먹이를 구할 필요도 없고, 맹독을 사용할 만큼 위협적인 천적도 없어서 독이 그다지 강하지는 않다고 했다. 함께 배달된 설명서에 그렇게 쓰여 있었다. 그렇지만 가급적이면 물리지 않는 것이 좋다, 라고도 했던 것 같다.

나의 비명은 아무도 듣는 사람이 없어 공허했다. 이런 꼴을 당하다니, 나는 손을 털면서 비명을 지르고 욕을 했다.

"이 나쁜 새끼야. 왜 지랄이니? 왜, 왜, 왜애?"

손등은 통통하게 부어올랐다. 물린 자리에 빨갛게 피가 배어 나고 있었다. 순간, 모든 것을 다 뒤집어엎어 버리고 싶은 마음이 광기와 같이 온몸을 뒤흔들었다. 나는 타란툴라의 사육 통을 들어 올렸다. 거실 바닥에 내동댕이쳐서 밟아 버릴 생각이었다. 몸이 부들부들 떨렸다.

그때, 커튼을 치지 않은 거실 유리창에 일그러진 얼굴로 사육 통을 들어 올리고 있는 여자의 모습이 비쳐 보였다. 나는 그 모습을 한참이나 바라보았다. 그러고는 힘을 빼고 그것을 가만히 내려놓았다.

그가 떠나고 나서 나는 잠자는 것을 잊어버렸다. 커피 마시는 것만 늘어서 하루에 열 잔이나 마시게 되었다. 이제는 커피를 마시지 않으면 심장이 떨리고 온몸의 혈관들이 다 경련을 일으킨다. 커피 중독이 심각하다 여기면서도 대책이 없다. 당연히 부작용으로 불면이 찾아왔다. 나는 잠들지 못하고 남들이 잠들어 있는 밤의 깊은 심연을 서성거린다.

일주일째 잠을 못 자서 머리가 몽롱한 채로 유령처럼 되어 가던 어느 날, 나는 그가 쓰다가 두고 간 향수를 내 얼굴 앞에 뿌려 보았다. 그의 향수 냄새는 순식간에 그를 나에게로 데려왔다. 그는 내 옆으로 다가와서 그 낮고 그윽한 목소리로 속삭였다. 나는 눈을 꼭 감고 그의 환상을 끌어안고 비로소 잠이 들었다. 그 뒤에 나는 그가 간절해질 때마다 그의 향수를 뿌렸다. 그리고 지난주, 드디어 향수가 다 없어졌다. 나는 영원히 그를 불러올 수 없게 되었다.

타란툴라와 동거한 지 이제 8개월이 다 되어 간다. 그사이에 놈은 허물을 두 번 벗고 몸도 좀 자랐다. 디홀더는 여전히 음악 방송을 내보내고 있고 나에게 연락이 온다. 새벽 시간에는 멘트 없이 음악만 선곡해서 내보내고 있다. 지난여름 록페스티벌에 나는 가지 않았다. 세계적인 기타리스트 리티 코첸이 온다고, 꼭 오라고, 내가 좋아할 거라고, 여러 사람에게서 문자가 오고 연락이 왔지만 나는 가지 않았다. 아니다, 나는 갈 수가 없었다. 그런 광기에 휩쓸리게 되면 내가 무슨 짓을 할지 두려웠기 때문이었다.

지난주부터는 록카페 Q에서 이른바 '죽이는' 메탈그룹 공연이 있다고 연신 호출하고 있다. 내가 안 갈까 봐 공연이 한참 남았는데도 문자를 날리고 있다. 아마 백 번쯤 연락이 온 것 같다. 나는 두렵다. 그 음악의 사악함이 나의 어떤 부분을 일깨울지 두렵다. 사육 통 안에서 불평 없이 지내는 놈을 생각한다. 밤에 잠들지 못하고 깨어 있을 때, 나는 놈도 역시 잠들지 않고 있는 것을 안다. 여전히 징그럽지만 때때로 나는 손을 뻗어 놈을 쓰다듬고 싶다.

"툴라. 오늘은 어때? 어떨 것 같니?"

아침에 일어나면 거실 텔레비전 옆에 갖다 둔 놈에게 가서 말을 걸어 본다. '어떨 것'이라는 말속에는 그가 돌아올 것인가를 묻는 내 마음이 숨어 있다. 나는 아직도 그의 이름을 입에 올리는 것조차 마음이 저리다. 설명을 안 해도 놈은 알 것이다. 놈은 대답 없이 가만히 엎드려 있다. 옆에 있는 작은 상자에서 밀웜을 한 마리 집어서 사육 통에 넣어 준다. 사육 통 바로 옆에다 밀웜 두세 마리를 가져다 놓았다. 사육 통은 유리로 되어 있어서 안에 있는 놈이 잘 보인다. 먹이가 앞에 있어도 놈은 관심이 없는 것 같다.

"툴라, 허물 벗을 때가 되었니?"

여전히 대답이 없는 놈의 그 신비스러운 보라색 등판을 보고 있다가 나는 뒤 베란다로 간다. 거기에는 놈의 먹이가 크기 별로 분류되어 자라고 있다.

납작한 종이 상자가 자그만치 열한 개나 된다. 알에서부터 갓 부화한 유충, 번데기와 성충이 된 검은 딱정벌레까지. 이것들은 다 가족이지만 같이 넣어 두면 성장이 느리다고 하기에, 한 통에 넣어 둘 수가 없어서 종류별로 따로 분류해 두었다. 처음에는 먹이가 모자랄까 봐 신경이 쓰였다. 그러나 불어나기 시작하자 감당할 수 없게 많아져서 이제는 처치 곤란이다. 덜 자란 유충과 번데기와 성충을 제외하고 당장 먹일 수 있는 통통한 유충만 해도 여섯 상자에 가득이다. 알에서는 연신 부화가 되고 있고 어린 유충들은 날마다 자라고 있다. 성충은 또 알을 낳고……. 이러다가는 온 집 안이 밀웜 일가들로 가득 찰 날도 멀지 않았다. 집안이 꾸물거리는 유충들로 가득 찬다는 것, 생각만 해도 끔찍하다. 그런데도 나는 이것들을 어떻게 해야 할지 모르겠다. 상자 하나에 덮어 둔 탈지면을 살짝 들어 올려 본다. 잘 자란 유충들이 꿈틀거리고 있다. 타란툴라가 먹는 것은 고작해야 일주일에 서너 마리일 뿐이니 이 많은 것들을 어떻게 해야 할지 대책이 서지 않는다. 오이를 얇게 썰어 유충들 위에 얹고 탈지면을 덮었다. 말라 죽으면 안 되니까 수분 보충을 위해서 오이로 덮어 주어야 한다. 그 위에 탈지면을 덮으면서 나는 한숨을 쉬었다. 아아, 이것들을 다 어떻게 하나. 도대체 이 하등동물들은 얼마나 더 번식할 것인가.

냉장고를 열 때마다 나는 치를 떤다. 그를 위해 만들어 둔 생선 조림들이 칸마다 밀폐용기에 담겨 포개져 있다. 냉동실에는 요리하지 않은 생선묶음이 열 개도 더 된다. 그가 돌아오지 않을 것이 분명해졌는데도 마트에서 장을 볼 때, 나는 말린 갈치포 앞을 그냥 지나칠 수가 없다.

다시 11월, 그를 처음 만났던 계절이 돌아왔다. 냉장고에 쌓여 가는 생선 조림과 뒤 베란다에서 우글거리는 밀웜 유충들과 그것들 속에 한 마리밖에 없는 고독한 타란튤라와 함께 사는 것에 이제는 진력이 났다.

공연이 오늘이라고 메시지가 열 개도 더 와 있다. 둥둥둥둥, 심장을 두드리는 그 소리가 그립다. 그 감당하기 어려운 폭발적인 광기, 귀를 찢는 듯한 전자기타 소리와 정신을 혼미하게 하는 보컬의 소리들이 다 애틋하다. 공연은 이제 두 시간이 남았다. 공연시간이 가까워지자 연달아 문자가 오고 있다.

나는 옷장을 열어 데님의 미니스커트와 양가죽 모자를 꺼냈다. 긴 머리를 풀어서 내려뜨리고 검은 부츠를 신었다. 거울 속에 비친 내 모습은 이십 대로 보인다. 그래도 어쩐지 선뜻 나서기가 어렵다. 커다란 링으로 된 귀고리를 하고 번쩍이는 금속의 체인벨트를 허리 아래로 늘어뜨린다. 그런 모습으로 하염없이 거울 앞에 앉아 있다가 일어선다.

공연은 이제 한 시간 남았다. 바깥은 해가 져서 완전히 어두워졌다. 나는 그 어둠 속에 몸을 던지듯이 현관문을 열었다. 겨울이 시작되는 냄새, 마른 나뭇잎들의 바스락거림, 일찍 찾아오는 밤의 기운, 바람이 그 모든 것을 한꺼번에 휩쓸어 왔다. 바람이 불어오는 쪽으로 얼굴을 돌려, 나는 그것들을 깊이 들이마셨다. 그리고 록카페 Q를 향해 천천히 걸어갔다.

거머리

나는 허리까지 차오른 물속을 허우적거리며 걷고 있다. 사방은 희뿌연 안개, 어둡고 습한 공기, 머리카락 끝에 맺히는 물방울, 검은 그림자로 서 있는 나무들…….

물은 점점 차오르고 있어 감당할 수가 없다. 조금이라도 얕은 쪽으로 가려고 발을 옮겨 본다. 다리에 거머리 떼가 달려든다. 달라붙는 거머리를 떼어 버리려고 다리를 흔들고 발을 구른다. 물의 저항 때문에 내 노력은 힘만 들 뿐이다. 나는 몸을 최대한 솟구쳐 뛰어 본다. 진흙에 발이 빠져서 다리를 들어 올리는 것조차 힘겹다.

온몸이 스멀스멀하다. 거머리가 살을 뜯는다. 손으로 다리를 더듬어 보니 물컹한 거머리가 만져진다. 잡아당겨 떼어내자 손에 잡힌 검은 벌레는 몸을 작게 오므린다. 나는 그것을 눈 가까이 대고 들여다보고서는 멀리 물 바깥으로 집어던진다. 그러는 사이, 팔에도 또 거머리가 달라붙는다.

"성재 씨, 일어나 보세요."

잠들어 있는 의식 속으로 남자의 목소리가 들리고 누군가 내 어깨를 흔들었다.

이 목소리는 뭐지?

잠결에 어렴풋이 생각한다. 감정을 섞지 않은 기계적인 목소리였다. 한 번도 들은 적이 없지만 이상하게도 익숙한 목소리. 그래, 군대 내무반이구나. 나는 정신이 번쩍 들어 눈을 뜨고, 동시에 몸을 반쯤 일으켰다. 침대 옆에 검은 옷을 입은 남자 둘이 서서 나를 내려다보고 있다.

"자, 일어나 보세요."

그들이 금방이라도 붙잡아 일으킬 기세였기 때문에 나는 정말 군대에서처럼 반사적으로 일어났다. 전역을 한 지 5년이 지났는데도 이 모양이다. 군대라는 조직은 생각만 해도 언제나 사람을 얼어붙게 만든다.

여기가 어디지?

잠이 덜 깬 머릿속에 아직 소멸되지 않은 꿈의 한 자락이 그대로 머물러 있다. 나는 팔을 문질러 본다. 꿈속에서처럼 거머리가 붙어서 피를 빨고 있는 것만 같아 아직도 스멀스멀한 느낌이 든다.

술을 많이 마시고 잠이 든 날이면 언제나 이런 꿈을 꾸게 된다. 알코올에 절어 있는 뇌의 신경세포가 악몽을 만들어 내는가 보았다.

"걸을 수 있지요? 갑시다."

낮고 위협적인 목소리였다. 나는 위축되어 아무 말도 못하고 방바닥에 내려섰다. 서서히 잠이 깨면서 주변을 돌아보니 틀림없는 우리 집, 내 방인데 어찌된 일일까.

나는 얼떨떨한 채로 그들을 따라 방을 나섰다. 신발을 신을 겨를도 없이 맨발에 슬리퍼를 신은 채로였다. 현관문을 열고 나오면서 돌아보니 내 뒤에 바싹 붙어 있는 남자 뒤에 어머니의 퉁퉁 부은 얼굴이 보였다. 어머니 얼굴을 보자 상황을 잘 모르는데도 화가 솟구쳤다. 내가 순순히 따르자 그들이 내 몸에 손을 대지는 않았다. 엘리베이터 안에서 남자들은 나를 가운데 두고 양쪽 옆에 비스듬히 섰다. 빈틈없는 경계 자세였다.

빠져나갈 수는 없구나, 나는 한숨을 쉬며 생각했다.

바깥에는 가는 비가 부슬부슬 내리고 있었다. 아직 새벽이었다. 아파트 입구에는 앰뷸런스가 대기하고 있었다. 나는 순순히 차에 올랐다.

병원? 웬 병원이람?

앰뷸런스에 오르며 나는 뒤를 돌아보았다. 아파트 앞뜰이 비에 젖고 있었다. 어머니가 나를 병원에 보내려는 것인가, 멍하니 그런 생각을 했다. 모든 것이 이해되지 않은 채로 꿈과 현실이 뒤섞여 토막토막 끊어지고 어떤 부분은 간신히 연결되어 있다.

그런데 내가 왜 병원에 가야 하지? 아픈 데도 없는데.

차는 시동이 걸려 있었다. 손가락 끝마디가 나오는 검은 장갑을 낀 남자가 운전석에 앉아서 기다리고 있었다. 남자들은 나를 뒷좌석 가운데에 앉게 했다. 차 안에는 또 한 사람의 남자가 대기하고 있었다. 나는 출입문 양쪽에 앉아 있는 남자들을 쳐다보았다. 사무적이고 무심한 얼굴이었다. 한 번도 본 적이 없는 사내들이었다. 둘 다 나보다 나이가 많아 보였다. 나는 누나와 어머니, 이렇게 살고 있기 때문에 막내라고 귀여움을 많이 받았다. 그래서인지 내 또래의 남자를 볼 때도 언제나 나보다 나이가 많은 것으로 생각하는 버릇이 있다. 한참을 기다리고 있으려니 어머니가 나왔다. 어머니는 운전석의 옆 좌석에 올라가 앉았다. 어머니가 타자 차는 바로 출발했다.

"성재야, 병원에 입원하러 간다."

어머니가 뒤를 돌아다보며 말했다. 감정을 억제해서 어머니처럼 느껴지지 않는, 바삭바삭 소리가 날 듯한 목소리였다.

"아주머니 병명이 뭡니까?"

양쪽 다리를 넓게 벌리고 나를 향해 비스듬히 앉은 사내가 어머니를 향해 물었다. 어머니는 대답을 안 했다.

"병명이 뭡니까?"

버릇없는 목소리로 그는 다시 물었다. 어머니는 고개를 뒤로 돌려 내 쪽을 애처로운 듯이 쳐다보았다.

"알코올 중독이요."

거의 알아듣지 못할 만큼 작은 목소리였다. 어머니를 노려보았다. 어쩌면 어머니 말이 맞을지도 몰랐다. 그제야 지난밤의 일들이 천천히 머릿속으로 떠올랐다. 그러나 이건 아니다. 나를 이런 취급을 하면서 병원으로 끌고 가다니, 세수도 못 하고 자다가 얼떨결에 일어나서 맨발에 슬리퍼를 신은 채로. 가슴속에서 분노가 격렬하게 솟구쳤다. 그러나 지금은 도리가 없다. 본능적으로 상황이 이해되면서 나는 주눅이 들고 기가 꺾였다.

집 앞을 벗어나서 큰길로 나오자 차는 사이렌을 울리기 시작했다. 차 안에서 듣는 사이렌 소리는 엄청나게 요란했다. 차창 밖 도로에는 이른 아침 출근하는 차량들로 가득 차 있었다. 누군가는 정상적으로 출근을 하고 누군가는 이렇게 요란한 사이렌을 울리면서 앰뷸런스에 실려 병원으로 가고 있다. 남의 일처럼 생각되었다. 몸속에는 아직 알코올 기운이 남아 있어 주변에서 일어나고 있는 일들이 몽롱하고 현실감이 없었다. 입안이 꺼끌꺼끌했다. 담배가 피우고 싶었다. 사내들을 쳐다보았으나, 그들은 무심하게 바깥 풍경을 바라보고 있었다. 말을 붙여 볼 엄두도 내지 못하고 나는 담배 생각을 떨쳐 버리려고 눈을 감았다.

도대체 어디로 끌고 가는 것일까.

두려움과 불안감이 한꺼번에 밀려왔다. 그러나 어젯밤처럼 되지는 않을 것이다. 지금은 밝은 아침이고 나는 등을 붙이고 앉아 있다. 어젯밤과 같은 공포는 다시 겪고 싶지 않았다. 어젯밤, 그때 나는 컴퓨터를 들여다보고 있었다. 어제는 낮부터 소주를 몇 병 마신 것으로 기억한다. 다섯 병인가, 여섯 병인가를 마셨다고 생각하는데 흐릿한 의식과 둔해진 손놀림으로 컴퓨터 게임을 하고 있었다. 언제부터인가 나는 스피드가 강한 게임은 할 수가 없게 되었다. 그러면서도 포기가 안 돼 여전히 스피드가 생명인 스페셜포스 게임에 들어가 본다.

적을 찾아서 공격을 하는 그 게임이 나는 특별히 마음에 들었다. 지금처럼 이렇게 술을 많이 마시지 않았던 몇 년 전만 해도 나는 상당히 레벨이 높아, 온라인 게임에서 거의 최고 수준에 도달해 있었다. 상대를 발견하고 먼저 죽이지 않으면 내가 죽는다. 죽음이 코앞에까지 바싹 다가온 느낌, 그런 긴장과 스릴이 마음에 들었다. 이제는 손이 둔해져서 그런 레벨은 꿈도 꿀 수 없다. 손이 둔해졌기 때문에 긴장감은 몇 배나 더해져서 게임을 한 번 하고 나면 녹초가 된다. 어제는 낮부터 술을 마셨기 때문에 알코올이 혈관을 따라 빠르게 돌고 있어 게임 속 가상의 세계와 현실을 분간하기가 어려운 상태였다. 무기를 들고 건물 모퉁이를 세 번째로 돌았을 때였다. 무슨 소리가 들리면서 누군가 뒤에서 나를 덮쳤다. 죽는구나, 순간적으로 든 생각과 함께 나는 숨을 멈추고 몸을 움츠렸다. 얼마 동안 그러고 있었는지 몰랐다. 감았던 눈을 뜨고 숨을 몰아쉬면서 가까스로 뒤를 돌아보았다.

"아직 안 자고 있니……."

비위를 맞추려는 듯 웃고 있는 누나의 얼굴이 보였다. 무슨 말을 하는 것 같았으나 무슨 말을 하고 있는지 잘 들리지 않았다. 나는 들고 있던 무기를 그 얼굴에 던졌다.

누나는 놀라서 비명도 지르지 못하고 서 있었다. 내 속에서 짐승의 울부짖음과도 같은 소리가 터져 나왔다. 누나를 향해 날아간 컴퓨터 키보드가 벽에 부딪혀 박살이 났다. 새파랗게 질린 어머니가 달려왔을 때 나는 누나의 목을 두 손으로 누르고 있었다.

죽음에 대한 생각은 어릴 때부터 줄곧 나를 따라다녔다. 어렸을 때, 나는 아버지가 죽기를 바랐다.

아버지가 죽어 버리기를 밤낮으로 소원하고 또 빌었다. 아버지는 늘 술에 취해 있었다. 어쩌다 술을 마시지 않은 아버지는 마음이 여리고 유약한 사람이었다. 어린 우리들을 데리고 산책을 나가거나 재미있는 그림을 그리고 같이 놀아 주기도 했지만 언제 무섭게 변할지 모르는 아버지였다.

술을 마시기만 하면 아버지는 아주 다른 사람으로 변해 버렸다. 동네가 떠나가게 소리를 지르고 어머니에게 손찌검을 하고 행패를 부렸다. 그럴 때 아버지는 공포 그 자체였다. 나는 때때로 두 사람의 아버지가 있는 것 같았다. 아주 가끔씩 찾아오는 좋은 아버지와 늘 술에 취해 있는 무서운 아버지. 나는 그 아버지가 같은 사람이라는 생각을 할 수가 없었다. 나보다 네 살이 많은 누나와 나는 아버지가 술에 취해 어머니를 구타하는 것을 보면서 자랐다. 우리는 공포에 질려 소리도 내지 못하고 울면서, 얻어맞고 있는 어머니를 보아야 했다. 어머니를 구하지 못했다는 생각은 어린 나에게 무거운 죄책감이 되어 나의 성장을 방해했다. 열네 살이 될 때까지 나는 키가 조금밖에 자라지 않았다. 중학생이 되었는데도 초등학교 2, 3학년 정도로 작았던 나는 아버지를 증오했다. 다음에 내가 자라면, 아버지만큼 자라면 아버지를 죽여 버리겠다고 다짐했다.

그러나 내가 아버지만큼 자라기 전에 아버지는 죽어 버렸다. 오랜 음주로 온몸이 다 망가져서 마흔다섯 살의 나이로 아버지는 세상을 떠났다. 세상은 아주 조용해졌고, 나는 너무 빠른 속도로 키가 자라기 시작했다. 나는 나의 저주의 힘을 믿게 되었다. 누구든지 내 저주를 받으면 죽는다…….

기억 세포가 손상되었는지 요즘은 기억나지 않는 일들이 너무 많아졌다. 겨우 스물일곱 살의 젊은 나이에 이렇게도 모든 것이 희미하다니……. 어머니가 겨우 나를 누나에게서 떼어 내고 빌다시피 나를 달래고, 그 모든 것이 희미하게 기억이 났다. 그러고는 또 소주 한 병을 더 마시고 잠이 들었던 것 같다.

내가 처음으로 술을 마시게 된 것이 언제였더라…….

고등학교 3학년 여름으로 생각된다. 수능시험 100일 전, 8월의 한가운데 몹시 더웠던 기억이 난다. 여름방학 보충수업 기간 중이었는데 고3 스트레스에 시달려 기진맥진한 우리들에게 학교에서 찹쌀떡과 우유를 주었다. 점심 급식 뒤에 나온 피자와 수박은 반장 엄마가 주는 것이라고 했다. 그날은 야간 자율학습이 없었다. 평소에는 밤 10시 반까지, 방학 중에도 저녁 8시까지 자율학습을 하던 때였다. 오전의 보충수업이 끝나고 오후 4시가 되자, 자율학습 1차시만 마치고 우리는 학교에서 풀려났다. 모처럼 우리는 학교 앞에 있는 공원으로 몰려가서 어두워질 때까지 공을 찼다. 땀이 나기 시작하자 웃통을 벗고 체육복 반바지 차림으로 지칠 때까지 공을 찬 뒤에 수돗가에 가서 물을 뒤집어썼다. 핑크색으로 하늘이 물들어 가고 공원의 숲 사이로 시가지의 불빛들이 멀리 보였다. 몇은 집으로, 몇 명은 독서실로 돌아가고 그리고 나머지 반쯤 되는 아이들은 주머니를 털어 되는대로 돈을 모았다. 우리는 공원 안의 쉼터에 있는 나무 의자에 길게 드러누웠다. 돈을 모아 먹을 것을 사러 갔던 아이들은 소주를 열 병쯤 사 왔다. 나는 가슴이 몹시 떨렸지만 짐짓 대담한 척했다. 아버지가 바로 가까이 다가온 것 같은 느낌이 들었다. 술 때문에 삶이 망가져서 죽은 아버지를 생각하자 겁이 났지만, 나는 눈을 감고 소주 한 잔을 단숨에 마셔 버렸다.

나의 원샷에 아이들이 열광했다. 난생처음 마셔 본 소주였다. 그 짜릿한 느낌은 지금도 잊을 수가 없다. 나는 그날 소주 두 병을 혼자 비웠다. 아무도 내가 처음으로 술을 마신다고는 생각하지 않았다. 그 뒤로 나는 영웅 대접을 받고, 아이들의 세계에서 경원의 대상이 되었다. 자연히 나도 아이들을 약간 깔보게 되어, 어린 그들과는 멀어졌다. 친구가 없어진 나에게 술은 가장 가까운 친구가 되었다.

"이 방법밖에 없었다. 성재야."

어머니는 나에게서 멀찍이 떨어져 서서 말했다. 병원 응급실이었다. 나는 그들이 하는 대로 몸을 맡겼다.

될 대로 되라지, 흥.

분노는 어느덧 가라앉고 있었다. 침상에 눕자 간호사가 와서 링거를 달고 팔에 주삿바늘을 꽂았다. 여름인데도 반바지 차림으로 에어컨 아래 누운 나는 좀 추웠다. 누군가가 얇은 이불을 덮어 주었다. 주사액으로 어떤 것이 들어갔는지 나는 다시 혼몽한 잠에 빠져들었다. 누군가 침상을 밀고 가는 느낌, 엑스레이 사진을 찍는다고 다른 침상으로 옮겨 누우라는 말에 그렇게 했던 것도 같고, 그리고 침상에 누운 채로 끝없이 밀려가서 드디어 정신과 폐쇄병동에 입원을 하였다.

거머리가 온몸을 물어뜯는 느낌에 진흙탕 속에서 잠을 깨었다. 눈을 떠 보니 낯선 풍경이었다. 흰색의 천장, 형광등 불빛이 눈에 부셨다.

여기가 어디지?

음악 소리가 스피커에서 흘러나왔다. 아마 그 소리에 길고 어지러운 잠에서 깬 것 같았다. 병원에 있다는 것을 알기까지는 시간이 걸렸다. 분홍색 상의를 입은 간호사가 문 앞에 서 있었다.

"아침 식사 시간은 6시구요, 9시에는 의사 선생님의 회진이 있어요. 일어나서 준비하세요."

내 방은 독방이었다. 도대체 나에게 어떤 일이 일어난 것일까. 잠을 자고 있는 사이에, 내가 기억하지 못하는 어떤 일들이 일어났나.

입원한 다음 날 혈액 속의 진정제 성분이 사라질 무렵, 금단 현상이 일어났다. 처음에는 다리가 근질근질한 것이 모기에게 물렸나 생각했다. 그러나 나는 곧 모기에게 물리는 그런 단순한 느낌이 아니라는 것을 알게 되었다. 다리를 문질러 보았지만 그 이상한 느낌은 사라지지 않았다. 내 다리는 이상하게도 털이 전혀 없다. 털이 없이 매끈한 다리를 문지르고 손톱으로 긁어 보았지만 근질근질한 느낌은 그대로였다. 그러자 이번에는 팔에 벌레가 기어 다니는 것처럼 스멀스멀한 느낌이 왔다. 나는 팔을 문지르고 손톱으로 긁고 벌레를 떼어 내려고 했다. 드러난 팔과 다리뿐만 아니라 등과 배, 나중에는 얼굴에까지 벌레가 기어 다니는 느낌이 들었다. 나는 얼굴을 문지르고 머리를 쥐어뜯고 팔을 꼬집었다. 그 기분 나쁜 느낌을 어떻게 설명해야 할까. 나는 침대에 누워 뒹굴고 울부짖고 몸부림을 쳤다.

남자 간호사가 와서 내 처참한 꼴을 보고 가더니 의사를 데려왔다.

"거머리, 거머리가 달라붙어요. 좀 떼어 내 주세요. 여기 얼굴에 거머리가 붙어서 피를 빨고 있잖아요? 이것 좀 떼어 주세요, 선생님. 아아아아, 이 피!"

"성재 씨, 내 말을 들으세요. 진정제를 놓을 겁니다. 진정제가 들어가면 좀 나아질 겁니다. 그렇지만 며칠 동안은 견뎌야 할 겁니다."

거머리가 조금씩 사라지고 나자, 이번에는 섬망 증세가 왔다. 의식이 점점 흐려지더니 모든 것이 안개처럼 희미해졌다. 현실과 비현실이 구분되지 않는 초기 단계는 입원 전날 밤 잠깐 나타났었다. 그때는 알코올의 과잉이 그것을 만들어 냈는데, 이번에는 정반대로 몸 안에서 알코올 기운이 빠져나가자 똑같은 증상이 나타났다.

"성재야, 아버지다. 이리 와서 내 옆에 앉아라."

귀신이 된 아버지가 내 옆으로 다가와서 속삭였다.

"이 사람은 오래된 나무에 사는 귀신이니, 와서 절을 해라. 이 사람은 방바닥에 사는 귀신이고, 늘 네 옆에 붙어 있을 테니 앞으로 잘 모셔라."

아버지는 끊임없이 명령하고 요구했다. 나는 아버지가 시키는 대로 절을 하고 머리를 바닥에 대고 꿇어앉았다. 아버지 뒤에는 수없이 많은 귀신들이 희미한 그림자처럼 일렁거리고 있었다. 아버지는 그들에게 일일이 나를 인사시켰다. 나는 수없이 절을 하고 그들의 말을 듣고 대답을 했다. 의사가 나타나면, 그들은 나에게서 천천히 사라졌다.

그것이 얼마 동안이나 계속되었는지 모르겠다.

어느 날 아침에 잠에서 깨어 보니, 환각과 환청이 사라져 있었다. 그 모든 일들이 꿈을 꾼 것은 아닐까, 하는 생각이 들 정도였다. 아버지는 더 이상 나타나지 않았다. 흐릿하게 일렁거리던 귀신들도 보이지 않았고 내 머릿속에서 끊임없이 명령하던 음산한 목소리도 들리지 않았다. 아마 의사의 처방이 효력을 나타낸 것 같았다. 증상이 좀 나아졌기 때문에, 나는 독방에서 나와 네 사람이 함께 쓰는 다인실로 옮겨 갔다.

"고생 많았지요? 성재 씨. 정말 잘 견디어 냈습니다."

담당 주치의는 나보다 열 살 정도 많아 보였는데, 침착하고 차분한 사람이었다. 그의 말을 듣고 나는 기운이 났다.

"오늘이 며칠인가요?"

면담 치료를 시작했을 때 의사에게 물었다. 그의 대답을 듣고서 금단 증상을 견디는 데에 열흘이나 지났다는 것을 알 수 있었다.

의사는 나에게 앞으로 무슨 일을 하면서 살 것인가 물었다.

"글쎄요, 프로게이머나 되어 볼까요?"

내 말에 의사는 한참이나 나를 바라보았다.

"프로가 되려면 손놀림이 빨라야 하지 않나요?"

"그렇지요. 그래도 나는 마음만 먹으면 할 수 있어요."

"내가 보기에 성재 씨는 뇌에서 명령하는 것이 손에까지 전달되는 데에 시간이 걸리는 것으로 알고 있는데, 그래도 가능할까요?"

"그럼요. 제가 못할 것이 뭐가 있겠어요? 마음먹고 시작을 하지 않아서 그렇지, 시작하기만 한다면 못할 게 어디 있겠어요? 선생님은 저를 부정적으로 보시는데, 제가 여기 입원하고 나서 사람들 병이 많이 나았잖아요? 몇 사람이나 나아서 퇴원하는 것을 보았는걸요. 제가 가진 염력을 선생님은 잘 모르시는군요."

의사는 약간 미심쩍은 표정을 지었다. 그 부분만 빼면 그는 비교적 내 말을 잘 들어 주고 이해를 해 주는 편이었다. 나보다 나이가 많았지만 그는 상당히 젊은 감각을 지니고 있었다. 나는 의사가 마음에 들기 시작했다.

독방에서 나오고 나서 일주일에 한 번 면회가 허용되었다. 입원하고 처음으로 어머니가 면회를 왔다. 어머니는 병동 안으로 머뭇머뭇하며 들어섰다. 어머니를 보자마자 나는 웃으며 말했다.

"나는 이제 다 나았어요, 어머니. 그러니 여기서 내보내 줘요. 보호자 동의만 있으면 언제든지 나갈 수 있어요. 나는 여기 입원해 있을 필요가 없다니까요."

어머니는 난감한 얼굴을 했다.

"내보내 달라니까요. 나는 나가야 한다니까요. 여기 더 있다가는 정말로 미쳐 버리고 말 거예요."

"좀 더 두고 보자, 성재야. 치료를 받고 너도 정상적인 생활을 해야 되지 않겠니?"

그동안 그토록이나 힘들었던 금단 증상도 견뎌 냈기 때문에, 나는 어머니가 오기만 하면 병원에서 나갈 것으로 생각하고 있었다. 어머니도 사랑하는 막내가 어떤 것을 견디었는지를 안다면 당장 병원에서 데리고 나갈 거라고 생각했다. 어머니의 반응은 뜻밖이었다.

"정상적인 생활이라는 것이 도대체 뭐예요? 뭐가 정상이고 어떤 것이 비정상인데, 그따위 것을 누가 정했는데? 나는 세상 바보들처럼 그렇게 살지는 않을 거라구요. 나는 특별한 사람이니까 그렇게 살 필요가 없다구요."

"진정해라, 성재야. 지난 2주일간 병원에 있었는데도 아직 화가 가라앉지 않은 모양이구나."

어머니는 병동 안 거실의 녹색 소파에서 일어섰다.

"지금 나를 안 내보내 주면 후회할 거예요. 여기서 내가 무슨 짓을 할지 모른다구요. 내가 이 안에서 죽어도 어머니는 상관없죠? 어머니도 필요 없어. 에에잇!"

나는 화가 솟구쳐서 환자복 상의를 양쪽으로 잡아당겼다. 단추가 두두둑 뜯겨 나갔다. 내가 자리에서 일어나 화를 참지 못하고 흡연실로, 거실로 왔다 갔다 하는 동안 어머니는 가고 없었다.

어머니가 내 말을 간단하게 들어주리라고 생각한 것은 오랫동안 그렇게 해 왔기 때문이었다. 어머니는 내 말이라면 무엇이든 다 들어주었다. 누나보다 네 살이나 적은 막내이고 게다가 아들이었기 때문에 어머니는 나를 왕자처럼 받들었다. 내가 세상을 움직일 만한 특별한 사람이라는 생각을 버리지 못하는 것은 사실 어머니 때문이기도 했다. 어머니는 내가 마음대로 휘두를 수 있는 사람이었다. 그런데 나를 병원에 입원시키고 나서는 마치 다른 사람처럼 냉정하게 변해 버렸다. 어머니는 그렇게 가고 나서 2주일 동안 오지 않았다. 나는 버림받은 것처럼 느껴졌다.

"요즘도 술을 마시고 싶은 생각이 납니까?"

의사는 친근하게 물었다.

"아니요. 이제 절대로 안 마시겠습니다."

"그래도 병원에서 나가면 술의 유혹에서 벗어나기가 쉽지 않거든요. 재발을 막기 위해서는 굳은 결심과 의지도 물론 중요합니다만, 성재 씨에게 내가 권하고 싶은 것은 매일 일기를 쓰기는 것이에요."

그래서 나는 일기를 썼다.

첫 번째 일기

이것은…… 일종의 러브 스토리다.

그 일은 내가 병원에 입원했을 때 일어났다.

내가 스물일곱 살이었을 때 정신과 폐쇄병동에서 나는 그녀를 만났다. 그녀는 분홍색 제복을 입은 간호사였다. 예쁘지도 않았고 키도 작았다. 그리고 무엇보다 나에게 친절하지도 않았다. 그런데도 나는 그녀를 보는 순간 감전되었다. 그리고 그녀를 떠날 수 없어 퇴원을 할 수가 없었다. 나는 내가 앓고 있는 알코올 중독이 다 나았는데도 의사를 속였다. 그녀는 여덟 시간씩 근무하고 교대를 하는 것 같았다. 처음에 그녀가 보이지 않았을 때, 다시는 그녀를 보지 못하는 게 아닌가 조바심이 났다. 그러나 근무 시간을 교대한다는 것을 알게 되면서 마음이 좀 편안해졌다. 그녀가 당직인 날 나는 거실에 앉아서 안 보는 척하며 유리 칸막이 저쪽에 앉아 고개를 숙이고 일하는 그녀를 바라본다. 너무나 보기가 좋아서 몇 시간씩 그러고 있어도 지루하지가 않다.

내가 쓴 일기를 보고 의사는 웃었다.

"이것 일기 맞습니까? 내가 보기에는 소설 같은데,"

나도 웃었다. 내가 퇴원하고 싶어 간접적으로 수를 쓴 것을 의사가 간파한 것 같았기 때문이다.

"글쎄요, 마음대로 해석하시죠."

"이거야, 원…… 일기를 쓰시는 게 좋은데……. 좋습니다. 일기가 되든 소설이 되든 써 보십시오."

그래서 나는 두 번째로 썼다.

> 하루 생활이 너무도 지루한 것에 짜증이 난다.
>
> 5시 30분 기상, 그 시각은 컴퓨터 게임으로 밤을 새운 뒤가 아니면 일어나 본 적이 없는 시각이다. 여기는 감옥이나 다름없다. 담배는 하루에 반 갑씩 준다. 처음에는 몹시 부족했지만 이제는 적응이 되어 그런대로 견딜 만하다. 나는 어서 여기서 나가 내 재능을 시험해 보고 싶다. 내가 얼마나 빠른 손놀림으로 게임을 할 수 있는지 사람들은 아마 모를 것이다. 이제 술을 끊었으니 예전의 스피디한 감각을 되찾을 수 있을 것이다. 그러려면 하루빨리 여기서 나가야 하는데, 그 생각을 하면 초조해진다.
>
> ……그런데 어머니는 왜 그렇게 냉정해졌을까.

의사는 솔직해서 좋다고 하였다. 일기를 몇 번 쓰고 나자 쓸 게 없어졌다. 매일 똑같은 일들, 반복되는 지겨운 날들…….

그래서 나는 다시 처음의 소설 비슷한 것으로 돌아갔다.

그녀는 희고 둥근 얼굴에 눈썹을 가늘게 그리고 있다.
나는 하루에 한 가지씩 그녀를 관찰해 나간다.
미간에는 세로로 살짝 주름이 져 있다.
짧게 곱슬거리는 머리를 귀 뒤로 넘겨 단정하게 핀을 지르고 있다.
고개를 숙이고 있을 때는 아직 솜털이 보송보송한 볼이 붉어진다.
키가 작아 내 겨드랑이쯤에 그녀의 볼이 닿는다.
쌍꺼풀이 없는 눈은 가늘고 길다.
…….
나는 그녀에게 약속을 했다. 다시는 술을 마시지 않을 거라고, 다시는 이런 병원에 입원하는 일도 없을 거라고. 그녀는 내 쪽으로 얼굴을 돌려 나에게만 보여 주는 미소를 지었다.

그렇게 몇 번을 쓰다 보니 나는 그녀가 실제로 존재하는 것처럼 느껴졌다. 환각은 분명 아니었지만 그렇다고 실재하는 것도 아니었다. 그런데도 내가 고개를 돌릴 때마다 그녀의 모습이 보였다. 그녀는 병동에 있는 어떤 간호사와도 닮지 않았다. 나는 근접하게라도 맞추어 보려 했지만 그녀와 비슷한 사람은 없었다.

그러면서도 그녀는 언제나 거기 있었다. 저녁을 먹고 잠자리에 드는 9시 취침 시간, 나는 일기를 쓴 노트를 덮고 내 안에 있는 그녀를 본다. 그녀에게 손을 내밀며 나는 잠이 든다.

"나는 당신 편이야. 언제든 필요하면 불러 줘요. 나는 언제나 여기 있을게."

처음으로 그녀의 목소리를 들었다. 알코올 기운이 빠져나간 나의 온몸에 그 목소리가 와서 스며들었다. 나는 또 다른 착란의 세계로 빠져드는 것이나 아닌지 두려운 마음이 들었지만 의사는 좋아지고 있다는 말을 했다.

"술이 언제 제일 필요하던가요?"

의사는 나와 눈을 맞추고 부드럽게 말했다. 언제였더라? 술에서 깨어나기 싫었을 때가 있었다. 그렇다. 대학 입시에 실패했을 때였다. 수능 100일제 때 처음 마셔 본 술은 너무나 경이로워 그 맛을 잊을 수가 없었다. 나는 나이 들어 보이는 나의 외모를 이용해서 어렵지 않게 술을 살 수가 있었다. 처음에는 소주 한 병을 사서 책상 서랍 안에 감추어 두었다. 야간 자습을 마치고 밤늦게 귀가했을 때 서랍 안에 손을 넣어 소주병을 만져 보기만 해도 위안이 되었다. 학교에서 선생이 잔소리를 하거나 수업에 집중이 안 될 때 나는 감추어 둔 소주를 생각했다. 그러면 저절로 미소가 지어졌다. 만져 보기만 하던 소주병을 따서 한 모금 마셨을 때가 떠오른다. 짜릿하게 식도를 넘어가던 그 맛은 자제력을 잃게 만들었지만 나는 뚜껑을 닫아 잘 넣어 두었다. 다음 날 학교에서 나는 머리가 아프다는 핑계를 대고 야간 자습을 면제받았다. 집으로 돌아와서 방문을 잠그고 남은 소주를 다 마셨다. 그렇게 마음에 꼭 드는 것이 이 세상에 존재한다는 것을 믿을 수가 없었다. 그날 나는 집에서 멀리 떨어진 마트에 가서 6병들이 소주 한 박스를 사서 책가방에 넣어 가지고 왔다. 다음 날 아침에 잠에서 깼을 때는 약간의 죄책감이 들었다.

날씨가 쌀쌀해지고 수능시험이 다가오자 나는 술을 마시지 않고는 잠들 수가 없게 되었다. 일찍 잠이 드는 어머니나 누나는 내가 점점 돌이킬 수 없이 술에 빠져들고 있는 것을 알지 못했다. 나는 술 마신 것을 감추기 위해서 아침밥을 먹지 않고 학교에 갔다. 수능시험이 끝나자 나는 학교에 가지 않고 소주를 사서 공원의 한적한 벤치나 산으로 갔다. 다른 애들이 학교에 가져와서 보고 있던 책 속에 여자들의 벗은 몸이나 컴퓨터로 몰래 보곤 하던 음란한 동영상 같은 것들조차 나는 흥미가 없었다. 술만 있으면 되었다. 다른 것은 아무것도 필요하지 않았다.

대학 입시 결과가 발표되던 날, 하루 종일 술을 마셨다. 나중에는 어디서 어떻게 마셨는지도 기억이 없었다. 의식을 잃고 길에 쓰러져 있는 것을 누군가가 신고했다고 했다. 눈을 뜨니 병원의 응급실이었다. 나를 데려온 경찰관 몇 사람이 나를 지키고 있었다. 몇 달 뒤, 몸을 추스려 군에 입대를 했지만 술에서 완전히 멀어진 것은 아니었다. 신병 교육이 끝나 자대 배치를 받고 100일 휴가를 나왔을 때 집으로 가는 길에 편의점에서 소주를 한 병 샀다. 그냥 소주가 좋아서 산 것이지 먹을 생각은 없었다. 그러나 나는 4박 5일의 휴가 동안 매일 소주를 마시고 취해 있었다. 그리고 부대로 바로 복귀하지 못했다.

"술은, 늘 좋죠. 위안이 되니까요."

의사는 나를 다시 쳐다보았다. 나는 의사의 마음에 들 만한 말을 준비해 두었다.

"그렇지만 그 위안은 가짜 위안이죠. 저도 알고 있답니다. 이제 알코올 기운을 다 빼냈으니까 다시는 술에 휘둘리는 일이 없을 겁니다. 저도 이제 제대로 살아 봐야 되지 않겠습니까?"

의사는 미소를 지었지만 나를 완전히 믿는 것 같지는 않았다. 나는 한껏 순진한 표정을 지어 보이며 의사의 마음을 움직여 보려고 했다. 아니, 그것은 어쩌면 나 자신에게 거는 최면이었는지 모른다. 나는 그렇게나 믿을 수 없는 나 자신을 한 번이라도 제대로 믿어 보고 싶었다. 면담을 마치고 흡연실로 돌아와 담배를 한 대 피워 물자 연기 속에서 그녀가 보였다. 알코올 기운이 없는 눈으로 나는 그녀를 바라보았다. 그녀가 거기에 있다는 것이 조금도 이상하지 않았다. 나는 손가락으로 담배 연기를 휘저어 그녀의 모습을 지웠다. 그러자 알코올의 힘을 빌리지 않고 내 의지대로 나 자신을 조절할 자신감이 조금 생겼다.

그녀는 나를 감시하듯이 때때로 나타났지만 내가 마음속으로 말하면 사라졌다.

"요즘은 일기를 안 쓰나요?"

의사는 나에게 말했지만 나는 이제 글을 쓰고 싶은 마음이 없었다.

"많이는 아니지만 이제는 저에게도 저 자신을 통제할 수 있는 힘이 좀 생긴 것 같습니다."

그것은 어느 정도 진심이었다. 의사는 고개를 끄덕였다. 나는 얕은 수를 쓰지 않고 정면으로 맞설 생각을 했다.

"잠은 잘 자는 거지요?"

"네, 요즘은 아침에 눈을 뜨면 머리가 맑은 느낌이 듭니다."

"이제 약을 좀 줄여도 될 것 같네요. 성재 씨는 참 잘하고 있어요."

의사는 퇴원을 진지하게 고민해 보겠노라고 했다.

"병원에 잡아 두는 것이 최선은 아니니까요."

의사와 그런 면담을 한 지 일주일 후, 마침내 퇴원 허락이 떨어졌다. 어머니가 와서 퇴원 준비를 할 때 나는 설명할 수 없는 묘한 기분에 사로잡혔다. 어머니를 따라 집으로 돌아가는 것이 정말 내키지 않았다. 병원에서 나가면 누군가 그녀를 내게서 빼앗아 가 버릴 것 같은 비감한 기분까지 들었다. 그녀는 내가 만든 상상의 인물이라는 것을 알고 있으면서도 나는 병원 어딘가에 그녀가 있을 것 같은 생각이 들었다. 병원을 나가기만 하면 그녀가 사라질 것만 같아 병원 문을 나서기가 겁이 났다.

"성재 씨, 축하합니다. 그리고 목요일마다 병원에 오는 것, 잊지 마십시오. 건강을 되찾게 되어 기쁩니다."

의사는 엘리베이터를 타고 병원 입구까지 따라 나와 악수를 하고 들어갔다. 주차장에는 누나가 녹색 마티즈 옆에 서서 기다리고 있었다. 몇 달 만에 보는 누나는 서른이 지나 시들어 가는 티가 완연한 노처녀의 모습이었다. 나는 서먹하고 어색한 얼굴로 누나의 손을 잡았다.

"누나, 미안해. 걱정 많이 했지? 나는 이제 다 나았으니까 걱정 마. 앞으로는 누나한테 잘할게."

마음이 여린 누나는 그 말을 듣고 눈물을 글썽였다.

거리는 어느새 가을이 깊어 있었다. 내가 입원할 때는 여름이었는데, 길거리의 가로수들이 부드러운 갈색으로 물들어 있었다. 긴 소매 점퍼 속으로 써늘한 바람이 스며 들어왔다. 병원에 있다가 나와 보니 그 몇 달간을 도둑맞은 것처럼 시간이 지나 있었다. 나는 우선 담배부터 한 대 피워 물었다. 담배 연기를 바람 속으로 내뿜으며 나는 내 팔에 와 닿는 바람의 감촉을 천천히 한 겹씩 느껴 보았다.

가슴을 서늘하게 하는 느낌, 말로는 표현할 수 없지만 세상에 존재한다는 것이 커다란 의미로 다가오는, 참으로 오랜만에 느껴 보는 존재감이었다. 술 때문에 스무 살 이후에는 사라져 버린 나의 현실이 엄연하게 내 앞에 펼쳐져서 나를 기다리고 있는 것을 느꼈다. 남들에게만 있는 것으로 생각했던, 사람이 살고 있는 그런 현실이 몸에 착 달라붙는 생생한 느낌, 나는 몸을 돌려 병원 건물을 바라보았다. 병원 안 어디선가 그녀가 보고 있을 것 같은 생각에 몸을 떨었다. 세상 모든 것이 두렵고, 알코올의 유혹을 억제할 수 없었지만 이제는 술의 힘을 빌지 않고 혼자서 맞서야 하는 것이다. 프로게이머가 된다는 것이 처음부터 무리한 일이고 억지였을지도 모른다는 생각이 들면서, 나는 숨을 깊이 들이쉬었다.

누나가 운전하는 차를 타고 거리를 지나가면서 나는 무심하게 차창 바깥을 내다보았다. 바람이 불어 아름답게 단풍 든 가로수 잎들이 흩날려 떨어지는 것이 보였다. 그 쏟아지는 잎새들 사이로 키 작은 그녀가 나타났다. 그녀는 집으로 가는 내내 차창 바깥에서 따라왔다. 나는 놀라지도 않고 그녀를 바라보았다. 그러면서 나는 문득 깨달았다. 그녀는 아마도 내 안에 있는 나인지 모른다. 과다한 알코올 때문에 내가 내 존재를 잊어버리고 있는 동안에도 나를 굳건하게 지키고 있던 또 다른 나, 그것이 여자의 모습을 하고 있다는 것이 조금도 어색하지 않았다. 나는 사무치는 느낌으로 유리창에 손을 대고 생각했다. 집으로 들어가는 진입로에 다다르자 그녀는 천천히 사라졌다. 이미 모습을 감춘 그녀가 거기 그대로 있는 것처럼, 나는 그녀가 서 있던 빈 공간을 돌아보았다.

'불안'의 시학
-김일지의 소설세계

정미숙(문학평론가)

1. 불확실성의 세계, '불안'의 기원

지그문트 바우만은 누구도 통제하지 않는 것처럼 보이는 현대세계는 모두를 불확실성의 세계로 밀어 넣는다고 말하면서 불확실한 안전보장(insecure security, 직업 안정성), 불확실한 확실성(uncertain certainty, 더 많은 불확실성의 확산), 불확실한 안전(unsafe safety, 어떤 존재도 안전하지 않다는 인식)을 들고 있다. 바우만의 주장을 따르자면 고용의 불안정성에서 비롯한 불확실성은 자신과 주변의 관계에 이르기까지 불확실성을 확산하며 파장을 일으키는 심각한 요인이다. 이에 바우만은 공동체가 갖추어야 할 필수조건으로 '안정'과 '신뢰'를 들며, 좋은 사회란 자신이 속한 사회가 결코 현재로는 충분하지 않다고 생각하는 사람들이 많은 곳이며 그래야만 현재 상태로부터 개선과 발전이 있을 수 있다고 강조한다.

김일지의 신작 소설집은 최초의 공동체인 '가정/가족'을 갖지 못한 자들의 불안정한 삶을 추적하고 있다. 가족 공동체의 붕괴가 빚는 개인의 실존적 고통을 현실적 맥락에서 살피고 있는데, 가족관계의 친밀성 과잉이 생산하는 가족이데올로기의 폐해에 앞서 가정/가족의 유대를 상실한 자들의 결핍은 심각한 것이다. 애초에 '안정'과 '신뢰'를 근간으로 한 공동체 경험을 갖지 못한 자들에게 불확실성의 세계는 어떻게 해석되고 극복될 수 있을까.

고통의 근원이자 생산지인 '가정'에서 소설 속의 인물들은 정서적, 물리적 결핍을 겪고 현실세계를 이겨내기 위해 필요한 '자본'에선 소외된다. 이 요동치는 처소의 기억은 그들의 삶을 위축시키고 불안정한 삶을 지속하게 하는 근원으로 작동한다. 결여는 심각한 상처(trauma)로, 그들의 삶을 지배하는 '불안(anxiety)'으로 떠돈다. '불안'은 결여되었다고 생각하는 자의 외상적(traumatic) 상황에 대한 반응이다. 외상적 상황이란 위험의 상황(사랑을 잃는 것), 자동적인 불안(외상적 상황의 결과로 직접 야기되는 것), 신호로서의 불안(위험의 상황을 경고해주려고 자아가 적극적으로 만들어내는 불안)으로 드러난다. 불안은 불안의 예감을 낳고 불안정한 관계, 삶으로 확산되는데, 이는 비극적인 악순환이 된다.

김일지는 불확실성의 세계에서 진정한 공동체의 경험을 애초에 하지 못한 취약한 타자인 그들이 자신들의 '결여'인 '불안'에 들려 어떻게 그들의 세상을 이겨내는지 그 과정을 집요하게 추적하고 있다. 소설의 인물들은 고통의 무게를 이겨내지 못한 채 중독과 환영, 우울과 탈주의 궤적을 그린다. 작가는 작중인물과 그들이 관계 맺는 층위를 다양하게 비추면서 불안의 면면을 섬세하게 살핀다.

2. '불안'의 궤적, 중독과 환영

소설의 주요 인물들은 타자이다. 이들의 타자성은 대부분 가정에서 기인한다. 사랑하지 않는 부모(「동거」), 알콜 중독자인 아버지(「거머리」), 이기적이고 폭력적인 어머니(「내 안의 강물」), 사라진 부모(「나비」), 무책임한/무능한 부모(「지금처럼 되기 전에」)를 둔 그들의 삶은 안정과 신뢰를 상실한 기반에서 위태롭게 시작한다. 가정의 부재와 상실에 대한 풍문은 일찍이 우리 주위를 떠돌았는데, 김일지는 그 결여의 현장을 찾아 그곳을 살았던 인물들의 황량한 내면과 상처의 깊이를 천착한다.

「거머리」의 '성재' 아버지는 어머니와 가족에게 폭력을 휘두르는 알콜 중독자이다. 아버지는 술에 절어 살다 45세의 나이로 죽고 만다. 성재는 술을 멀리하고 공부를 열심히 하면서 어머니의 든든한 팰러스(phallus)가 되려고 노력하지만 실패한다. 알콜 중독은 아버지에게서 그에게로 유전된 천형(天刑)인가. 그는 고3 때 친구들과 우연히 마신 '짜릿한' 술맛에 전율하고, 수

능이 다가오면서 초조해지자 폭음에 빠져든다. '성재'는 군대를 갔다 온 이후에도 술 중독에서 헤어나지 못하는데, 그러면서 프로게이머가 되겠다는 꿈을 설정한다. 그러나 그 꿈을 이루기란 사실상 불가능해 보인다. 그는 매일 소주 여섯 병 정도를 마시고 스피드가 생명인 스페셜 포스 게임을 하며 "죽음이 코앞에까지 바싹 다가온 느낌"을 즐기는데 그에게 게임은 알콜 중독을 연장하기 위해 취한 또 다른 중독에 불과하다. '성재'는 게임을 통해 현실을 잊고 가상의 세계를 횡단하며 모든 힘을 소진한 후, 술로 긴장을 풀고 쓰러져 자는 생활을 반복한다.

마침내 게임을 말리는 누나를 적으로 오인하여 목을 조르는 사태에 이르자 어머니는 정신병원에 연락하여 그를 폐쇄병동에 갇히게 한다. '성재'의 중독, 그 기저는 무엇인가. 성재는 본인의 희망과는 달리 아버지처럼 일그러지는 자신의 기괴한 모습에서 달아나려고 한 것이 아닐까. 불안은 이처럼 '실재적인 것이 표상의 질서를 초과하는 지점에서' 발생한다. 상징적인 표상의 질서를 초과하는 과잉의 측면은 곧 표상의 결핍이라 말할 수 있는데 이는 자신의 상징적인 것이나 상상적인 것이 초라하게(쪼그라드는) 드러나는 경우이다. 결국 삶에 실패할 것 같은 패배적 예감은 압도적인 불안으로 스며들며 그의 영혼을 잠식한다.

'성재'는 중독으로 빠져든다. '중독'은 그로부터 벗어나면 견디기 힘든 불안감이 발생하는 패턴화된 습관이다. 중독은 불안감을 누그러뜨리나 이 경험은 언제나 일시적이다. 이 과정에서 중독적 행동에 대한 의존성이 증가하는데 중독들이 기능적으로 상호교환이 가능하다는 사실이야말로, 중독이 특정 종류의 불안에 대처하지 못하는 기저적 무능력을 나타내는 것이라는 결론을 강력히 뒷받침하는 증거이다. 정신병동으로 끌려가면서 '성재'가 끝내 확인하고 싶은 것이 자신을 향한 어머니의 애정 유무임은 그의 불안의 기저를 선명하게 뒷받침한다.

「나비」에서 부모의 존재는 보이지 않는다. '나'는 아버지가 다르고 어머니만 같은 누이와 살고 있는데 그 기원과 과정의 설명은 생략되어 있다. '나'는 반쪽짜리 누나에게 이질감을 느끼나, 정작 기댈 사람은 누나뿐이다. 누나는 '나'의 누나이자 어머니, 가족 그 자체이다. 경제적 독립이 절실함에도 불구하고 '나'는 누나에게 학원비와 용돈을 지원받으면서 현실적 대책이 요원한 '춤(댄스)'에 빠져든다.

라틴 댄스 챔피언이 보통 고등학생들이라는 점에서 서른 살인 '나'는 선수로서 은퇴할 나이이다. 필립 선생님의 학원에서 보조강사 역할을 하고 있는 '나'는 "언제 선수가 되고 언제 이것을 직업으로 삼아 밥벌이를 할 수 있을까" 하는 생각에 우울하다. 학원에서 잡다한 일을 도맡아 하기에 연습시간을 내기가 힘들어 선수가 될 미래는 더욱 요원하기만 하다. 그럼에도 이 학원에 남아 있는 이유는 '나'가 아버지가 없이 자라, 필립 선생님을 '아버지 대신'일 뿐만 아니라 '거의 신'이나 다름없이 존경하고 추종하기 때문이다. '나'는 필립 선생님을 아버지처럼 존경하고 유혜미 선생을 '유짱'이라고 부르며 친누나처럼 따르지만 그들이 아버지도 누나도 아니라는 사실은 분명하다.

대연습실의 불을 켜고 안으로 들어갔다. 가운데에 커다란 크리스털 샹들리에가 세 개, 천정 가장자리로 할로겐램프가 촘촘히 박혀 있는 연습실의 불을 다 켜면 삼면의 거울에 불빛이 반사되어 궁정의 파티를 해도 좋을 정도로 화려한 방이었다.

"댄스는 생존을 위해서 하는 것이 아니기 때문에 가능하면 현실의 그늘이 없어야 하고 아름답고 화려해야 돼. 미국에서 나를 가르쳤던 내 스승님이 하신 말씀이야."

필립 선생님의 지론이었다.

나는 신을 벗고 맨발로 거울 앞에서 자세를 잡고 서 보았다. 4개월 동안 칩거해 있는 사이에 살이 올라, 갸름하던 얼굴이 둥그렇게 되어 있었다. 나는 오디오에 걸려 있는 음악을 틀었다. 내가 제일 좋아하는 룸바 곡이 흘러나왔다. 인터넷에서 뽑아 내가 직접 편집했던 곡이다. 필립 선생님이 아직도 이 곡을 쓰고 있구나, 생각하니 가슴이 뭉클했다. 나는 눈을 감고 춤을 추기 시작했다. 아름답고 애조를 띤 룸바 음악이 이끄는 대로 따라갔다. 어느 순간, 해조가 가까이, 바로 옆에 있는 것을 느꼈다. 해조의 작고 단단한 몸, 작은 손의 감촉,

머리 냄새, 희미하게 풍기던 모스키노 향수, 그 모든 것이 바로 어제 일처럼 가까이 다가왔다.

—「나비」 중에서

필립 선생님이나 유짱과의 관계도, 댄서가 되겠다는 꿈도, 해조와의 추억도 오직 학원을 매개로 할 때에만 가능한 '환영'이다. 불을 켜면 "궁정의 파티"를 연상하리 만큼 화려한 연습실은 '현실의 그늘'과 '생존의 욕구'마저 잊어야 하는 '댄스'의 공간으로, 그 자체로 현실과 이상, 실제와 환영의 간극을 역설한다. 그가 할 수 있는 일은 아무것도 없다. 막연하나 품었던 꿈마저도 포기해야 하는 현실에서 '나'는 이른바 3포(연애, 결혼, 출산 포기) 6무(일자리, 소득, 집, 연애/결혼, 출산, 희망) 세대의 표상으로 보인다.

'최고의 스펙은 부모'라는, 세간에 떠도는 자조적인 말은 취업과 경제적 독립이 어려운 청년세대의 절망적 현실을 말하며 동시에 계급/계층에 따라 그들이 처한 환경이 얼마나 차별적인가를 알게 한다. '나'는 어디에도 기댈 곳이 없다. 소설의 제목인 '나비'는 죽은 나비의 부러진 날개를 가리키면서 동시에 누나의 잃어버린 첫사랑을 환기하는 것이기도 하다. 소설의 현실은 패배적 구도를 전제하고 있으나 '나'는 반쪽짜리 누나의 잃어버린 첫사랑과 아픔을 알고 이해하기에 자신의 꿈을 결코 포기하지 않으려는 의지를 보인다.

아이러니하게도, 가장 어리고 취약한 환경에 놓여 있는 두 인물 '성재'(「거머리」)와 '나'(「나비」)는 욕망의 연장을 통해 실재적인 차원의 불안을 극복하려는 분명한 의지표명으로 행위(act), 행동화(acting out)의 '주체'로 거듭나려는 반면에, 오히려 30~40대에 속한 남녀의 경우 미래에 대한 생각이 더욱 불투명하게 드러난다. 「동거」, 「내 안의 강물」, 「지금처럼 되기 전에」에서 30~40대 여성들은 연애와 섹슈얼리티 문제에서 장애를 겪는다. 젊은 남녀의 만남이 미래를 기약할 수 없는 불안정한 관계인 '동거'의 양식으로 상징화된다.

「동거」와 「내 안의 강물」은 관계의 방식인 '동거' 문제를 다루고 있다. 「동거」의 '나'는 어머니에게서 버림을 받아 세상으로 향하는 통로를 상실한 듯한 무력한 아버지를 모시고 살다, 아버지가 죽은 후 홀로 남겨진 삶에 쉽게 적응하지 못한다. 그러다가 여덟 살 연하의 20대 남자를 만나게 되고, 동거에 들어간다. G대학 앞의 헤비메탈 전용 록카페 Q에서 그를 만났고, 메탈그룹의 위험스러운 광기, 그리고 죽음과 바싹 붙어 있는 것 같은 느낌에 매혹되듯이 그에게 빠져든다. 그는 신선하고 매력적이며 저음의 아름답고 감미로운 목소리에다 희고 결이 좋은 피부에 피부의 결이 촘촘해서 주름이 잘 지지 않는 얼굴을 가졌다. 게다가 헤비메탈 그룹 아이언 메이든의 얼굴이 프린트된 티셔츠를 입을 줄 아는 감각적인 젊은 남자이다. "깊은 수렁으로 한쪽 발을 빠뜨린 것처럼 아찔한 느낌"을 받지만, 그녀의 동거는 쉽게 시작된다. 김일지 소설의 여성인물들은 섹슈얼리티 문제에 담대하고 개방적인 편이다. 자신의 삶과 관계(relationship)의 근본요소로서 성적 쾌락을 추구한다.

「동거」의 '나'가 "광기로 번득이며 위험스럽게 여겨지는 그런 열기"에서 취한 "죽음과 바싹 붙어 있는 듯한 그 느낌"은 파괴적, 공격적 성향의 죽음욕동과는 다른 것이다. 라캉은 죽음욕동과 더욱 충만한 활력(a fuller vitality)의 실현 사이의 역설적 동일성을 주장하는데 그것은 그 욕동이 행동의 주기(cycle)를 깨트리는 근본적 단절의 계기가 되기 때문일 것이라고 한다. 여기서 죽음욕동, 더 구체적으로 '죽음'의 속성(사라짐 결여)의 일상성(인간은 매순간 자살로써 자신의 세계를 형성한다)은 그로 인한 단절이 삶의 주기를 형성하는 계기로 작용한다고 볼 수 있다.

춤과 음악은 소설 속 인물들이 선호하는 취미 혹은 꿈으로 드러나는데, '춤'은 여성인물을 이해하는 한 행동 양상이라고 볼 수 있다. 안젤라 맥로비는 춤이 청년 하위문화, 특히 젊은 여성 문화의 한 부분임을 지적하며 여가 활동, 확산된 성적 쾌감의 근원, 운동 형식으로 춤은 자아와 몸을 부정함으로써 극적으로 전시하는 것으로 여성의 사적 문화가 공적 공간으로 확장된 것으로 보았다. 「동거」의 '나'는 '춤'을 통하여 잃어버린 자신의 시간을 만회하려는 듯 혹은 젊음을 연장하여 충만한 활력을 구가할 듯이 젊은이들 사이로 스며든다. 몸의 감각적 실현을 통한 자기 확인, 공적 공간으로의 확장은 그 자체로 발랄하고 생동적인 의미를 갖는다. 그러나 이것은 진정한 자기성찰, 현실적 통찰능력과는 거리가 있는 것이다.

광기의 매혹을 이은 두 사람의 동거는 서로에 대한 이해와 배려, 약속 등이 전제되지 않은 채 시작된 성급한 관계이다. 마침내 둘의 관계는 '나'의 일방적인 배려와 기다림의 연속으로 변질된다. '나'와 동거하면서 남자는 아무것도 하지 않고 온종일 집에서 '나'를 기다린다. '그'는 인터넷 음악방송 디홀더에서 심야와 새벽 방송을 진행하는 자인데, 어떤 직업의식과 근성을 드러내는 법도 없이 편식 취향에다, "내가 그렇게 모든 것을 잘할 수 있었던 열 몇 살 무렵에는 아무것도 못 하게 막더니, 아무것도 할 수 없게 된 지금에 와서야 하고 싶은 것을 하라고 하니"라며 부모를 원망하는 미성숙한 인식 수준을 드러내기도 한다. 연락도 없이 잠적했다 불쑥 자신을 데리러 오길 명령하는 그를 그녀는 말없이 받아준다. 마침내 '나'는 그가 좋아하는 음식을 준비하고 그가 싫어하는 질문은 하지 않는 것을 원칙으로, 그를 벌어먹여 살릴 것을 다짐하기에 이른다.

'나'는 '우리 마마'를 대신한 그의 엄마에 가깝다. 마치 어머니를 대신하여 아버지를 모신 것처럼. 소설에서 반복적으로 대비되는 것은 '그의 젊음'과 '나의 늙음'인데, 그녀는 그에 비해 젊지 않을 뿐 결코 늙은 것은 아니다. 그녀를 사로잡는 확실한 정동은 그를 잃을까 하는 '불안', 본능적 정서뿐이다. 둘의 관계는 언제 깨어질지 모르게 위태롭다. 상호배려와 소통을 전제

한 성숙한 연애와는 전혀 다른 것이다. 현실의 장애를 몰각하기 위한 몰각, 친밀한 거래인 관계 중독으로 이해와 전망을 갖지 못한다.

동거의 불확실성이 갖는 결여의 문제는 「내 안의 강물」에서 본격적으로 다루어진다. 이 소설은 남/여 두 주인공을 화자로 하여 이중시점의 서사전략으로 구현된다. '연이(박오연)'와 '그(이준규)', 둘은 사뭇 다른 경제적 환경에서 자랐지만 비슷한 상처를 공유하고 있다. 6년째 동거하고 있으나 그들 가운데 그 누구도 결혼하자는 말을 하지 않는다.

'연이'의 아버지는 일찍 돌아가셨고 어머니는 자식을 버리고 떠났다. 그녀는 할머니 집에 얹혀 힘겹게 살면서 동생을 키워 결혼시켰고 현재 백화점 여성복 매장 고급 부티크 매니저이다. '그'도 부모에게 받은 상처가 깊다. 그가 태어난 지 만 두 돌이 되기 전에 어머니가 자살한 것이다. 어머니는 남편이 기혼자라는 사실을 숨긴 것을 용서하지 못했다. 아버지 때문에 어머니를 잃고 아버지의 아내에게서 이복형제와 함께 자란 그는 평생 아버지와 소원하게 지낸다. 그는 아버지가 경영하는 레스토랑의 명목상 지배인으로 생활비를 아버지에게서 받는다.

'연이'와 '그' 두 사람은 서로 자신의 과거와 상처를 상대에게 드러내지 않는다. 둘은 서로의 상처를 모르니 이해와 위로를 깊이 나눌 기회도 이유도 갖지 못한다. 동거 6년 차에 있는 두 사람은 헤어질 수도, 결혼을 할 수도 없는 그들의 관계를 의식하고 부담을 느낀다.

> 그러나 좀 더 솔직하게 말하자면 결혼을 하지 않은 채로 이렇게 오랜 기간 동안 같이 살게 된 것은, 그것은 내가 비겁했기 때문이다. 나는 때때로 나의 내면을 들여다보고 생각했다. 나는 겁이 났던 것이다. 결혼을 해서 아이를 낳고, 그렇게 남들처럼 정상적으로 살아갈 자신이 나에게는 없었다.
>
> (…)
>
> 살사클럽에 가야 명일을 만날 수 있다. 나에게는 댄스가 중요했다. 나는 또 한 번 기가 꺾였다. 그가 모르는 나 혼자만의 비밀스러운 그리움이 있다는 것은 그의 무심함이나 냉담함에 대해 위로가 되었다. 그러나 명일이 방어망이 될 수는 없다. 물론 나는 그것을 알고 있었다. 그가 운전하는 차를 타고 옆자리에 앉아서 가며 나는 유심히 거리를 살펴보았다. 혹시, 우연히, 명일이 지나가기라도 하듯이.
>
> —「내 안의 강물」 중에서

'동거'는 친화성의 끈들을 갖고 있지 않다. 모든 선택지가 열려 있으며 과거의 행위들로 인해 둘이 갈라설 이유도 없다. 성적, 감정적으로 평등한 관계이며 기존의 성차별적 권력 형태에 대해 폭발적인 의미를 지니고 있는 순수한 관계(pure relationship)이다. 그러나 이러한 관계는 기묘한 취약함을 갖는 것으로 불안감을 야기한다. 미묘한 불안감은 두 사람 사이를 모순적 관계로 변질시킨다. 그는 다른 여자와 성적 관계를 갖기도 하고 연이는 그 공허를 정신적 일탈로 메운다.

'그'는 '연이'를 사랑하나 결혼이라는 형식과 연결된 '연이'의 존재가 부담스럽고 '연이'는 그의 마음을 알기에 사랑을 잃지 않기 위해 태연한 척 사랑스러움을 연출한다. '그'에 비해 '연이'가 관계의 변화를 더 원하는 것인데 서른여섯, 어느덧 중년으로 접어든 '연이'는 "언제든 헤어질 수 있고, 헤어지더라도 서로에게 어떤 말도, 책임도 물을 수 없는 처지"에 있는 두 사람의 관계에 공허를 깊이 느낀다.

'결혼'에 대한 욕구와 욕심이 증폭한 것은 그녀가 수술을 위해 병원에 열흘간 입원하면서부터이다. 그의 수발을 받고 함께 있는 시간이 많아지면서 그동안 유보해왔던 두 사람의 관계를 직시하고 진지하게 생각한다. 또한 병문안을 오지 않는 동생 수연에 대한 섭섭함이 자신의 처지(동거)를 동생이 부끄러워하는 것이 아닌가 하는 피해의식으로 이어지면서 '결혼'은 충분하지 않은 현실의 분명한 문제, 해결해야 할 과제로 대두된다.

동거는 사실혼이다. '그'는 '연이'의 남편이라고 할 수도 있다. '연이'는 남편이나 결코 남편일 수 없는 '그', 그의 곁을 자신이 떠날 수 없고, 그와 함께한다면 결혼할 수 없다는 난관에 봉착한다. 문제는 여기에 있다. 그가 결혼을 원치 않는 한, 둘은 영원히 제도 밖의 연인일 수밖에 없다. '연이'의 불안은 여기에서 증폭한다. 모든 욕망은 결여로부터 야기되는데, 이러한 결여 자체가 결여될 때 불안이 일어난다. 다시 말하면 '연이'의 욕망은 결혼인데 실재의 현실은 그 욕망조차 가질 수 없는 것이다. '그'는 남편이란 기호의 부재와 현존의 경계에 있다. 그래서 '그'는 '연이'의 진정한 욕망의 대상일 수 없는 결여의 결여이고, '불안'의 원인이다. 의식/무의식적으로 두 사람은 '별거하고 이혼하는 사회'에서 자신들 부모와는 다른, 자유롭고 평등한 관계에 기반을 둔 '특별한 관계'로서의 동거를 꿈꾸었으나, 둘의 사이는 느슨해지고 모순된 관계는 지속된다. 다시 열정적인 옛날로 돌아갈 수 없을 것 같은 예감에 '연이'는 괴로워한다. 낭만적 사랑은 성차(gender)의 관점에서 볼 때 언제나 불균형적이다. 낭만적 사랑은 오랫동안 평등주의의 부담을 져왔는데 그것은 관계라는 것이 외부의 사회적 기준으로부터가 아니라 두 사람의 감정적 관여로부터 나올 수 있다는 발상에 내재하는 것이다. 그러나 실제로 낭만적 사랑은 권력 면에서 철저히 비대칭적이다. 낭만적 사랑에 대한 여성들의 꿈은 너무나 자주 완강한 가정적 종속으로 이어지고 말기 때문이다.

극심한 우울증(melancholy)을 앓던 그녀는 사라진다. 그녀의 지속된 우울은 지금의 상태가 더 이상 나아지지 않을 것이라는 절망, 불안에서 기인한 것이다. 그러나 그녀는 출분에 앞서 어린 시절을 회상하며 어머니의 학대에 한 번도 저항하지 않았던 순간들을 떠올리며 "절대로 참지 않을 거야. 이제부터는 아무도 나를 건드리지 못하게 할 거야. 절대로, 아무도 나에게 함부로 하도록 놔두지 않을 거라구. 절대로 참지 않을 거구, 용서하지 않을 거라구."라고 선언한다. 그리고 그녀는 사라진다. "절대로 참지 않을 거야"라는 말이 그와의 관계에도 적용된 것이다. 사랑을 잃을까 두려워 어머니에게 한 번도 항의한 적이 없던 그녀는 이러한 의식을 그에게도 투영한다. 연이는 어린 시절의 외상으로 모든 것을 참고 잘해내는 착한 아이, 독립적이고 사랑스러운 여성으로 자신을 구성하지만 그것은 불안으로 우울로 깊어진다. 우울은 극심한 자존감의 저하를 동반하며 모든 상실의 원인을 자기 탓으로 돌린다. 그러하기에 연이의 사라짐은 마치 자살과도 같은 충격적 울림으로 다가온다. 그녀가 지키고자 했던 자리가 컸기에 결단의 파장은 크다. 이 상태로는 충분하지 않다는 현실적 각성을 행동으로 보여준 것이 아닐까.

그녀의 출분은 불안에 대한 최후의 방어이다. 그녀는 결여의 결여를 인정하면서 타자의 대상에서 벗어나고자 한 것으로 해석된다. 분명한 것은 연이의 출분이 '그'의 변화를 촉구하고 있다는 사실이다. 아버지로 인해 어머니를 잃은 '그'는 이자관계의 충만한 합일을 애초에 갖지 못한다. '그'의 성장 과정이 '그'를 정상적인 남성으로 자라는 데에 장애를 겪게 한 것도 사실이다. 그러나, 서로의 사랑을 잘 알기에 이후의 만남은 이전과 다를 것임이 분명하다.

연애와 결혼은 여성의 운명을 결정짓는 하나의 사건으로 작용한다. 「지금처럼 되기 전에」의 주인공인 '나'는 사십 대 후반에 처한 피부관리사 '현자'이지만, 소설은 '현애'를 의식하는 '현자'의 시선으로 현자/현애라는 두 여성의 삶이 비교 · 대비되면서 서술된다. 계급이 달라 서로 나누어졌던 현자와 현애는 '결혼'의 과정을 통과하면서 모두 현실의 '타자'로 동질의 고통에 처해진다. 이 소설은 여성 간의 이해와 연대, 고통에 대한 공감을 나눌 수 있다는 데 의미가 있다.

> 나는 그녀가 마음에 들어서 친해지려고 애를 많이 썼다. 키가 크고 늘씬한데다가 희고 기다란 손가락, 가슴이 울리도록 아름다운 목소리. 그녀의 아버지는 우리학교 재단의 이사라고 했다. 활달하고 아름다운 그녀는 아이들 사이에서 인기가 많았다. 첼로를 취미로 하고 있던 그녀는 나와는 비교할 수조차 없이 우아하고 고상하고 아름답고……. 무슨 짓을 해도 귀엽고 사랑스럽기만 해서 우리들과는 전혀 다른 인종이었다. 타고난 귀족가문의 영향, 진짜 공주였다.
>
> 그녀가 서울에 있는 명문 여대의 프랑스어과를 가고 나는 여고 졸업을 끝으로 작은 회사에 경리 사원으로 들어갔다. 우리는 같은 여고를 나왔지만 밟고 있는 땅이 서로 달랐다. 대학을 졸업한 그녀가 결혼을 한다고 했을 때, 나는 다니던 회사를 그만두고 미용 보조직원으로 미용실을 전전하고 있었다. 결혼식장에서 본 그녀는 천사나 다름없었다. 그러나

결혼한 지 6개월 만에 그녀는 내가 일하는 미용실로 찾아왔다.

—「지금처럼 되기 전에」 중에서

부르디외는 육화되어 있는 성향인 계급 구분의 원리, 사회적 정체성의 원리를 '아비투스(Habitus)'라 하며 경제적 자본과 문화적 자본이라는 개념을 사용한다. '현애'는 남다른 자신의 계급을 스스로 드러내는 완벽한 표상이다. 학교 재단 이사를 아버지로 둔 현애는 아름답고 교양을 갖췄으며 명문여대에 진학할 만큼 우수한 두뇌까지 지녔다. '현자'에게 '문화적 자본'을 완벽하게 갖춘 '현애'는 동경의 대상이다. 그러나 '현애'의 운명은 결혼 이후 완전히 달라진다. 무슨 까닭인지 그토록 아름다웠던 '현애'는 결혼 6개월 만에 이혼하면서 뚱뚱하게 변한 모습으로 정신병동에 갇히게 된다. '현애'의 불행은 부모의 강요에 의해 사랑하지 않는 사람과 결혼한 것에 그 원인이 있다는 사실만 확인할 수 있을 뿐이다.

소설은 '나'가 '현애'의 원치 않는 전화를 받으면서 진행된다. '나'는 '현애'의 하소연과 넋두리 듣는 것을 힘들어한다. '나'는 피부관리사로 "내 분수에 다소 사치스러운 오피스텔"을 얻어 거기서 침대 세 대를 놓고 손님을 맞으며, 창문으로 보이는 명품의 해변 풍경을 차경(借景)으로 향유하는, 어엿한 경제 주체이다. 사뭇 그 형편이 변한 두 여성의 관계는 '나'가 과거 현애의 화려함을 떠올릴수록 더욱 선명하게 대비된다. '현자'를 향한 '현애'의 넋두리인, "그래도 너는 재미있겠다, 얘. 너는 복이 많아서 잘 살고 있잖니? 너는 정말 복이 많아서 좋겠다. 너는 내가 못 가진 것을 다 가지고 있으니까, 정말 부럽다"와 같은 찬사는 어긋난 두 여인의 위치를 더욱 확신하게 한다. 이제 '나'가 전화번호를 미처 확인하지 않은 까닭에 받게 된 '현애'의 전화를 다시 받을 일도, 둘 사이에 나눌 이야기도 없어 보인다.

그런데 '현자'의 '사건' 이후 소원한 두 사람의 간극은 일시에 허물어진다. 문제의 사건은 '나'가 새로운 미래를 위하여 남자를 소개받으러 나갔다가 실패한 일이다. '나'는 마음의 평정을 잃고 흔들리며, 한 곳에 감추듯이 묻어둔 '나'의 과거를 풀어낸다. 이후 '나'는 '현애'를 만나러 가겠다고 결심하고 그녀의 상처를 보듬어주고자 한다.

> 전화를 받자 갑자기 가슴이 불규칙하게 뛰기 시작했다. 일과 관련 없이 남자의 전화를 받은 것이 얼마 만인가. 나는 내가 여자라는 것도 잊고 살았다는 생각이 들었다. 남자와 잠자리를 한 것이 얼마나 되었는지 기억도 나지 않는다.
>
> 약속한 시각보다 2분 늦게 나는 바닷가 2층 카페에 도착했다. 평일 오후 시간이라 카페 안에 사람은 많지 않았다. 남자는 와 있지 않았다. 나는 흰색 실크 블라우스에 검은 바지를 입고 굽이 높은 샌들을 신었다. 나이보다 젊어 보인다는

> 말을 듣는 편이었지만 남자를 만난다는 사실이 나를 긴장시켰다. 창가 자리에 앉아 20분을 기다렸을 때 그가 나타났다. 문에 들어설 때부터 나는 단번에 남자를 알아보았다. 녹색 티셔츠에 베이지색의 재킷을 아무렇게나 걸치고 약간 길어서 헝클어진 머리. 키가 그리 크지 않은 남자였다.
>
> 카페 안에 혼자 앉아 있는 여자는 나밖에 없었는데도 남자의 눈길은 나를 스쳐서 다른 쪽으로 갔다가 다시 돌아왔다. 그리고 찬찬히 다시 나를 쳐다본 순간, 남자는 이해하기 어려운 묘한 표정을 지었다. 이게 아닌데, 라는 그런 표정.
>
> (…)
>
> 집으로 돌아와서 나는 거울 앞에 오래도록 서 있었다. 실크 블라우스와 화장한 얼굴이 초라하게 느껴졌다. 내 존재의 남루함이 그 남자에게 그토록이나 드러나 보였던 것일까.
>
> —「지금처럼 되기 전에」 중에서

사실, '나'는 건강한 몸으로 스스로 밥벌이를 한다는 것 말고는 '현애'와 크게 다를 것이 없다. '나' 역시 이혼하여 오랫동안 혼자 살고 있다. 임신과 유산의 과정을 겪으며 정신적, 육체적으로 큰 상처를 입었고 끝내 회복할 수 없어 이혼했기에 아이도 없다. 그렇다면 '현자'가 '현애'와 거리를 두고 그녀와 자신이 다르다고 생각한 것은 무엇인가. '현애'의 부러움에 긍정도 부정도 하지 않고 그녀를 마음껏 연민할 수 있었던 것은, 연애와 결혼 가능성에 있었던 것일까. 이를 부정할 수 없는 것은 현자의 태도 변화가 남자의 눈을 통해 자신의 실상을 깨닫고 난 이후에 이루어졌다는 것이다. 남자의 "이해하기 어려운" 표정, "이게 아닌데"라는 표정을 통과한 후 현자는 거울을 통해 자신의 "남루"한 모습을 확인한다.

라캉은 불안을 거울단계, 기괴함(uncanny)과 연결시키기도 한다. 거울상이 수정되고 거울 속 자신의 영상이 갑자기 이상한 모습으로 보이는 순간이 일어나기도 한다. '현자'는 '현애'의 시선, 즉 거울을 통해서는 자신에게서 우월한 여성의 모습을 보았지만 남자의 시선에 비친 자신은 더 이상 여자로서의 매력을 지니고 있지 않은 초라하고 남루한 중년 여성임을 알게 된다. 받아들이기 힘들지만 실상이다. "현애야, 내가 갈게.", "기다려 줘. 갈게."라는 '현자'의 선회는 진심이나, 충분하지 않다. 자각은 타인에 의해 갑작스레 찾아온 것이고 '현애'에게 가는 길은 '현애'보다 자기연민의 토로를 위한 발걸음에 가깝기 때문이다. 그렇지만, 우열의 선상에서 해석되던 계급적 여성이 인간적 이해와 공감을 나눌 진정한 첫걸음이 될 것이란 점은 분명해 보인다.

3. '불안' 너머, 소통과 통찰의 무대로

게오르그 루카치가 소설을 "성숙한 남성의 형식"이라고 했을 때, 성숙한 남성이 얼마나 취약한가를 강조하고자 한 그의 의도를 환기하는 것은 언제고 유용하다. 루카치에 따르면 소설세계의 완결성은 객관적인 면으로 불완전한 것이고 작중인물의 체험 역시 주관적인 면에서는 일종의 체념이라는 것을 의미한다. 하여, 소설을 규정하고 있는 위험은 이중적이다. 세계구조의 취약성이고, 또 체념의 고통스런 절망감으로의 이동이다. 소설은 근본적으로 불협화음이고 진행 중인 하나의 과정이다.

돌이켜 생각해볼 때, 우리 삶이 위기가 아니었던 적이 있었던가. 언제나 경제는 가파르고 부모는 무능하며 가정은 불안정하고 젊은이들의 미래는 불투명하다. 이혼율은 세계적 순위를 자랑하고 청년 실업률은 최고 기록을 갱신하고 있다. 김일지의 소설은 인물들이 취한 불안의 궤적을 따르며 불완전한 삶과 소설을 함께 생각하게 한다. 그녀의 소설은 가파른 현실의 무게감을 견디지 못하는 인물들의 방황과 좌절을 그린, '불안'의 시학이다. 20대 젊은이에서 40대 중년에 이르기까지 그들의 상처는 깊으나, 삶은 어떠한 호의도 예비하고 있지 않다. 작가 김일지는 다양한 상황에 놓인 그들의 상처를 섬세하게 어루만진다.

상처 없는 영혼이 어디 있을까. 문학이 상처 혹은 기억의 재현(representation)을 통해 구원에 이르는 것을 그 궁극으로 삼는 것이라 할 때 김일지 소설이 지닌 의미는 심대하다. 김일지는 가족에게 상처받은 근원적인 상처, 우리 속에 웅크리고 있는 '내면아이'를 호출하여 무대에 세웠다. 이는 고통스러운 과정이다. 문제적 부모를 둔 그들은 부모/가정의 영향을 도무지 벗어날 엄두를 내지 못하는 미성숙한 자들로 소설은 이중적 패배구조, 악순환을 반복하는 듯하나 겨우 더듬어 출구를 찾아나서는 과정을 섬세하게 포착한다.

계급/계층이 다름에도 불구하고 그들은 문제적 부모를 두었고, 불안정한 성장기를 보낸다. 그들이 지닌 상처는 '불안'으로 떠돌며 그들이 온전하게 성장하는 것을 방해하는 장애로 작용한다. 이것은 전반에 걸쳐 심각하다. 작가는 무엇 때문에 이토록 고통스러운 작업을 지속한 것일까. 소설 속 과거와 상처에 갇힌 작중인물들의 '내면아이'의 치료가 선행되어야 하기 때문이다. 어린 시절의 상처에 파묻히면 성인자아를 상실하게 되고 과거와의 화해는 사실상 불가능하다. 생을 향한 친밀성을 획득하기 위해서 과거와의 진정한 화해는 필수요건이다. 과거를 제대로 이해하기 위해서 상처 입은 어린 시절의 경험들을 다시 포착하여 또렷하게 재해석하는 과정이 필요하다. 이러한 서사과정의 목적은 오직 그것을 풀어놓기(release) 위해서이다. 이후 자아의 성장과 성숙을 분명하게 도모할 수 있을 것이다. 우리에게 중요한 것은 과거 혹은 과거의 상처가 아니라 현재와 미래의 건강한 행복이다. 확실한 단절에 실패하게 되면 자율적 자아발전의 길보다는 오히려 어떤 순환을 형성하는 유사한 행동 패턴의 반복에 빠지기 쉽다.

작가는 고통스러울 만큼 소설 속 인물들의 상처에 천착하며 그들의 방황과 불안의 근원을 치열하게 파헤친다. 비슷하나 다르고 이질적이나 동질적인 작중인물들을 통하여 우리는 그들의 '불안'의 기저를 이해하는 시간을 가질 수 있었고 동시에 불안에서 벗어나는 방법 또한 함께 모색할 수 있었다. 문학 혹은 정신분석의 목표는 과거 회상을 통하여 반복의 고리를 끊는 데에 있다. 그러기 위해서는 자신과 자신의 현실을 먼저 정확하게 알 수 있어야 한다. 다시 말하면 스스로에 대한 성찰을 통해 맥락의 전반을 통찰할 수 있어야 한다. 같은 이유로 작중인물들이 자신의 상처에 갇혀 스스로의 문제를 인식하지 못하거나 인식할 경우에도 상대방을 향해 명료하게 드러내기를 주저하고 아예 시도하지 않는 점은 아쉬움으로 다가온다. 그래서 '불안'은 오래도록 지속되고 그 해결은 요원해 보인다.

다섯 편의 소설에서 전망은 어두우나 스스로의 성찰을 통해 삶의 의지를 표방한 것은 「거머리」의 '성재'와 「나비」의 '나'이다. 다른 소설 속의 남성은 아직도 부모와 가정의 울타리에 갇혀 과거에 머물러 있다. 「거머리」와 「나비」의 두 주인공은 상징계의 표상에 어긋나는 자신의 초라한 실재 실상을 넘어서기 위한 '행동'을 표방한다. 글을 쓰거나 거울을 다시 보면서 스스로에게 주문을 걸고 맹세를 하며 욕망으로 자신의 불안을 떨쳐낸다. 「거머리」의 성재는 정신병동에서 일기를 쓰는 것과 가공의 이야기를 상상해내는 것을 통해 치료의 의지를 밝히고 차마 잊지 못한 자신의 정체, 그 가능성을 놓치지 않으려 한다. 「나비」

의 '나'는 도저히 출구를 마련할 수 없는 현실의 불안을 미래라는 시간에 두고 욕망의지를 불태우며 현실을 넘고자 한다. 누나에 대한 이해가 자신의 욕망으로 승화된 것이다. 욕망은 불안을 잊는 치료약이다. 그래서 그들은 주체라고 할 수 있다. 두 사람의 공통점은 의지할 아버지도, 미워할 아버지도 없다는 점이다. 여기에서 우리는 한 가지 가능성을 찾을 수 있지 않을까.

가정/부모의 결여가 자식을 불안한 삶으로 내몰게 된다는 사실은 일리 있는 주장이나, 자칫 이데올로기의 위험을 내포함을 지적할 수 있다. 자신의 삶에 대한 성찰과 통찰이 부족한 젊은이가 문제 부모가 될 확률이 높은 것을 간과할 수 없다. 새로운 생성을 위해 인물들의 내면, 그들의 고통과 방황의 이유는 더욱 명료하고 치열하게 그려져야 한다. 그래야 말하는 이도, 듣는 이도 이해와 공감을 통해 함께 치유에 이를 수 있을 것이다.

「동거」, 「지금처럼 되기 전에」, 「내 안의 강물」의 여성들은 매력적이고 성실하나 성숙한 주체의 모습을 갖추고 있진 못하다. 그녀들은 '진정한 사랑'을 원하고 사랑을 통해 자신들이 처한 현실을 넘고자 하나, 이것 또한 쉽지 않다. 순수한 그녀들은 연애와 결혼, 유산, 이혼, 우울, 출분으로 이어지는 궤적 속에서 상처와 고통을 넘어 사랑하고 소통하는 것이 얼마나 어려운가를 역설하고 있다. 그녀들의 공통점은 과거의 상처 혹은 타인의 시선에 갇혀 자신이 원하는 것에조차 솔직하거나 당당하지 못하다는 데에 있다. 결여의 결여를 인정하고 당당하게 자신의 선택에 확신을 가질 수 있다면 같은 논리로 변화에 대한 수정도 과감하게 수용하고 탄력적으로 모색해나갈 수 있을 것이다.

「내 안의 강물」의 연이의 출분은 새로운 전환의 시도로 다가온다. 그의 사랑을 잃을까 두려워 자신을 가장하고 위장하지만 관계의 한계에 부닥친 그녀는 그의 곁을 떠난다. 현실에 대한 정확한 진단, 모순관계를 끊고자 하는 그녀의 솔직한 반동이 새로운 전망을 낳을 것으로 예상된다. 앙드레 모르아가 건네준 '사랑하는 기술'의 하나인 '부재'의 전략이 두 사람 사이를 새롭게 결정(結晶)하는 새로운 계기가 될 것으로 예감되기 때문이다.

문학의 궁극은 울림이고 소통이다. 공감의 장은 치열한 자기 성찰과 담대한 통찰이 마련하는 구원의 지평이다. 성찰과 통찰은 생명과 화해를 끌어당기는 공존의 근원이 될 것이다. 진정한 사랑과 치열한 용기는 영혼을 잠식하는 불안을 넘을 수 있다. 문학 안에서 그것은 가능하고 가능할 수 있어야 한다. 김일지의 소설이 이러한 메시지를 우리에게 던지고 있다.

작가의 말

상처에 대하여 생각한다.

치유되거나 치유되지 않은 상처,

흔적을 남기는 상처. 흔적 없이 사라진 상처들.

깊고 오래된 상처, 결코 치유되지 않는 불치의 상처. 보이는 상처와 보이지 않는 상처. 사라지지 않고 남아서 언제까지나 고통의 현을 건드리는 치유 불능의 상처들.

나이를 먹으면 세상의 모든 일에 관대해지고 상처나 고통에도 대범해지리라 생각했다. 그래서 얼른 나이를 먹고 늙어 버리기를 소망했다. 그러나 이 나이가 되어서 비로소 알게 된 것은 눈을 감고 세월이 지나가기를 기다린다고 해서 상처가 저절로 사라지는 것은 아니라는 사실을 알았다는 정도일 것이다. 잊고 있었던 오래된 상처가 전혀 뜻밖에, 아무런 조짐도 없이 수면으로 떠오르는 것을 보기도 한다.

현실이 그렇지 않기 때문에 상처를 드러내는 방법은 아름다워야 한다고 생각해 왔다. 의식하지 않는데도 불구하고 나의 서술 방식은 언제나 아름다움에 바탕을 두고 있다.

올여름은 본의 아니게 자전거로 오르막을 오르는 연습을 하였다. 달맞이고개와 이기대공원, 그리고 범어사의 업힐(uphill) 구간을 2, 3일 간격으로 반복 주행했다. 한참 더운 계절, 여름의 한가운데였다. 동행했던 사람은 우리가 주행한 곳이 초보 코스이기 때문에 부산에서는 제일 어렵다는 황령산을, 그다음은 강원도 한계령을 비롯한 대관령, 모든 업힐 구간을 연습해서 다 떼고야 말 것이라고 야망을 불태웠다.

그러나 나는 여전히 작은 오르막도 긴장을 하게 된다. 업힐 뒤에 맞는 다운힐 주행은 영혼의 깊은 곳까지 가속이 붙은 바람으로 가득 차게 해 주지만, 그러나 업힐 주행은 언제나 숨이 차고 힘이 든다.

"오르막이 있으면 반드시 내리막이 있다는 것은 자전거 주행의 철칙입니다. 힘을 내셔요."라고 자전거를 가르쳤던 K선생은 말했다. 거꾸로 말하자면 오르막을 숨차게 오르지 않으면 내리막길의 기쁨도 없다는 것이다. 쉽게 생각했던 작은 턱에 걸려 넘어지기도 하고 체인이 물리거나 끊어지기도 한다.

세상의 모든 일들이 다 삶을 은유하고 있지만 자전거 역시 마찬가지다.

내년쯤에는 나도 강원도의 한계령, 미시령을 넘고 대관령을 넘어갈 꿈을 꾸어본다.

2015년 여름

내 안의 강물 김일지 소설집

초판 1쇄 발행 2015년 10월 15일

지은이 김일지
펴낸이 강수걸
편집장 권경옥
편집 양아름 문호영 정선재
디자인 권문경 박지민
펴낸곳 산지니
등록 2005년 2월 7일 제14-49호
주소 부산광역시 연제구 법원남로15번길 26 위너스빌딩 203호
전화 051-504-7070 | 팩스 051-507-7543
홈페이지 www.sanzinibook.com
전자우편 sanzini@sanzinibook.com
블로그 http://sanzinibook.tistory.com

ISBN 978-89-6545-317-8 03810

*책값은 뒤표지에 있습니다.
*이 도서의 국립중앙도서관 출판예정도서목록(CIP)은 서지정보유통지원시스템 홈페이지(http://seoji.nl.go.kr)와 국가자료공동목록시스템(http://www.nl.go.kr/kolisnet)에서 이용하실 수 있습니다.(CIP 제어번호: CIP 2015024370)
*본 도서는 2015년 한국문화예술위원회, 부산광역시, 부산문화재단 지역문화예술특성화지원사업으로 지원을 받았습니다.